KB142343

추앙관동

추앙관동
闯关东

우매령 수필집

도서출판 명성서림

저자의 서문

하던 사업을 접고 중국으로 유학을 간다고 했을 때 만류하는 사람이 많았다. 늦은 나이에 학위를 받아서 뭐 하냐는 것이었다. 나는 그저 중국어를 유창하게 구사하고 싶었고, 중국인들과 어울리면서 그들의 일상생활과 문화를 들여다보고 싶었다. 중국 현지에서 3년 6개월을 보냈고, 코로나 바이러스 확산 때문에 한국으로 되돌아왔다. 인터넷 수업에 매달리면서 1년 6개월을 더 공부하고 나서야 모든 과정을 마쳤다. 그동안 경제 활동을 하지 않아 물질적인 손실이 있었지만 나는 결코 후회하지 않는다.

만약 내가 공부를 선택하지 않았다면 추앙관동이라는 중국인들의 이주 역사를 어찌 알았을까? 재한화교의 역사가 1882년 임오군란을 계기로 시작되었다고 여기지 않았을까 싶다. 우리가 흔히 알고 있는 동남아시아 화교 출신 후손들과의 만남도 없었을 것이다. 나는 중국의 북방 도시 장춘과 남방의 대표적인 도시 광저우에서 생활하면서 그 지역 사람들과 어울리고 그들의 생활을 몸소 체험하고 들여다볼 수 있는 기회를 가졌다. 누가 뭐라 한들 너무나도 소중한 순간들이었다.

내가 2016년도에 『아버지와 탕후루』를 출간하였을 때 구화교와의 추억을 간직한 일부의 한국인이 나의 독자가 되었다. 정상옥 여사님은 광천 화교 소학교 학생들과 어울리면서 문화를 교류하던 시절을 회상해 주었다. 수원에서 조그마한 기업체를 운영하는 이현남 대표님은 그의 어린 시절, 동네 어르신들이 이웃의 화교가 운영하는 농장에서 허드렛일을 도와주고 받아온 품값으로 아이들의 군것질거리를 사 주던 기억을 떠올렸다. 장동원 군은 고등학교 재학 시에 화교 문제를 연구하는 동아리에서 활동한 이력의 소유자이다. 훗날 그는 나의 첫 번째 수필집과 연관 지어서 자기소개서를 작성하였다. 서울대학교 인문대학 중어중문학과 수시전형에 합격하는 영광을 안았다.

1953년 한국전쟁 휴전을 기준으로 재한화교가 한반도에 정착한 지 70년이라는 세월이 흘렀다. 한국의 경제 발전기를 거치면서 적지 않은 화교가 해외로 이민을 떠났다. 이민을 선택하지 않은 화교들은 한국인으로 동화되어 가고 있다. 인생을 살아 보니 나서 성장한 곳이 가장 좋다는 것이다. 언어가 통하고 음식이 입맛에 맞고, 살아오면서 저절로 형성된 생활습관과 문화를 떨쳐버릴 수 없다고 한다. 이젠 더 이상 재한화교에게 화교라는 명칭이 어울리지 않는다. 왠지 어색하고 멋쩍다.

나는 이 세상에 태어나서 살다 간 흔적을 남기고 싶었다. 나같이 아주 평범한 사람이 어찌 그러한 행위를 할 수 있을까? 라는 생각을 많이 해 보았다. 글을 써서 책으로 남기는 것이 가장 좋다는 결론을 내렸다. 먼 훗날 내가 이 세상에 존재하지 않는다 해도 누군가가 내 책을 읽고 나의 이름을 거론해 준다면 더 이상 바랄 것이 없다.

2023년 6월 20일
우 매 령

추천사

　우매령 작가와 인연을 맺은 지 10년이라는 세월이 흘렀다. 그녀는 재한화교 출신이지만 한국인 학교에서 초·중·고 12년 과정을 마쳤다. 그러한 연유로 재한화교 사회의 인사들과 인맥이 없었다. 그러나 해마다 종군화교 강혜림 열사와 위서방 대장의 추념식에 참석하였고, 오장경 광동수사 제독의 제사에도 다녀갔다. 중국대사관 주최 행사장과 대만대표부 주최 행사장에서도 만날 기회가 있었다.

　그녀는 2016년도에 『아버지와 탕후루』라는 수필집을 발간하여 당해 연도 세종도서 문학나눔에 선정되는 영광을 안았다. 재한 화교라는 수식어를 달고 발간된 책이라 반갑고 기뻐서 축하해 주었다. 그리고 곧바로 석사 학위 공부를 위해 중국으로 떠났다. 그렇게 7년이라는 세월이 흘렀고, 또 한 권의 책을 발간하게 되었다. 이 책 속에는 우리에게 잘 알려져 있지 않은, 재한화교가 형성된 역사적인 과정과 구체적인 원인이 상세하게 적혀 있다.

　여자가 오십이 가까운 나이에 공부를 한다는 것 자체가 쉬운 일이 아니다. 하지만 그녀는 당당하게 해내었다. 석사 학위 논문도 '한국의 화교 학교 및 교육'과 관련된 것을 썼다. 그녀는 『아버지와 탕후루』라는 책을 쓰면서 들춰 봤던 자료가 많았다고 한다. 학위 논문을 쓸 때 많은 도움이 되었다고 늘상 말한다. 중국에서의 유학 과정이 없었다면 『추앙관동(闯关东)』이라는 작품을 쓰지 못하였을 것이라고 덧붙인다.

그녀의 두 번째 수필집 『추앙관동(闯关东)』이 출간하게 된다 하니 너무나도 기쁘다. 다문화 사회가 형성된 시대적 조류에 맞추어 많은 독자가 그녀의 책을 읽으면서 공감해 주기를 바란다. 첫 번째 수필집처럼 좋은 결과가 나오기를 기해대 본다.

사단법인 서울 한성화교협회

제22대 회장 손육서

1장 / 그 냇물은 흘러서 어디로 갈까

2장 / 추앙관동

3장 / 우리는 시대의 손님이고 주인이다

1장

그 냇물은 흘러서 어디로 갈까

나 자신을 이기는 방법

세상에서 가장 어려운 싸움이 무엇일까?

총알이 어지럽게 날아오고 폭탄이 요란하게 터지는 적군과의 전투일까. 공부를 싫어하는 아이와 우수한 성적을 종용하는 엄마와의 말다툼일까. 중국과 미국이 전 세계의 패권을 놓고 치열한 공방전攻防戰을 벌이는 첨예한 대립일까.

세상에는 어느 것 하나 간단한 싸움이 없다. 그러나 나는 전쟁을 겪지 않았다. 부모님과 학교 성적 때문에 말다툼할 시기가 이미 오래전에 지나가 버렸다. 나처럼 미미한 존재가 중국과 미국의 논쟁에 간여할 바가 아니다. 나에게 가장 어려운 싸움은 스스로를 통제하고 절제하는 것이었다.

학창 시절을 돌이켜 보면, 나는 늘 그 싸움의 패배자였다. 중학교 1학년 때로 기억한다. 중간고사 시작 하루 전날, 친구 'A'가 자기네 집에서 시험 공부를 같이 하자고 제안을 해왔다. 당시 그녀의 가족은 신축 주택으로 이사한 지 얼마 안 되었을 때였다. 우리는 그 친구의 집이 구경하고 싶어서 흔쾌히 동의하였다. 마침 그녀의 아버지가 당직 근무였고, 그녀의 어머니는 집안의 대소사로 친정집에 가 계셨다.

그날 나는 집에 잠깐 들렀다가 책과 노트를 챙겨서 그녀의 집으로 향하였다. 우리는 집 안 곳곳을 둘러본 후 각자 공부할 자리를 찾았다. 친구 'A'는 자기 방의 책상 앞에 자리를 잡았다. 친구 'B'는 거실 소파의 테이블 위에다 실전 문제집을 펼쳐 놓았다. 친구 'C'는 주방의 식탁 위에다 책가방을 풀어놓았다. 나는 친구 'A'의 옆자리에 배를 깔고 엎드려서 수학 문제를 풀기 시작하였다.

그렇게 순식간에 3시간이 지나갔고, 4시간, 5시간이 흘렀다. 잠깐 고개를 들어 보니 벽시계가 새벽 1시를 가리키고 있었다. 친구 'A'는 시험공부에 홀딱 빠져 정신이 없어 보였다. 나는 자꾸만 졸음이 쏟아졌다. 잠깐 동안만 눈을 붙이려고 몸을 돌리어 방바닥에 등짝을 밀착시켰다. 나도 모르는 사이에 깊은 잠에 빠져들었다. 'A' 양은 그날 밤을 꼬박 지새운 것 같았다. 그녀의 성적은 상위권이었고, 나의 성적은 중상위권이었다. 나는 아직도 기억한다. 내 몽롱한 시야 속에 담긴 그녀의 진지한 표정을….

나는 성인이 되어서도 나 자신과의 싸움에서 자유로울 수 없었다. 본시 나의 장래 희망은 글을 쓰는 작가였다. 학창 시절 내내 신학기가 시작되면 국어 선생님으로부터 문학적 재능이 풍부하다는 말을 들었다. 친구들 또한 내가 이다음에 글 쓰는 것을 업業으로 삼아 인생을 살아갈 것이라 여겼다. 나는 그 꿈을 이루기 위해 원고지를 들었다 놨다 수없이 반복하였다. 작가 교실에 수강생으로 다닌 적도 있었다. 그러나 완성된 작품을 남기지 못하고 꿈으로만 수강생 생활에 마침표를 찍었다. 지금도 나를 스쳐간 '지도 선생님'의 울림이 귓가에 맴돈다.

"재능 있는 사람이 왜 용기가 없냐고…."

그 '용기'란 '끈기'와 '인내력'이었다. 그분들은 나에게 쓰기만 하면 된다고 말씀하셨다. 쓰지 않는 것이 가장 큰 문제라고 지적하셨다. 나는 글을 써서 하나의 작품으로 완성하여 세상 사람들로부터 인정받고 싶었다. 그렇지만 글을 쓰기 위해 펜을 들면 지식의 한계가 느껴졌다. 어디서부터 시작하고 어떻게 전개해 나가야 할지 이야기의 실마리가 잡히지 않았다. 머릿속으로 상상만 하고 가슴속에서 꿈만 키웠다. 끈기와 인내력의 결정체인 '노력'과 '실천'이 부족한 것이었다.

나는 이대로 포기하고 싶지 않았다. 문학적 재능이든 음악적 재능이든 상관없다. 어떠한 재능을 지니고 이 세상과 인연을 맺었다는 것은 축복받을 만한 일이다. 하지만 '나의 재능을 펼치지 못하고 인생을 마감한다면 내 삶에 아무런 의미가 없다'는 것을 뒤늦게 깨달았다. 나는 40대가 되어서야 글을 쓰기 위해 '끈기'와 '인내력'을 실천으로 옮겼다. 마침내 2016년도에 『아버지와 탕후루』라는 수필집을 발간하였다. 이 책이 그해의 '세종도서 문학나눔'으로 선정되는 영광을 안았다.

2019년 12월, 나는 겨울 방학을 앞두고 우리 학교 교수님을 모시고 한국으로 출장을 왔다. 그러나 전 세계적으로 확산된 신종 코로나바이러

2016년도에 출간한 필자의 도서 『아버지와 탕후루』

스 때문에 새로운 학기가 시작되어서도 학교로 되돌아가지 못하고 있었다. 학교 당국에서는, 우리가 화상 수업에 참여할 수 있도록 인터넷망을 개설해 주었다. 나는 학교에서 제시한 조건에 부합하기 위하여, 더 정확하게 말하면 성적과 졸업 때문에, 조금 더 구체적으로 표현하자면 살아남기 위하여, 중국인 친구의 도움을 받기 위해 서울살이를 시작하였다.

하루 종일 방안에 틀어박혀 앉아 이어폰을 끼고 인터넷 수업에 출석하였다. 교수님과 컴퓨터 화면을 통해 질의응답을 주고받았다. 대면 수업을 받을 때처럼 쉬는 시간이 주어졌다. 하지만 딱히 무어라 형용할 수 없는 무료함과 피로감이 몰려왔다. 수업이 종료되면 침대에 눕는 버릇마저 생겼다. 그러다가 잠이 들면 2~3시간이 훌쩍 지나갔다. 나는 나 자신과의 싸움에서 이기기 위하여, 수면과 휴식의 욕망에서 벗어나기 위하여, 내 방이 아닌 커피숍이라는 공간을 선택했는지도 모른다.

당초 인터넷 수업 두 달 정도면 학교로 되돌아갈 수 있을 것이라 여겼다. 하지만 예상과는 달리 한국에서 졸업 논문까지 완성하기에 이르렀다. 사실 논문의 주제와 방향은 일찌감치 정해졌다. 그러나 막상 글로 서술하려니 쉽지 않았다. 관련된 자료를 검색하고, 설문지를 돌리고, 연구 대상의 방문·관찰과 취재, 최종적인 자료 분석과 서술 등등…. 시간이 부족할 것 같아 휴학계 신청 여부를 놓고 고민도 많이 했었다. 결국엔 끈기와 인내력을 갖고 포기하지 않으니까 나 자신과의 싸움에서 이길 수 있었다.

이 세상엔 어느 것 하나 간단한 싸움이 없다. 우리네 삶은 지속되는 싸움의 연속선상 위에 놓여 있는 것만 같다. 어느 누구도 그 싸움으로부터 자유로울 수 없는 듯 싶다. 끈기와 인내력을 갖고 부단하게 노력해야 최후의 승리를 얻어낼 수 있는 것이다. 나는 왜 진즉 터득하지 못하였을까. 포기하지 않고 열심히 노력하면 승리는 곧 나의 것이라는 것을….

숙희 엄마

우리 가족은 그 아주머니를 '숙희 엄마'라 불렀다. 그녀는 내가 막 스무 살이 되었을 때, 수원역 지하상가 출입구 한 켠에서 떡을 팔아 생계를 이어가고 있었다. 당시 그녀의 왼쪽 팔은 이미 'ㄱ'자로 굳어져 거의 사용을 못하는 처지였다. 낙상을 당한 후에 치료와 관리를 제대로 받지 못한 것 같았다. 대한민국에서 전체 국민을 대상으로 실시하는 의료보험 제도가 시행되기 전에 당한 사고라서 병원 갈 엄두도 못 내었으리라.

그녀는 본시 넉넉한 집안의 외며느리였다. 그 시절의 여인네라면 대개가 그랬듯이 시부모님 잘 공경하고, 남편 잘 받들고, 자녀에게 헌신하면서 집안 살림에만 전념했었다고 한다. 하지만 웬일인지 내 어린 시절의 삽화 속에는 그녀와 얽힌 일화가 전혀 남아 있지 않았다. 그러나 가끔 어머니께서,

"네 작은 언니가 숙희네 집을 얼마나 부러워했는지 모른단다…"

라고 회한이 섞인 말씀을 하시곤 하셨다.

나는 그럴 때마다 길거리 떡장수로 변신한 숙희 엄마가 더욱 애처롭게 느껴졌다. 그 근처를 오갈 때면 저만치 길을 걷다가도 한 번 정도는 더 고개를 돌려보는 습관이 있었다.

그녀는 희노애락喜怒哀樂을 상실한 듯 늘 무표정한 얼굴을 지니고 있었다. 그녀의 몸체는 작고 피골이 상접하여 미라를 연상하게 만들었다. 장애를 입은 왼쪽 팔을 바라보노라면 왠지 모를 아픔과 슬픔이 몰려왔다. 그냥 길거리에서 떡을 파는 아주머니 중의 한 분이었다면 그런 감정이 없었을 것이다. 그러나 우리 가족과 인연이 있었다는 이유로 나의 시선은 항상 그녀에게로 쏠렸다.

그 무렵 나는 사회 초년생이었다. 매일같이 수원역 지하상가 출입구를 드나들면서 출퇴근 버스에 몸을 실었다. 월급을 받으면 수입의 70%를 꼬박꼬박 저축하던 시절이었다. 나는 경제적으로 넉넉하지 못한 탓에 떡 한두 팩 정도만을 구입하여 목구멍으로 꾸역꾸역 밀어 넣었다.

사실 그 떡을 사서 제때에 먹지 않아 딱딱하게 굳어지는 날도 많았다. 어머니께 데워 달라 부탁하면,

"잘 먹지도 않는 떡을 뭐 하러 사 와!"

라면서 크게 꾸중하셨다.

"숙희 엄마가 파는 거 사 온 거야! 불쌍하니까 팔아줘야지…."

라고 말씀드리면,

"옛날에 자기네 집 잘 살 때 어땠는지 알아!"

"숙희 돌잔치 하는 날 동네 아줌마들 다 그 집 가서 밥 먹었거든."

"근데 나한테는 말 한마디 없었던 사람이야!"

라고 하시면서 지난날의 서운함을 풀어 놓으셨다. 하지만 나에게 그런 것은 중요하지 않았다. 과거는 과거일 뿐, 굳이 내가 어머니의 감정에 이입될 필요가 없다고 생각하였다. 상대방은 그 일을 까맣게 잊어버렸을 수도 있고, 기억한다 해도 대수롭지 않게 여기고 있을 수도 있다. 나는 단지 나의 시선으로 숙희 엄마의 현재 상황을 바라보고, 나의 감정으로 장애인이 된 길거리 떡장수 아주머니의 고달픔을 느끼면 그만이었다. 프랑스의 유명한 소설가 알퐁스 도데(Alphonse Daudet, 1840~1897)가 말하기를, "작가는 묘사하고 있는 인물 속으로 들어가야 한다. 그의 몸속으로 들어가서 그의 눈으로 세상을 바라보고, 그의 감각으로 세상을 느껴야 한다." 라고 표현하지 않았던가!

그러던 어느 날, 그녀가 우리 집 부근의 깊숙한 골목의 어느 주택가에 거주하고 있다는 사실을 알았다. 떡이 들려 있는 손수레의 손잡이에다 장애를 입은 팔을 걸어 끌고 나오는 장면을 목격했기 때문이다. 그렇다면 우리 어머니와 분명 마주친 적이 있었을 터인데 교류가 없는 듯 보였다. 아마도 부잣집 외며느리에서 길거리 떡장수로 변신한 그녀의 힘겨운 삶이 그렇게 만들었으리라.

그날도 나는 그녀의 일터를 지나가고 있었다. 마침 어느 중년의 신사에게 두 개의 비닐 봉투 안에다 떡을 가득 담아 건네주고 있었다. 그는 양복을 말끔하게 차려입었고, 손에는 서류 가방이 들려 있었다. 어느 기업체로 출장을 다니러 온 것처럼 보였다. 그러나 그녀의 얼굴에는 여느 날과 다름

없이 아무런 표정이 없었다. 하지만 입 모양으로 보아 '고맙다!'라는 짤막한 단어를 사용하였음이 분명하다. 순간 나는 강한 의문이 들었다. 그 신사에게 그렇게 많은 떡이 필요했을까! 그럴 수도 있겠지만, 그 떡은 협력사 직원들의 맛있는 간식이 되었을 수도 있고….

지금은 후회스럽다. 나는 왜 그 중년의 신사처럼 더 많은 떡을 사 주지 않았을까. 나에게 그 떡값은 프렌차이즈 커피숍에서의 한 잔의 커피값보다 저렴한 금액이었는데…. 혹시 내가 안 먹더라도 이웃들에게, 친구들에게, 혹은 직장 동료들에게 나눠줬어야 했는데…. 돌이켜 보니 그 신사처럼 넉넉한 인심을 베풀지 않아 너무나 부끄럽다. 그리고 깨달았다. 나에게는 별것 아닌 그 무엇이 상대방에게는 큰 도움으로 다가올 수 있다는 것을…. 지금이라면 내가 그 떡을 몽땅 구입한 후에 일찍 귀가하시라 권해드릴 자신이 있다. 그런 후 그 손수레의 손잡이에다 나의 멀쩡한 왼팔을 걸고 싶다. 내가 직접 그 떡장수 아주머니의, 그 무거운 인생의 짐을 끌고 집으로 모셔다드릴 것이다.

이젠 저 먼 기억 속에서만 회상할 수 있는 숙희 엄마의 영상이 자꾸만 떠오른다. 삶의 의지와 인생의 목표를 상실한 그녀의 그 표정을 잊을 수가 없다.

우리가 그 동네로부터 이사 오기 얼마 전, 저녁 식사 시간 내내 우울한 얼굴을 하시던 어머님이 숙희 엄마의 임종 소식을 전해 주었다. 동네 골목 앞까지 걸어와서 쓰러지셨다고.

얼마만큼의 세월이 흘러야 그 아픈 기억 속에서 벗어날 수 있을까. 저

승에서만이라도 그 가난한 떡장수 아주머니의 인생이 편안할 수만 있다면 얼마나 좋을까. 그리된다면 내 인생 다하는 날까지 그 떡봉투를 안고 가리라. 아울러 넉넉한 인심을 베풀어 준 그 중년의 신사에게도 감사의 마음을 전한다.

그 냇물은 흘러서 어디로 갈까

　　20여 년 전의 어느 초가을 날, 나는 어머니를 모시고 호남선 열차에 몸을 실었다. 우리의 종착역은 정읍이었고, 그 도시는 내가 거주하는 수원시와 비교할 바가 아닐 정도로 규모가 작았다. 하지만 당시의 호남 지방에선 그런대로 대도시의 형태를 갖춘 곳이었다. 그러나 나의 어머니가 3년 동안 거주했던, 1960년대 중반에는 조그마한 시골 읍내였다고 한다.

　물론 그곳에도 적지 않은 재한화교들이 거주한 흔적이 이야기로 전해진다. 화교 단체에서 설립한 소학교[1]가 있었다. 서울이나 인천같은 대도시에 비해 학생 숫자가 그리 많지 않았다. 중국 근·현대 시기의 학당처럼 1, 2학년 혹은 3, 4학년이 합반하여 수업을 진행하는 형태로 운영되었다. 나의 큰언니(1958년 출생)가 그곳의 화교소학교를 다녔다. 훗날 우리 가족이

---

1) 현재의 '한국방송통신대학교 정읍시 학습관'이 그 시절의 화교소학교 부지였다.

수원으로 이사 오면서 '수원화교중정소학교'로 전학한 이력을 갖고 있다.

정읍은 나의 고모님과 고모부님이 거주했던 지역이다. 동시에 우리 가족이 고모님에게 잠시 삶을 의탁한 곳이기도 하다. 그러나 앞이 보이지 않던 암담한 미래 때문에 얼마 지나지 않아 떠나야 했다. 하지만 그 도시가 우리 어머니를 기억하지 않는다 해도…, 설사 우리 모녀에게 무덤덤하게 대한다 해도…, 우리에겐 늘 가슴 한 켠에 쌓아 놓은 그리움이 수북하게 남아 있다.

"내가 정읍에 다시 오다니…!"

어머니께서는 역사를 빠져나오자마자 낮은 음성으로 한마디 던지셨다.

"이 길을 쭉 따라가다 우측으로 돌면 고모네 집이란다…."

정읍역 앞 큰길은 그 옛적의 투박하면서도 한적한 느낌을 주는 시골 길이 아니었다. 도시화 계획으로 반질반질한 아스팔트가 깔린 신작로였다. 어머니께서는 머나먼 기억을 더듬으시면서 걷고 또 걸으셨다. 그러다가 고모님 내외가 운영한 포목점이 있었다던 자리를 찾아내셨다.[2] 건물의 주인이 여러 번 바뀌었고, 그 건물의 용도와 규모가 몇 차례 업그레이

---

2) 현재의 정읍 제1시장 내에서 '永信商会(영신상회)'라는 간판을 걸고 포목점을 운영하셨다. 그때 당시 가장 큰 규모였고, 매출이 가장 높았다. 정읍화교소학교 역시 나의 고모님이 가장 많은 돈을 출자하여 설립되었고, 그 이후에도 지속적으로 기부를 하셨다. 그러나 화교문제와 관련된 자료와 보고서에 나의 고모님의 성함이 전혀 언급되어 있지 않다. 나의 고모부님은 1970년 초반 전북 군산으로 삶의 터전을 옮겼고, 그 화교소학교는 훗날 다른 재한화교들에 의해 매각·처분되었다.

드되었다. 하지만 출입문의 위치와 우물이 있었다던 자리까지 정확하게 기억하고 계셨다.

인근에서 철물점을 운영하는 나이 지긋한 어르신이, 이 거리에 화교들이 많이 살았노라고 지나온 세월을 회고해 주었다. 그렇지만 나의 고모님 내외를 기억하는 사람은 아무도 존재하지 않았다. 그 시절 동고동락하던 재한화교들과 이웃들이 새로운 삶을 찾아 다른 곳으로 떠났기 때문이다. 어떤 이들은 정읍의 다른 동네로, 또 어떤 이들은 비교적 큰 도시의 군산으로, 전주로, 서울로…. 1970년대 이후 가속화된 경제 발전의 물결을 타고 지방의 조그마한 읍내에도 변화의 바람이 불어왔을 터이니까.

그 당시 고모부님이 운영하던 포목점은 문전성시를 이루었다고 한다. 장場이 들어서면 인근 지역에서 찾아오는 비단 구매자들로 몹시 바빴다. 그런 날에는 평상시 집에만 계시던 고모님도 점포로 나와 바쁜 일손을 도우셨다. 그때는 지금처럼 기성복이 성행하지 않았고, 생산 공정이 기계화되지 않았다. 결혼이라든가 대소사를 치를라치면 원단을 구입하여 한복과 이불을 짓던 시절이었다.

사실 어머니와 나는 고모님의 묘墓를 찾아 예의를 갖추고 싶었다. 정읍의 중국인 공동묘지에만 오면 관리인의 안내를 받을 수 있을 것이라 여겼다. 그러나 실상은 달랐다. 오랜 세월 동안 사람의 손길이 닿지 않아서일까. 무질서하고 낮게 엎드린 봉분封墳들만이 즐비하였다. 당시 고모님의 이름 석 자만을 새겨 넣은 조그마한 비석을 세웠다는 이야기를 들은 적이 있다. 그러나 그것마저 땅속으로 꺼졌는지 손으로 만져지지도 발에

밟히지도 않았다. 지저귀는 새소리만이 음습한 숲속의 나무들 사이를 뚫고 처량하게 들려왔다.

어머니께서는 수원에서부터 준비해 온 소주 한 병을 꺼내 들었다. 고모님의 묘가 있을 법한 자리를 찾아 군데군데 골고루 뿌리면서 읊조리셨다.

"고모, 내가 미안해!"

"그때는 몰라서 고모만 미워하고 원망했어."

"지금은 이해하니까 다 용서해 줘!"

수십 년 만에 재회한 시누이와 올케 사이의 화해가 그렇게 시작되었다. 41세로 사망한 시누이는 답변이 없었다. 60대 백발의 손아래 올케는 용서를 빌고 또 빌었다.

본시 우리 어머니는 첫 남편과의 사이에 1남 1녀를 두었다. 그 남편분이 어느 날 갑자기 사망한 이후, 나의 아버지와 혼인식도 치르지 않고 새로운 가정을 꾸렸다. 고모님은 그 사실을 몰랐다. 정읍으로 주거지를 옮긴 후에 들통이 났다. 그때부터 몰인정하고 악명 높은 손위 시누이로 돌변한 것이었다.

그 당시 고모님 댁의 부엌 찬장에 쌀밥 누룽지가 가득하였다. 그러나 고모님은 끼니를 제대로 때우지 못하는 가난한 형편의 어머니에게 가져다 먹으라는 한마디의 말씀이 없으셨다. 나의 어머니가 냇가에서 고모님 댁의 이불 빨래를 해 주었다. 그 대가로 곰표 밀가루 한 포대를 보내왔다. 그렇지만 1등급이 아닌 2등급이라서 나의 어머님은 몹시 서운하셨다. 고모님은 여기저기 여행을 많이 다니셨다. 나의 어머니는 그 유명한 내장산

구경을 한 번도 다녀오지 않으셨다. 당초 고모님이 우리 가족에게 점포를 개설해주겠다고 말씀하셨다고 한다. 그러나 그 약속을 지키지 않고 저세상으로 먼저 떠나가셨다.

따지고 보면 우리 어머니에게는 아무런 잘못이 없다. 비록 자녀 둘을 데리고 개가改嫁하였지만 작은 언니를 출산하지 않았던가. 그 갓난아기를 등에 업은 채 정읍행行 열차에 몸을 실었다. 가장 중요한 것은 어머니 인생에 있어서 시댁 식구는 고모님 단 한 분밖에 없으시다는 거다. 그분에 대한 추억이 얼마나 강렬하셨는지…. 그 당시 아직 초등학교에 입학하지도 않은 나이 어린 나에게,

"고모님 한 분이 있었는데, 큰 부자였단다…."

라면서 자주 말씀하셨다.

그 시절의 나의 오빠도 고모님 댁에서의 추억을 자주 떠올렸다.

"고모네 집에서 밥 먹으면 김치도 맛있었어!"

"땅콩도 들어가고, 별의별 것 다 들어갔지…."

어머니께 오빠의 회상을 전달하면,

"추억이 남아서 그런 거란다."

라고 말씀하시면서 또다시 지나온 세월을 되새김질하셨다. 하여 나는 이야기 속이었지만 정읍이라는 도시와 아주 오래전부터 친밀한 관계를 유지할 수 있었다. 마치 홀로 남겨두고 떠나온 나의 고향처럼….

어머니께서는 사는 게 힘들 때마다, 우리 가족에게 아무것도 남기지 않고 저세상으로 가버린 고모님을 원망하셨다. 그러나 세월이 흘러감에 따라,

"어차피 네 아버지가 다 말아 먹었을 거야!"

"고모가 도와주라고 유언을 남겼더라도 고모부가 해 줬겠니?"

"죽은 사람은 말이 없는데…."

라면서 스스로를 위로하셨다.

그리고 가끔씩은 큰언니의 정읍화교소학교 학비랑 초산동의 월세도 내주시고, 우리 아버지가 열병으로 한 달간 병원에 입원했을 때 그 비싼 입원·치료비를 다 지불해 주셨다며, 본시 마음 씀씀이는 착한 분이신데 어머니 당신이 복이 없어 그리된 것이라고 말씀하셨다.

"살아서는 호강했지만 죽어서는 묘를 돌봐 주는 이가 없어서 불쌍하구나…!"

라는 푸념도 자주 하셨다.

어머니께서는 자꾸만 초산동으로 가자고 재촉하셨다. 우리 가족이 방 한 칸을 얻어 세를 살았던 동네이다. 고모님이 쫓아와서는, 자녀 둘을 데리고 아버지께 개가한 사실을 동네방네 떠들어댔던 가슴 아픈 기억이 서려 있는 곳이기도 하다. 그렇지만 큰언니가 학교를 다니고, 오빠의 코흘리개 유년 시절이 그림 같이 펼쳐져 있고, 작은 언니가 걸음마를 배운 곳이 아니던가. 정주교 저 다리를 수시로 건너나니면서 고모님 댁을 들락날락 하던 아련한 추억이 담겨 있기도 하고….

만약 고모님이 여태껏 생존해 계시다면, 우리 가족이 경제적으로 윤택한 생활을 누릴 수 있는 기회가 주어졌을 수도 있다. 하지만 이렇듯 애절한 추억을 남기지는 못하였을 것이다. 어쨌든 인생은 놓친 기회가 아까워서 한탄하기보다는 그 기회를 놓쳤기에 또 다른 기회를 얻을 수 있는 기회가 주어지는 것이니까….

어머니께서는 정주교 난간에 양팔을 올려세우고 양손으로 턱을 괴고는 천변 쪽으로 시선을 돌리셨다. 그리고는 깊은 사색에 잠긴 듯 한동안 말씀이 없으셨다. 그 시절의 가난했던 풍경과 고달픈 삶은 다 어디로 갔을까! 그 도시는 나의 어머니의 애절한 추억을 잊었는지 유유히 흘러가는 냇물만이 초가을의 운치를 한층 더 뽐내고 있었다.

정주교 건너의 초산동 풍경(2023년)

언젠가 기회가 닿는다면 다시금 정읍을 다녀오려 한다. 그 도시가 나를 반겨주지 않는다 해도 상관없다. 나는 그때의 어머니처럼 지나온 세월을 잊고 무심하게 흘러가는 정읍 천변을 한없이 바라보고 싶다. 그리고는 어머니가 서 계셨던 그 자리에 서서 그때의 어머니를 회상하려 한다. 정주교 난간에 의지한 채 고모님 댁의 이불을 빨아 주던 추억을 떠올리시던 당신을…. 나에게 또 다른 추억을 회상할 수 있는 기회를 남겨 주신 고마운 분이시니까.

김치 없이는 못 살아

어릴 때 나는 음식을 잘 먹지 않아 빼빼 마른 말라깽이였다. 탈의를 하면 갈비뼈의 윤곽이 두드러지게 드러나 보였다. 큰언니는 나에게 '갈비씨'라는 별명을 붙여 주었다. 으레 비가 오는 날이면,

"우산 잘 붙들고 다녀라, 바람에 날아가면 큰일이다!"

라면서 우스갯소리로 놀리곤 하였다.

우리 어머니는 그런 내가 안쓰러워 보였는지 동네 약방藥房[3]에서 '밥 잘 먹는 약'을 구입해 오셨다. 아침마다 내 목구멍으로 그 알약 하나씩을

---

[3] 해방 후 부족한 의료 인력을 충당할 목적으로 정부 주도하에 '약업사 자격증' 제도를 시행하던 시기가 있었다. 약방은 그때 배출된 인력이 운영하는, 오늘날의 약국에 해당하는 의료기관이었다. 그러나 당시의 사회적인 분위기와 환경으로 봤을 때, 정규 대학교에서 약학을 전공한 후 '약사 면허증'을 취득한 고급 인력이 운영하는 약국과도 똑같은 의료 행위가 이루어졌다. 재한화교 출신 '모' 여 가수 아버지의 직업이 한의사라 알려져 있다. 하지만 정규 대학교 과정에서 한의학을 전공하고 면허증을 취득한 한의사가 아니다. 이와 유사한 '한약업사 자격증'을 취득한 이후에 한약품 판매와 조제 및 침시술 등의 일부 제한된 의료 행위만 가능한 민간 자격증 출신자이다. 그냥 편의상 한의사라고 소개했을 뿐이다. 당시의 시대적·사회적 배경으로 봤을 때, 화교 출신뿐만이 아니라 한국인 중에도 이러한 부류가 많았을 것이다.

밀어 넣고 물을 마시게 하였다.

당시 나의 입맛에 김치를 기본으로 하는 식단이 안 맞았는지도 모른다. 우리 가족은 내가 5·6세 때쯤 화교들의 밀집 지역을 떠나 한국인들의 틈바구니 속에서 살아가기 시작하였다. 어머니께서도 굳이 볶고 지지는 음식으로 우리들의 세끼 밥을 해결하고 싶어 하지 않았다. '어디를 가든 그 지역의 풍속을 따라야 한다(入乡随俗, rùxiāngsuísú)'는 중국의 사자성어 속에 담긴 말처럼….

내가 어려서 김치 먹는 것을 좋아했는지는 정확하게 기억나지 않는다. 그렇지만 항상 우리 집 밥상에 김치가 놓여 있었다. 배추김치, 총각김치, 열무김치, 깍두기 등등…. 아마도 여느 아이들처럼 습관적으로 먹으면서 그 시절을 보내지 않았을까 싶다. 내가 총각김치를 먹을 때는 무와 잎이 연결된 부분을 이빨로 도려내는 습관이 있었다. 밥상 위에는 항상 그것의 동강 난 부분이 훈련병처럼 늘어서 있었다. 마치 나의 까칠한 성격을 대변하듯 손질이 덜 된 부분을 먹기 꺼려 했던 것 같다.

초등학교 5, 6학년 때의 겨울 방학 기간 동안에는 미역국이 자주 밥상에 올라왔다. 나는 그 국에 밥을 말아 항아리에서 갓 꺼낸 배추김치를 올려 먹는 것을 좋아하였다. 어머니께서는 양손의 엄지와 검지를 사용하여 기다랗게 배춧잎을 쭉쭉 찢으셨다. 그런 후 내가 떠올린 한 숟가락의 국밥 위에다 그 김장용 김치를 동그란 모양으로 올려 주었다.

지금은 생활의 편리함 때문에 절임용 배추를 택배로 주문한다. 거기에 양념만 만들어 속을 채운 뒤 김치냉장고로 직행시킨다. 하지만 그때는 시장에서 배추를 사다가 소금을 뿌려 절이고 씻기는 과정을 반복하였다.

겨우내 먹을 김치를 정성스레 만들어 항아리에다 차곡차곡 담아 땅속에 묻어 숙성시켰다. 그리고는 한 포기씩 꺼내 먹었다. 오늘날의 젊은이들은 그 갓 꺼내 살얼음이 있는 김치 맛의 황홀함을 상상조차 못할 것이다.

김치는 질병 예방을 도와주고 노화 작용을 억제시켜 준다. 그 속에는 비타민 A와 B와 C가 풍부하다. 더불어 항균성과 면역성이 향상되어 성인병 예방에 큰 도움이 된다. 소화 촉진을 도와주는 역할도 한다. 한국인들은 별도의 유산균 발효유를 마시지 않아도 상관없다. 김치를 먹는 것만으로도 충분한 섭취가 가능하다. 특히 암 예방을 위해 잘 익은 김치를 먹는 것이 효과가 있다고 한다.

어느 재한화교는 부모로부터 물려받은 재산을 전부 탕진하였다. 그 후 제주도로 내려가서 여행 가이드를 하면서 생계를 이어 갔다. 2002년 동절기부터 '중증 급성 호흡기 증후군(SARS)'이 전 세계를 강타한 적이 있었다. 때마침 중국 전역에 한국의 김치가 사스 예방과 치료에 특효가 있다는 소문이 퍼졌다. 그는 손수 김치를 만들어서 제주도를 방문한 중국인 관광객들에게 판매하였다. 그 결과 큰돈을 벌어 번듯한 여행사를 설립하는 밑천을 만들었다.

그러고 보니 김치는 재한화교들의 삶과도 아주 밀접한 관계가 있어 보인다. 1970~80년대에 한국 생활을 접고 해외로 이민을 떠난 화교들도 김치 없이는 밥을 먹을 수 없다고 토로한다. 재한화교들의 자치 행사에도 김치가 빠지지 않고 단골 메뉴처럼 등장한다. 가정주부 서너 명만 모이면 경상도 식이니, 전라도 식이니, 무슨 젓갈을 넣어야 감칠맛이 더 난다는 등등… 여기가 화교들의 모임인지 한국인들의 모임인지 분간이 안 될 정도다. 김치를 맛깔스럽게 담그는 방법으로는 한국인들과 별반 다르지 않아 보인다. 본시 그들의 법적인 출신이 그러할 뿐이다. 한국에서 태어나서 줄곧 살아오지 않았던가. 한국인의 생활문화와 접하면서 저절로 형성된 식생활 습관을 무시할 수가 없는 것이다.

나는 중국 현지 음식을 좋아한다. 김치 없이도 하루 세끼를 잘 먹었다. 그 때문에 김치를 싸 들고 중국 여행을 다녀왔다는 소리를 들으면 이해가 되지 않았다. 어떤 한국인은 중국 음식이 입맛에 잘 맞지 않아 굶다시피 했다고 한다. 하물며 1990년대의 중국 여행 초창기에는 중국 음식이 비위생적이라 먹으면 배탈이 난다고 했었다. 심지어 관광은커녕 '호텔 방에서 설사만 하다가 되돌아왔다'는 다소 과장되고 우스운 소리가 떠돌아다녔다. 그렇다면 과연 그랬던 것일까!

중국 음식은 높은 화력을 이용하여 빠른 시간 안에 볶는 방식이다. 한국인은 김치처럼 채소를 발효시키거나, 마늘과 고춧가루를 듬뿍 넣은 무침 요리에 길들여졌다. 더군다나 중국 음식은 기름 함유량이 높다. 한국인의 체질과 맞지 않다. 우리들의 가난했던 어린 시절을 생각해 보라! 갓 명절을 쇠고 등교하면 구토하는 친구가 간혹 있었다. 평소 부실하게 먹다가 명절 때 진수성찬으로 포식한 탓이었다. 체내에서 받아들이지 못한 결과였다.

나는 평소 지인들에게,
"중국 음식이 입맛에 잘 맞는다."
"몇 날 며칠 김치를 안 먹어도 아무렇지 않다!"

라고 호언장담했었다. 하지만 중국에서 장기간 생활하다 보니 김치가 그리워졌다. 중국의 장춘에는 두 종류의 김치가 있었다. 내가 반찬가게에서

"김치 주세요!"

라고 말하면,

반찬가게 주인은

"니 쓰 야오 셴 더?(你是要咸的, 짠맛을 드릴까요.)"

"하이쓰 야오 티엔 더?(还是要甜的, 단맛을 드릴까요.)"

라면서 되묻곤 했었다.

나는 어느 때는 짠맛을, 어느 때는 단맛을 구입하였다. 학교 식당에서 사 온 밥이랑 반찬과 아주 맛있게 잘 먹었다. 우리 집에서 갖은양념을 넣어 만든 김치보다 훨씬 더 맛있게…. 그런데 어느 날부터인가 그 김치가 싫어졌다. 너무 많이 먹어서 물린 것이었다. 중국인이 만든 김치는 한국의 그것과 달랐다. 내 입맛에 맞지 않았다. 김치찌개를 끓여보면 그 현저한 차이를 쉽게 알 수 있다. 집에서 손수 만든 김치는 국물 맛이 맑고 개운하다. 중국인이 만든 김치는 끓이는 과정에서 보글보글 거품 같은 것이 올라온다. 국물 맛이 텁텁하다.

나는 중국의 4대 도시인 광동성广东省의 광저우广州에서 1년 6개월 동안 생활한 적이 있다. 그 도시는 북방의 여느 지역과는 달리 장기로 체류하는 한국인과 조선족 동포가 적었다. 그런 탓에 손수 담근 김치를 판매하는 반찬 가게가 없었다. 나는 인터넷을 통해 다른 지역의 김치를 자주 주문했었다. 알다시피 광저우는 1년 사계절 고온다습한 기후이다. 그 김

치가 내 손 안으로 배달되어 오는 동안 강한 신맛으로 돌변하였다. 한 차례도 싱싱한 김치를 먹어 본 적이 없었다.

　나는 김치에 대한 향수를 달래고 싶었다. 마침 나에게는 한국에서 공수해 온 쌈장이 있었다. 나는 시장에 들러 알배기 배추를 사 왔다. 배춧잎을 한 장 떼어 쌈장을 살짝 찍었다. 한 입 베어 아그작아그작 씹었다. 그 순간 광저우 지역에서 유통되는 배추에 수분 함량이 많다는 것을 알았다. 그 때문에 한국인의 손맛으로 김치를 만들어봤자 소용이 없었다. 그 맛깔스러운 본연의 맛을 낼 수가 없는 것이었다.

　하루는 현지 한국인 주부의 초대를 받았다. 수업이 종료된 후 그녀의 집으로 향했다. 그녀는 식탁 한가득 한국 음식을 차려 놓았다. 소갈비찜, 잡채, 된장찌개, 감자전, 계란말이 등등… 어느 것 하나 먹음직스럽지 않은 것이 없었다. 그녀의 음식 솜씨는 뛰어났지만 김치가 입맛에 맞지 않았다. 그녀는 손수 담근 김치라면서 나의 목전目前에서 김치 통을 개봉하여 보여 주었다. 그런데 아뿔싸! 그 김치 보관 통에는 배춧잎 속에서 빠져나온 수분으로 가득 차 있었다. 그 잎사귀는 힘없이 축축 늘어져 있었고….

　김치는 한국을 상징하는 대표적인 음식 중의 하나이다. 김치 하면 한국, 한국 하면 김치… 그리고 보니 김치 속에는 한민족의 온유한 성격이 담겨 있는 것만 같다. 한국에서 재배한 배추로 김치를 담그면 발효 과정에서 넘치지도 모자라지도 않는 적당한 수분이 생성된다. 잘 숙성된 배추김치는 국밥에 얹어 먹어도, 삼겹살과 구워 먹어도, 잔치 국수의 고명으로 올려 먹어도 조화가 잘 맞는다. 국경을 초월하여 전 세계 어디를 가든 적응력이 뛰어난 한국인의 성품처럼….

이제 와 돌이켜 보니 당시 나는 중국인이 만든 김치 맛에 질린 것이 아니었다. 나의 부모 형제가 살고 있는 고향 집의 향수병에 젖은 것이었다. 겉으로는 중국 음식에 자신감을 표명했지만 나는 한국에서 태어나서 김치를 먹으면서 성장하였다. 내가 한국에서 살아오면서 저절로 형성된 한국적인 정체성이 음식으로 표출된 것이 아니었나 싶다. 결국엔 국적만 한국이 아닐 뿐, 나의 뿌리는 한국에 있는 것이다. 한국이 곧 나의 고향이요, 한국을 떠나 살 수 없고, 김치 없이 밥을 못 먹게 된 것이었다.

이 세상에 밥 잘 먹는 약이 있었을까? 나는 나이를 먹은 후에 그 약의 정체를 알았다. 그것은 다름 아닌 김치였다는 것을…. 그 약방의 나이 지긋한 주인 어르신이 건네주신 '밥 잘 먹는 약' 때문에 김치를 잘 먹게 되었다는 것을…. 김치만큼 영양성분이 풍부한 음식이 없다는 것을…. 지금은 굳이 집에서 손수 담근 김치가 아니더라도, 반찬 가게의 김치든, 택배로 주문한 김치든, 이제 나는 김치 반찬 하나만 있으면 밥 한 공기를 뚝딱 해치운다.

다락 속의 책 한 권

중학교 2학년 때까지 우리 가족이 살았던 집에는 다락이 있었다. 장기간 사용하지 않는 물건을 보관하는 용도로 사용하던 공간이다. 안방 벽에 달린 문을 열고 경사진 부분의 턱을 밟고 올라가면 닿을 수 있었다. 당시의 부엌 바닥은 바깥의 지표면보다 낮았다. 부엌 바닥에서 천장의 면까지 상당한 높이가 생성되었다. 여분의 활용을 위해 다락을 만들었다. 다락의 하부가 부엌이고, 부엌의 상부가 다락이었다.

우리 어머니도 다락에 자주 오르락내리락하셨다. 김치를 담그는 날 고춧가루가 필요해서, 계절이 바뀔 때마다 한동안 입지 않았던 옷이 필요해서, 아버지께서 우리들의 군것질거리로 공수해 오신 미국산 호도, 과자, 사탕, 젤리 등을 보관하기 위해서, 지인들에게 선물 받은 월병月餠[4]이 우리 집 문턱을 넘어오면 일단은 먼저 다락으로 올라갔다. 어머니께서 집안

---

4) 중국인들이 추석에 만들어 먹는 전통 음식이다.

의 대소사로 목돈이 필요할 때면 다락부터 다녀오셨다.

그 시절의 다락은 아이들의 놀이터로도 활용되었다. 숨바꼭질을 할 때면 꼭꼭 숨던 장소로, 여자아이 두세 명이 마주 앉아 공기놀이를 즐기던 장소로, 학교 앞 문구점에서 사 온 소품으로 소꿉놀이를 하던 장소로, 그렇게 놀다가 지치면 다락에서 잠이 들었다. 우리는 어른들의 가르침 없이도 함께 모여 어울릴만한 작은 공간을 잘도 찾았다.

우리 집 다락에는 아주 작은 창호가 있었다. 햇빛 쏟아지는 대낮에는 채광이 아주 좋았다. 하지만 어둑어둑한 밤이 찾아오면 사물을 분간하기 힘들었다. 우리 가족은 항상 손전등을 들고 올라갔다. 옆집 다락에는 30촉짜리 전구가 달려 있었다. 캄캄한 밤에도 밝은 대낮 못지않게 밝았다. 내가 초등학교 3학년 여름 방학 끝 무렵이었다. 그곳에서 비슷한 또래끼리 이마를 맞대고 밤늦도록 밀린 숙제를 하던 추억이 남아 있다.

어머니께서는 일손이 바쁘면 수시로 나에게 "다락에 올라가서 이것 좀 가져와라, 저것 좀 가져와라!"라고 하시며 자질구레한 심부름을 시켰다. 나는 한 번도 귀찮다는 생각을 하지 않았다. 되레 다락이라는 공간과 자연스럽게 친숙해져서 좋았다. 언제부터인가 나 혼자 살며시 그곳을 찾았다. 그리고는 그 비밀스럽지도 않은, 그러나 조금은 비밀스러운 그 공간을 엿보기 시작하였다.

초등학교 6학년 때로 기억한다. 무료함을 달래기 위해 다락으로 올라갔다. 이것저것 들춰보다가 사과 궤짝과 비슷한 상자를 발견하였다. 내 힘으로는 한쪽으로 밀어내려 해도 밀리지가 않았다. 자세히 살펴보니 공자, 맹자, 노자, 순자라 불리어지는 중국 사상가들의 전집이었다. 나는 망설이다가 책 한 권을 뽑아 펼쳐보았다. 깨알 같은 활자체가 누르스름한 종이 위에 세로쓰기로 들어서 있었다. 그리고 한쪽 구석에서 또 다른 상자 하나를 발견했다. 나는 호기심에 젖어 내용물을 하나하나 꺼내 보았다. 누군가로부터 받은 편지와 연하장, 시대적인 배경이 그대로 드러난 흑백 사진, '배명'이라 새겨진 학교 배지, 맨 밑바닥에서 발견된 또 한 권의 책…. 1979년도에 발행한 『샘터』라는 월간 교양지였다.

나는 1983년이던 그 당시에도 그 책이 발행되고 있는지 궁금했다. 다음 날 당장 서점으로 달려갔다. 주인장 어르신이,

"아주 인기가 많은 책입니다!"

라면서 건네주었다.

나는 그날부터 『샘터』의 충실한 독자가 되었다. 그 속에는 수필, 체험기, 콩트 등의 일상생활과 관련된 내용이 씌어 있어서 쉽게 읽혀졌다. 나는 그 책을 통해 '법정 스님'과 인연을 맺었다. 정채봉의 '성인 동화'와 가까워졌다. 소설가 최인호 선생님의 '가족'이라는 연재물과 지속적인 만남을 가졌다. 나는 유명 인사들의 고백록 비슷한 자기 성찰기를 가장 좋아하였다. 그분들의 어렵고 힘들었던 시절과 접하면서 나도 해낼 수 있다는 각오를 다졌다. 한편으로는 문학의 꿈을 키웠다.

그 후 우리 가족이 수원의 다른 지역으로 이사를 가게 되었다. 다락 속에서 장시간 휴식을 취하고 있는 물건들을 끄집어내었다. 이삿짐 속에 넣을 것과 버리고 갈 것을 구분하였다. 새집에는 다락이 없었다. 일상생활

속에서 사용하지 않는 물건을 가져갈 필요가 없었다. 아무도 읽어주지 않는 다락 속의 중국 고전서가 제일 먼저 버려질 명단에 올라갔다.[5]

한국의 경제 발전과 더불어 주거 환경에도 변화의 바람이 불어왔다. 다락이 우리들의 일상생활과 멀어지게 되었다. 단독 주택의 베란다가 그 기능을 대신한 적도 있었다. 아파트에 다용도실을 설치하여 자질구레한 물건을 보관하기 시작하였다. 더불어 오늘날을 살아가는 현대인들은 위생과 환경을 중요시한다. 더군다나 물자가 풍부한 시대를 살아가고 있다. 당장 필요한 것이 아니라면 소각하려 한다. 그 시절에는 버리기가 아까워서 다락처럼 깊숙한 곳에다 오래도록 보관하였다.

지금은 '다락방'이 유행이다. 다락처럼 높은 곳에 꾸민 방이라는 뜻이다. 꼭대기 층에다 경사진 모양으로 천장을 낮게 설계한다. 어여쁜 벽지로 치장을 한다. 바깥세상을 환하게 내다볼 수 있게끔 멋들어진 창문을 만든다. 사람의 손길이 닿아 안락하고 편안한 공간으로 꾸며진다. 인위적이고 동적인 느낌이다. 주로 아이들의 공부방이나 놀이 공간으로 활용한다.
그 시절의 다락은 자연적이고 정적인 공간이었다. 목재로 만들어진 마룻바닥에 케케묵은 물건들이 쌓여 있었다. 우리는 그 속에서 비슷한 또래

---

5) 본시 나의 막내 외삼촌은 포항제철(포스코) 초창기 직원이나 마찬가지였다. 그러나 1970년대 후반 무렵 사직서를 제출하고, 중동 지역의 건설 노동자로 출국한 적이 있다. 그때 우리 가족에게 평소 아끼던 물건을 맡긴 것이었다. 그분은 1983년도에 불의의 사고로 한국에서 돌아가셨다. 나는 사망 소식을 접한 그날 밤, 가족들 몰래 이불 속에서 많은 눈물을 흘리면서 울었다.

들과 어울려 놀았다. 가끔씩 그 안에서 혼자만의 시간을 갖기도 하였다. 때로는 오래된 물건을 꺼내어 추억의 책장을 넘기듯 들여다보았다. 한 편의 시도 쓰고 수필도 쓰면서 문학가의 꿈을 키웠다. 누구나 시인이요 수필가인 셈이었다.

사람들의 삶의 형태와 생활문화가 시대와 환경의 변화에 따라 바뀌었다. 설령 지금의 다락방이 잡다한 물건을 보관하는 장소로 사용되지 않는다 해도 상관없다. 오늘날을 살아가는 아이들에게 있어서 만큼은 나름의 추억이 담긴 소중한 공간으로 남을 것이다. 내가 다락 속에서 발견한 한 권의 책으로 말미암아 활자의 매력 속으로 빨려 들어간 것처럼.

한국인으로 살아가기

2021년, 한국에서 개정된 '국적법'이 논란을 빚었다. 한국의 영주권을 지닌 외국 국적의 부모가, 한국 영토에서 출생한 6세 이하의 미성년 자녀에게, 기존의 복잡한 절차 없이 한국 국적을 취득할 수 있게끔 한다는 내용 때문이다. 국민 사이에서 반대 여론이 많았다. 청와대 게시판을 통해 입법에 반대하는 청원 운동이 이어졌다.

이 법안의 주요 대상은 '2대 이상 한국에서 살고 있거나 혈통을 같이하는 영주권자의 자녀'이다. 한국에서 출생한 재한화교와 중국에서 건너온 조선족 동포가 낳은 자녀가 이에 해당한다. 국민들 사이에서는 그렇게 후한 조건을 제시하면서 한국 국적을 부여할 필요성이 있느냐?, 중국의 속국으로 전락하려 하느냐?, 국민의 혈세로 온갖 혜택만 누리고 다시금 원原국적을 회복할 것 아니냐?, 등등의 반대 여론이 빗발쳤다. 하다못해 '6세 이하의 나이 어린 아이들에게 한국 국적을 부여해 봤자 무슨 소용이 있겠느냐?', '인구 증가에 도움이 안 된다!'라는 이견을 내놓았다.

1953년 한국 전쟁 휴전 전후를 기준으로, 그동안 한국 영토에 정착하여 살아온 재한화교가 많았다. 그러나 이미 많은 숫자가 1970~80년대를 거치면서 제3국으로 이민을 떠났다. 그렇지 않은 그들은 1998년부터 국적법이 완화되자 점진적으로 귀화하여 한국인으로 살아가고 있다. 내가 본격적으로 재한화교들과 접촉을 시작한 지 8~9년이라는 세월이 흘렀다. 당시 그들 사이에서,

"한국 국적인가요?"

라는 질문이 유행어처럼 퍼져 있었다.

아마도 이 말속에는 '떠날 사람은 거의 다 떠났고, 남을 사람들만 남았다'라는 의미가 담겨 있을 것이다. 게다가 재한화교들은 이 땅에 정착한 순간부터 여느 한국인들마냥 꼬박꼬박 세금을 납부하면서 살아왔다. 하지만 법적으로 한국인이 아니라는 단 하나의 이유로 말미암아 각종 복지 혜택을 누리지 못하였다. 엄밀하게 말한다면 한국인들보다 더 많은 세금을 내면서 살아온 셈이다.[6]

아울러 이 법안에 명기된 '영주권자의 한국 출생 자녀'라는 글자를 주의 깊게 들여다봐야 한다. 중국 정부는 이중 국적을 허용하지 않는다. 조선족 동포이든 한족이든 일단 한국 국적을 취득하면 다시는 중국 국적을 회복할 수 없다. 더불어 대한민국 출입국관리사무소에서 제공하는 통계

---

6) 흔히 재한화교를 대상으로 논쟁을 벌일 때 '국방의 의무를 하지 않았다'라고 지적하는 경우가 많다. 그러나 이와 같은 사항은 재한화교를 탓해서는 안된다. 일찌감치 한국 정부에서 '외국인도 군대를 가야한다'라는 제도를 구비해 놓았다면, 당연히 화교 남성들은 군대를 가지 않을 수 없었다.

자료를 열람해 봐야 한다. 한국에서 생활하던 중국 조선족 동포의 많은 숫자가 이미 한국인으로 귀화했다는 사실을 쉽게 알 수 있다.

당나라 시인 하지장賀知章의 회향우서回乡偶书는 오랜 타향살이를 마치고 막 고향으로 되돌아왔을 때의 감정을 묘사한 시詩이다. 이 작품은 서글프면서도 다소 해학적이다. '젊어 고향을 떠나 나이 먹어 돌아오니, 내 고향이 맞긴 맞는데 어딘지 모르게 낯설기만 하다'라는 뜻이 내포되어 있다. 원용하자면 한국 생활에 익숙해진 조선족 동포와 한국에서 출생하여 성장한 그들의 후손이 중국으로 가 봤자 소용이 없다는 것이다. 차라리 한국에서 사귄 친구와 이웃이 가족처럼 따뜻하게 느껴진다는 거다.

少小离家老大回(소소이가 노대회),
乡音无改鬓毛衰(향음무개 빈모쇠),
儿童相见不相识(아동상견 불상식),
笑问客从何处来(소문객종 하처래).

젊어서 고향을 떠나 늙어서 돌아오니,
고향 사투리는 여전한데 내 귀밑머리카락만 희었네.
어린아이들이 나를 알아보지 못하고,
웃으면서 '손님은 어디서 오셨는지요?'라고 묻는다.

또한 그들 자녀의 교육 환경을 살펴봐야 한다. 한국 영토의 주요 도시에는 아직도 화교학교가 존재한다. 하지만 한국으로 귀화한 중국의 조선족과 장기로 체류하는 영주권 신분의 중국인, 혹은 대만 당국의 국적을 갖고 있는 재한화교 자녀들의 대부분은 한국 정부에서 설립한 공립학교에 재학 중이다. 학비를 납부할 필요가 없고, 주거지와 근거리라서 등하교가 편리하다. 특별한 목적이 있다면 몰라도, 군이 화교학교에서 공부할 필요가 없다는 것이다.

어느 초등학교의 2021년도 신입생 전원이 다문화 가정의 자녀라는 보도와 접한 적이 있다. 그들의 자녀가 학교에 가면 한국 정부에서 제정한 공교육을 받으면서 성장한다. 집으로 돌아와서는 한국의 대중 매체와 접촉하면서 생활한다. 그런 식으로 학령기를 보내다 보면 한국적인 정서가 양성될 수밖에 없다. 어려서부터 한국 국적을 부여해 주면 금상첨화이다. 중국 국적의 부모가 한국 국적의 자녀에게,

"네 몸속에는 중국인의 피가 흐른다."

"너는 중국인이다!"

라고 가르쳐봤자 아무런 소용이 없다. 아이들이 성장하면 스스로의 인생길을 찾아가기 마련이다. 어느 부모라도 자녀의 머릿속에 들어 있는 생각이나 관념까지 바꿔놓을 수 없지 않겠는가!

나는 중국 광저우의 기남대학교에서 석사 학위 과정을 마쳤다. 우리 학교에 현지 국적을 취득한 동남아시아의 화예華裔[7] 학생이 많았다. 나는 그들의 정체성이 궁금해서,

"어느 나라 사람이라고 생각하느냐?"

라는 질문을 자주 던졌다. 그들은 한결같이,

"나는 베트남 사람이다!"

"나는 인도네시아 사람이다!"

"나는 태국 사람이다!"

라고 당당하게 대답하였다. 사실 그들의 조국은 경제적으로 낙후되었다. 지금도 중국인의 후손이라는 정신적인 차별이 존재한다. 하지만 나서 성장한 법적인 조국에 대한 애착심이 어느 누구보다도 강해 보였다. 그들에게 있어서 경제 대국으로 우뚝 성장한 중국은 중요하지 않다. 그냥 돈벌이 장소에 지나지 않는다. 그저 중국어를 잘 배운 후에 그들 나라로 되돌아가서 '중국어 교사'가 되는 것이 꿈일 뿐이다.

한국 정부는 과거 오랜 세월 동안 '부계 혈통주의'의 국적법을 시행해왔다. 그 시절의 재한화교들이 한국 국적을 취득하려 해도 관계부서에서 제시하는 까다로운 조건을 맞춰줄 수가 없었다.[8] 공무원 시험에 응시할 자격조차 주어지지 않았다. 대기업에 입사하려 해도 외국인이라 받아주지 않았다. 그렇게 외국인 신분으로 살아가려니 삶이 버거웠다. 자식들의 장래를 위해 미국, 캐나다, 대만 등지로 이민을 떠나는 사례가 많았다. 그

---

7) 중국 국적을 상실하였거나, 혹은 외국에서 태어났기 때문에 출생국의 국적법에 따라 그 나라의 국적을 취득한 중국인의 후손을 가리킨다. 단지 혈통상으로 따졌을 때 중국인의 후손일 뿐이며, 법적으로는 아무 의미가 없다. 예를 들어, 중국인 결혼 이주 여성과 한국인 배우자와의 사이에서 출생한 한국 국적의 자녀들도 모두 화예의 범주에 속한다. **중국어 간체자로는 '华裔'라 표기하고, 중국어로는 화이(huáyì)라 발음한다.

8) 그 당시 귀화의 실질적인 요건 중에 두 가지 걸림돌이 있었다. 첫째, 대한민국 4급 이상 공무원이나 언론기관, 국영기업체 부장급 이상의 간부 2명의 보증이 있어야 했다. 둘째, 현금 5,000만 원 이상의 자산 능력을 증명해 주어야 했다. 사실상 한국 영토에서 아무런 연고나 연줄이 없고, 경제적으로 발전할 수 없는 화교들에게 어려운 조건이었다.

들은 현지에서 결혼했고, 자녀를 출산하였다. 그 결과 '재미한화在美韓華' 단체에 등록된 숫자가 3만 명에 이른다고 한다. 만약 그들이 한국 땅에 뿌리를 내렸더라면 어찌 되었을까? 아마도 인구 감소 문제를 해결하는 데 조금은 보탬이 되지 않았을까 싶다. 그들의 후손들은 이미 한국 문화와 생활에 익숙해져서 한국을 떠나 살 수 없게 되었을 것이다.

나는 '이민자 후손을 자국민으로 받아들이자'는 국적법 개정안에 적극 찬성한다. 6세 이하의 나이 어린 아이들은 국적이 무엇을 의미하는지 잘 이해하지 못한다. 그런 아이들에게 일찌감치 한국 국적을 부여해 주어야 옳다. 그런 후 초등 교육을 받게끔 해야 바람직하다. 그렇게 한다면 그들이 성장해 감에 따라 '한국인'이라는 정체성이 강하게 형성될 것이다.

충북 청주 무심천변을 배경으로 한 필자(2023년)

꼭 있어야 할 사람

내가 초등 교육 6년을 마칠 동안(1978~1983), 우리 학교에 서너 분의 교장 선생님이 다녀가셨다. 당시엔 전교생이 수업 전에 운동장에 다 같이 모여 조회朝會 시간을 가졌다. 그중에서 교장 선생님의 훈화가 가장 중요한 것이었다. 나는 그 시간이 몹시 지루하고 따분하게 느껴졌다. 듣는 둥 마는 둥 할 때가 많았다. 그런데 백형민 교장 선생님의 훈화는 항상 같은 말이 되풀이되어 아직도 기억에 남는다.

"세상에는 있어서는 안 될 사람, 있으나 마나 한 사람, 꼭 있어야 할 사람이 있다. 우리 학교 학생들은 꼭 있어야 할 사람이 되어야 한다!"

라는 가르침이었다.

그때는 꼭 있어야 할 사람의 기준이 무엇인지 몰랐다. 그냥 세계위인전집에 등장하는 위대한 인물이라 여겼다. 나는 높은 장벽 탓에 감히 진입조차 할 수 없는 처지라는 자괴감에 빠졌다. '나는 있어도 되고 없어도 되는 사람이구나! 무지무지 평범한 사람으로 살아갈 수밖에 없구나!' 하고 체념에 가까운 생각을 했었다.

당시 우리들의 평범한 삶 속에도 '꼭 필요한 사람이 있다'는 것을 깨닫지 못하였다. 나는 학교에 가면 있어도 되고 없어도 되는 단 한 명의 학생에 지나지 않는다. 하지만 집으로 돌아오면 우리 부모에게는 소중한 자식이요, 언니와 오빠에게는 귀여운 동생이며, 남동생에게는 든든한 누나였다. 가족 구성원으로서는 꼭 있어야 할 사람이었다. 만약 어느 날 갑자기 내가 없어졌다고 상상해 보라! 나의 부모 형제는 발을 동동 구르면서 저녁밥도 먹지 않을 것이다. 그들은 나를 찾으러 여기저기 다니느라 동분서주東奔西走하지 않겠는가!

내가 중학교 1학년 때 길을 가다가 처연한 장면을 보았다. 한 소년이 상여 앞에서 무릎을 꿇고,
"엄마, 가지 마!"
라면서 가슴 아프게 울부짖었다. 그 모습이 얼마나 서러워 보이던지….
어느 초등학생은 암으로 세상을 떠난 엄마를 그리워하면서 한 편의 시를 썼다. '가장 받고 싶은 상은 엄마 밥상…'이라는 내용이었다. 그 시가 초등학생 동시 부문 공모에서 최우수 작품으로 선정되었다.

아무것도 하지 않아도
짜증 섞인 투정에도
어김없이 차려지는

당연하게 생각되는

그런 상

하루에 세 번이나

받을 수 있는 상

아침상 점심상 저녁상

- 후략 -

　나이 어린 소년과 소녀에게 엄마라는 존재는 아주 소중하다. 꼭 있어야 할 사람이다. 어쨌든 나는 경제적인 요건과는 관계없이 양친 밑에서 성장하였다. 우리 부모님은 자식들에게 있어서만큼은 필요한 사람으로서의 역할을 다한 셈이다.

　2021년 8월 15일 광복절을 맞이하여 홍범도(洪範圖, 1868~1943) 장군의 유해가 고국으로 돌아왔다. 그는 머슴의 아들로 태어나서 불우한 성장 과정을 보냈다. 그렇지만 타고난 역량과 강인한 정신이 나라를 지키는 데 큰 몫을 하였다. 흔히 '시대가 영웅을 만든 것인지 영웅이 시대를 이끌어 간 것인지 알 수 없다'는 표현을 사용한다. 그렇지만 그에게는 어떠한 수식어를 붙여도 부족하다.

　나와 비슷한 세대들은 초등학교 때부터 나라 사랑의 정신과 자세를 배우면서 성장하였다. 하지만 막상 나라가 곤경에 처하면 얼마나 많은 사람이 투쟁에 나설 용기를 발휘할 것인가!

영화 '밀정'과 '암살'을 보았다. 일제 강점기에 사리사욕과 생존을 위한 자발적인 친일 행위가 빈번했음을 알 수 있었다. 항일운동 중에 잡히면 모진 고문의 후유증으로 사망하거나, 전향하여 친일을 하거나, 비굴하게 사느니 차라리 자결을 선택하던 시절이었다. 친일파들은 나라를 팔아먹으면서 같은 민족에게 몹쓸 행위를 일삼았다. 홍범도 장군은 조국의 독립을 위해 기꺼이 자신을 희생하였다. 그분은 꼭 있어야 할 위대한 인물 중의 한 사람이었다.

중국 당국도 항일 운동이나 국공 내전에 참전한 공로자에게 특별한 대우를 한다.[9] 그들의 희생이 있었기에 오늘날의 중국이 있고, 중국의 공민들이 평화와 안녕을 누리면서 살아간다는 취지에서다. 1949년 10월 1일 신중국 성립을 기준으로, 그 전날까지 혁명에 참가한 공로자들에게 특별한 혜택이 주어졌다. 젊은이들은 추천제 형식으로 대학교에 입학할 기회를 잡았다. 나이가 많은 사람들은 당黨에서 운영하는 교육 기관에 입교하기도 했었다. 무학자無學者들에게도 합당한 일자리를 배정해 주었다. 그들은 퇴직 후에도 높은 금액의 연금을 수령한다.[10] 전 세계 어느 나라에서든 나라가 어려울 때 희생정신을 발휘한 투사들에게 최고 예우를 갖추는 것은 당연지사일 것이다.

---

9) 장이머우(张艺谋, 장예모)가 감독한 '인생'이라는 영화는 중국의 근·현대사를 시간적 순서대로 나열한 작품이다. 남자 주인공 푸구이는 얼떨결에 국민군의 자격으로 국공내전에 참전한다. 그 후 공산군의 포로가 되어 군인들을 위해 그림자극을 공연하고 군대를 위해 대포를 끈다. 그는 인민해방군으로부터 혁명에 참가했다는 증서를 받는다. 이 영화의 중반부에, 물에 젖은 빨랫감 속에서 찢겨진 '혁명 증명서'를 찾아내는 장면이 연출되었다. 그 너덜너덜한 증서를 액자에 끼워 넣어 집안의 벽에다 걸어놓는다. 훗날 예비 사윗감이 집으로 찾아왔을 때 자랑스러운 듯 보여준다.

오늘 문득 백형민 교장 선생님의 훈화가 생각났다. 나는 과연 어떠한 부류에 속하는 사람으로 살아왔을까! 사실 아직까지 적당한 해답을 찾지 못하였다. 그렇다고 범죄를 저지른 흔적도 없고, 남에게 작은 피해도 입히지 않았다. '있어서는 안 될 사람'이 아닌 것은 분명하다. 그 시절을 되돌아보니 백형민 교장 선생님이야말로 우리 학교 학생들에게 꼭 필요한 사람이었다.

---

10) 나는 아직 영화 '인생'의 원작 소설을 읽지 않았다. 자료에 따르면, 아내 자전과 사위, 손자마저도 모두 죽게 되어 푸구이만이 홀로 남아 노년을 보내게 된다고 한다. 내가 알고 있는 상식으로 비추어 봤을 때, 푸구이는 비록 외롭고 쓸쓸하더라도 혁명에 참가한 공로자에게 지급되는 연금이 있어서 경제적으로는 아무런 지장이 없다. 그러나 그 시절에는 전 세계 어디에서든 전산이 발달하지 않았기 때문에 행정적인 착오와 누락, 신속한 정보의 부족, 본인의 실수와 더불어 적절한 시기를 놓친 탓에, 공로로 인정받지 못하는 경우가 발생하기도 했다.

어머니와 나

나의 내면에 언제부터 중국인이라는 의식이 형성되었는지 정확하지 않다. 내가 한국인 초등학교에 갓 입학했을 때였다. 어머니께서는 하루도 거르지 않고,

"반 아이들에게 중국인이라고 말해서는 안 된다!"

라고 신신당부하였다.

그때 나의 어머니는 담임 선생님을 수시로 찾아뵈었다. 학급 친구들과 학부모들에게 아이가 중국인이라는 것을 밝히지 말아 달라는 부탁을 하셨다. 나는 '중국인'이 뭔지 '한국인'이 뭔지 몰랐다. 국적의 정확한 의미와 경계조차 깨닫지 못하던 시절이었다.

당시엔 '단일민족單―民族'이나 '배달민족倍達民族'이라는 용어를 자주 들먹이면서 순수 혈통주의를 지나치게 강조하였다. 재한화교는 한국 땅에서 살아가는 극소수의 외국인 신분이었다. 그러한 사회적인 환경과 영향 탓에 재한화교가 한국인들로부터 멸시와 수모를 받았다. 그들은 길을

걷다가 아무런 이유 없이 한국인들로부터 종종 돌팔매질을 당하였다. 동네의 건장한 한국인 아이들 여러 명이 재한화교 어린아이에게 시비를 걸기도 했었다. 어머니께서는 어린 자식이 타인들에게 그런 식으로 상처받는 것을 원하지 않으셨다. 그 때문에 어쩔 수 없이 선택한 조치였다.

그 시절 한국의 모든 학교에서 '조회朝會'시간을 가졌다. 오른손을 왼쪽 가슴에 얹고 '국기에 대한 맹세'를 다짐했다. 애국가를 4절까지 불러야 할 때도 있었다. 태극기를 게양하거나 하강할 시時에는 가던 길을 멈추고 예禮를 갖추었다. 우리들의 일상은 나라 사랑에 대한 충성심과 애국심으로 충만하였다.

내가 초등학교 4학년 무렵으로 기억한다. 이러한 행위들이 서서히 이상하고 불편하게 느껴지기 시작하였다. 왜 내가 '국기에 대한 맹세'를 해야 하고 애국가를 불러야 하지? 담임 선생님은 내가 중국인[11]이라는 것을 알고 있을 터인데, 나의 행동을 어떻게 생각할까? 어두운 숲속에 홀로 버려진 아이마냥 앞이 보이지 않고 혼란스러웠다. 조회 시간마다 어디론가 도망가고 싶었다.

내가 중학교 2학년 때 수원화교협회로부터 '화교증華僑證'을 교부 받았다. 이것을 근거로 인천출입국관리사무소에 찾아가서 '외국인거류신고증外國人居留申告證'[12]을 발급받았다. 그때부터 '나는 중국인이다'라는 의

---

11) 1992년 한중외교 수립 이전이라서, 대만 당국을 중국이라 불렀다.
12) 오늘날의 '외국인 등록증'에 해당한다. 그때는 전산 처리가 아니었다. 종이로 만들어진 작고 얇은 수첩 형태였다. 서울 서대문구 연희동 한성화교중고등학교 내에 설립된 '화교박물관'에 그 옛적의 '화교증'이 전시되어 있다.

식이 강하게 형성되었던 것 같다. 더 이상은 정체성의 혼란을 겪지 않았다. 학생 신분이라서 공부와 성적이 중요하였다. 다른 생각을 가질 여유가 없었다.

1986년 한국에서 '아시안 게임'을 치르게 되었다. '한국'과 '중국 본토'가 농구 결승전에서 치열한 공방전을 벌였다. 그때 나는 중학교 3학년이었다. 학교에 가면 같은 반 친구들은 한국을 응원했다. 담임 선생님도 한국이 이겨야 한다면서 열띤 응원 세례를 퍼부었다. 내 마음이 편하지 않았다. 그냥 혼자 속으로만 중국이 이기기를 바랄 뿐이었다. 결국엔 나의 소망대로 중국이 승리를 거두었다. 나는 뛸 듯이 기뻤다. 하지만 친구들 앞에서 나의 감정을 드러내 보일 수가 없었다.

그날 집으로 돌아와서, 온 가족이 둘러앉아 저녁밥을 먹었다. 어머니가 밥상머리에서,

"중국이 질까 봐 하루 종일 가슴이 얼마나 조마조마했는지 모른단다!"

라면서 속내를 털어놓으셨다. 어쩜 내 마음과 똑같았을까! 어머니의 마음이 내 마음이고, 내 마음이 어머니의 마음이었다. 일평생 우리 어머니는 중국인 남편과 혼인 관계를 유지했지만 한국 국적이었다. 부모는 자식 편이라서 중국 쪽으로 마음이 기울 수밖에 없었다.

한국 가요계에서 큰 성공을 거둔 어느 여자 가수는 재한화교 출신이다. 그녀는 훗날 한국인 남성과 결혼하여 한국 국적을 취득했다. 그녀의 자녀에게 '부계 혈통주의' 국적법에 의거하여 한국 국적이 주어졌다. 그렇다면

그녀의 마음은 어디에 있을까?

그녀가 어느 무대에서 자신의 이름 석 자를 중국어로 소개한 적이 있다. 일부의 네티즌은 영락없는 중국인이라면서 그녀를 향해 비난을 쏟아부었다. 하지만 나는 그리 생각하지 않는다.

그녀는 유년 시절을 화교 사회에서 보냈다. 화교학교에서 초·중·고 12년의 전체 교육 과정을 마쳤다. 어느 누구든 유년 시절과 학창 시절의 아릿한 추억과 향수를 간직하면서 살아간다. 그녀에게 중국 본토와 대만 당국은 그 이상도 그 이하도 아니다. 그녀는 두 자녀의 어머니라서 그녀에게는 자식이 소중하다. 그녀의 마음은 자녀들의 국적인 한국으로 기울 수밖에 없는 것이다. 그 시절의 나의 어머니가 자식들의 국적인 중국(중화민국 대만성)으로 마음이 쏠렸던 것처럼.

한국 국적을 취득하는 재한화교 출신자가 점진적으로 증가하고 있다. 귀화와는 관계없이 한국의 지역 사회에서 활동하는 그들의 숫자가 많아졌다. 어느 60대의 재한화교는 비교적 큰 단체에서 중책을 맡고 있다. 나는 우연한 기회에 그와 담소를 나누었다. 그는 무슨 행사에 참석할 때마다 '국기에 대한 맹세'를 하고 애국가를 불렀다. 처음에는 어색하고 당황스러워서 '해야 하나 말아야 하나'를 놓고 많이 망설였다고 한다. 지금은 여느 한국인들보다 '국기에 대한 맹세'를 잘 외우고, 애국가를 능숙하게 잘 부른다고 한다. 그의 사연을 가만히 듣고 있자니 나의 초등학교 시절이 떠올랐다. 정체성의 혼란으로 잠시 방황하던 기억 때문에 저절로 웃음이 나왔다.

이제 나는 한국과 중국이 국제 경기 대회에서 결승전을 벌인다 해도 개의하지 않는다. 한국이 이기면 어떠하고 중국이 이기면 어떠하랴! 우리 어머니도 나처럼 중립을 지키신다. 나는 이제야 깨달았다. 어려서는 부모의 손길과 보호가 필요해서 자식의 마음이 어머니의 마음이라는 것을. 자녀가 성장하면 법적인 의미로서의 조국이 중요하지 않다는 것을. 나의 삶이 현재 진행형으로 펼쳐지고 있는 한국이라는 나라가 소중하다는 것을.

모든 일에는 순서가 있고 시간이 필요하다

'첫술에 배가 부르랴'라는 속담이 있다. 밥을 한 숟가락 떠먹고 배가 부를 수 없다는 것을 비유적으로 표현한 문장이다. 식사를 할 때는 한 숟가락씩 떠서 꼭꼭 씹어 먹어야 소화가 잘되고 차츰차츰 배가 불러온 다는 뜻이다. 모든 일에는 순서가 있어서 짧은 시간 안에 만족할 만한 결과를 얻기가 어렵다는 깊은 의미가 담겨 있다. 무슨 일을 할 때는 급하게 서두르지 말고 시간을 들여 꾸준하게 노력해야 한다는 것이다.

한국의 화교학교는 1953년 한국 전쟁 휴전 전후까지 한반도로 이주한 선대 재한화교 어르신들의 자발적인 모금으로 설립되었다. 본시 그들의 고향은 중국 산동성山東省이다. 하지만 당시의 국제 정치 상황을 고려하여 중화민국 대만성의 해외 교민 신분이 되었다. 이에 따라 국내의 화교학교는 1954년 중화민국 대만성 '교무위원회 및 교육부'의 '해외 화교학교 규정'을 기본 방침으로 운영되어 왔다.

그동안 화교학교는 학생들의 학비에 크게 의존하여 재정을 확보하였다. 하지만 전체 재한화교 인구가 감소하면서 취학 연령의 아동이 급감하는 현상이 일어났다. 학생 수의 감소로 재정상의 문제가 발생하자 지방에서 소규모 형태로 운영하던 대부분의 화교학교가 문을 닫았다. 아예 부지를 매각한 곳이 많다. 어떤 학교는 그냥 방치하여 외관이 흉흉하다. 강경화교소학교는 그 지역 자치단체의 도움을 받아 화교박물관으로 탈바꿈하였다.

내가 태어나서 성장한 수원에도 화교학교가 있다. 초등교육과 부속 유치원만을 운영하는 소규모 형태이다. 서울과 근거리라서 전체 재한화교 사회와 '대만무역대표부'의 관심을 받는다. 중국대사관의 관계 부서 영사와 친분이 두터워지면서 금전과 컴퓨터 등과도 같은 물품을 지원 받았다. 자국의 교과서를 채택해 달라는 그들의 부탁도 있었다. 하지만 학교 운영의 주체는 재한화교 교민 단체의 구성원이다. 그들은 대만 당국의 학제로 공부하면서 학창 시절을 보냈다.

몇 해 전, 중국에서 건너온 어느 결혼 이주 여성이 지방의 어느 재한화교(구화교) 교민 단체를 찾아왔다. 그녀는 그 지역의 화교학교 안에서 다문화 가정의 자녀들에게 중국어를 가르치고 싶다는 의견을 제시하였다. 그런데 국내의 화교학교는 재한화교의 역사와 정통적인 맥을 이어온 교육기관이다. 더불어 화교학교의 중국어 교육은 대만 당국의 '주음부호(ㄓㄨˋㄧㄣㄈㄨˊㄏㄠˋ)'[13]를 기초로 수업을 이끌어 간다. 제3자가 언어와 관련된 행사를 개최한다는 것은 도리에 어긋나는 행위이다.

주한 중국 대사관은 중국 정부를 대표한다. 해외의 교민학교는 자국의 언어와 문화를 전달하는 중요한 장소이다. 그들의 입장에서 화교학교 운영자들에게 자국의 교육 체계로 전환시켜 달라는 것은 당연지사이다. 그렇지만 결혼 이주 여성은 한국의 언어와 문화를 먼저 배우고 익혀야 한다. 자녀들에게 중국어를 가르치는 것은 부차적인 문제이다. 게다가 아이들에게 중국어를 교육할 장소는 많다. 이러한 행사를 굳이 화교학교 안에서 진행할 필요가 없는 것이다.

국내의 화교학교는 재한화교에게 일자리를 제공하는 기능을 담당한다. 학생들을 가르치려면 교사라는 인적 자원이 필요하다. 아울러 그들의 재산권과도 밀접한 관련이 있다. 학교 부지를 매각한다고 가정해 봐라! 그동안 그 지역에서 주소를 함께하면서 살아온 재한화교들끼리 대금을 나누어 갖는다. 그들에게 경제적인 이득이 생기는 것이다. 남의 영역을 함부로 침범해서는 안 된다는 뜻이다.

1970~80년대에 적지 않은 한국인 학생들이 화교학교에서 공부한 이력을 갖고 있다. 그들은 재한화교 가정의 자녀들과 어울리면서 국적을 따지지 않았다. 화교학교 교사를 훌륭한 스승으로 모셨다. 재한화교 친구

---

13) 주음부호(중국어 정체자: 注音符號, 병음: Zhùyīn fúhào, ㄓㄨˋ ㄧㄣ ㄈㄨˊ ㄏㄠˋ)는 중국어의 발음을 표기하기 위한 하나의 방법이다. 처음 4글자 ㄅㄆㄇㄈ에서 따왔으므로 '보포모포(Bopomofo)'라고도 한다. 1913년에 중국독음통일회에서 제정되었고, 1918년에 중화민국 정부가 공표하였다. 당시의 정식명칭은 '주음자모(注音字母)'였으며 한자를 대신하는 문자로 사용되었다. 1930년에 '주음부호'로 개칭하고 한자의 발음기호로 축소되었다. 한자의 표음을 나타내는데 널리 쓰였으며, 중화민국에서는 초등교육 초기에 주음부호를 배운다. 중화인민공화국 건국 이후 한어병음 방안으로 대체되어 중국 본토에서는 사용하지 않는다.

들과 뛰어놀면서 추억을 공유하였다. 김진아金珍我 교수는 초등학교 교사인 어머니의 권유로 전주 화교소학교에서 초등교육을 마쳤다. 훗날 중국 상해上海 복단대학교에서 박사 학위를 취득하였다. 그녀는 현재 한국외국어대학교 통번역대학원의 교수로 재직하고 있다. 2002년도에 『나는 중국어로 꿈을 꾼다』라는 자전적 수필집을 출판한 적이 있다. 본시 왕언메이王恩美[14]는 한국인이다. 초·중·고 12년의 전체 교육 과정을 화교학교에서 마쳤다. 연희동 한성화교중고등학교를 졸업한 후에 대만 당국으로 유학을 갔다가 현지에서 교수가 되었다. 그녀는 화교 문제를 끊임없이 연구·분석하면서 관련된 논문을 지속적으로 발표한다. 나의 작은 언니 동기 동창 중에도 한국인이 여러 명 있었다. 대부분이 명문대학교로 진학하였다. 그들은 1992년 한중외교 수립 직후 양국을 오가면서 많은 공헌을 했을 것이다.

과거 화교학교는 한국 법무부 출입국관리사무소의 외국인 단체로 등록되었다. 법적인 의미로서의 교육 기관으로 인정받지 못하였다. 전국의 화교학교마다 한국인 학생이 있었지만 관심 밖의 영역이었다. 1999년 유관 부처의 관계 법령에 따라 각종 학교로 지정되었다. 교육부 산하의 외국인 교육 기관으로 편입되는 절차를 밟았다. 한국 당국에서 '대한민국 영토 내에 설립된 외국인 기관에 국내법을 적용시키겠다'는 방침을 내놓은

---

14) 현 국립대만사범대학 동아시아학과 교수이다. 원래는 한국인이었으나 한성화교중고등학교 재학 중에 대만 국적을 취득하여 기존의 '이李' 씨에서 '왕王' 씨가 되었다. 졸업 후 대만 당국으로 유학을 갔다가 그곳에서 석·박사 학위를 취득하였다. 대만인 남성과 결혼하여 현지에서 가정을 이루었다.

것이었다. 나는 국가의 방침이 응당 옳은 것이라 당연히 지켜져야 한다고 생각한다. 마오쩌둥毛泽东도 일찍이 "해외 화교는 반드시 거주국의 법령을 따라야 한다"고 거론한 적이 있다. "거주국의 국적을 취득한 화인들 또한 그 나라의 법을 준수해야 한다"라고 강조하였다.

오늘날의 화교학교에서는 중화사상을 강조하지 않는다. 자랑스러운 중화민족의 후손이라 가르치지도 않는다. 무슨 중요한 행사가 있을 때마다 화교학교 운동장엔 청천백일기와 태극기가 함께 어우러져 푸른 하늘을 향해 펄럭인다. 주재국인 한국 정부와 국민에게 예의와 고마움을 표시한다. 재한화교들이 나서 성장한 대한민국이 평온해야 이 땅 위에 설립된 화교학교가 평화와 안정을 누릴 수 있다. 화교학교를 선택한 학생들이 심신의 안정 속에서 학업에 열중할 수 있는 것이다. 이유가 어찌 되었든 한국의 경제 발전에 기대어 살아왔고 앞으로도 그렇게 살아가야 한다.

중국 춘추 전국 시대의 유명한 사상가 노자老子가 『도덕경道德經』 63장을 통해,

天下之难事 必作于易(천하지난사 필작우이),
天下之大事 必作于细(천하지대사 필작우세).

천하의 어려운 일은 반드시 쉬운 일에서 비롯되고,
천하의 큰일은 반드시 작은 일에서 비롯된다.

라고 서술하였다. 모든 일에는 순서가 있어서 시간이 필요하다는 것이다. 순서를 바꾸고 싶고 이 순서를 바꾸는 것이 더 좋아 보일 수도 있다. 그렇지만 그 순서를 바꾸면 일의 진행이 원활하게 이루어지지 않는다는 의미가 숨겨져 있다. 처음 한 걸음을 떼고 또다시 한 걸음씩 꾸준히 계속 걷다 보면 언젠가는 원하는 목적지에 도달할 수 있지 않겠는가!

결혼 이주 여성은 굳이 화교학교 안에서 다문화 가정의 자녀를 위해 중국어를 강의할 필요가 없다. 만약 화교학교 운영의 욕심 때문이라면 우리 세대는 결코 아니라 말해 주고 싶다. 먼 훗날 결혼 이주 여성의 자녀가 재한화교 후손과 혼인으로 맺어져 하나의 가정으로 이루어져야 가능하다. 나는 세월이 흘러 흘러 서로가 서로를 의식하지 않는 날이 곧 돌아올 것이라 믿는다.

그녀가 머물던 자리

1995년 그해 여름, 나는 그녀와 딱 한 번 만났다. 나는 중국 요녕성 심양沈阳시 소재의 동북대학교에서 중국어를 배우고 있었다. 그녀는 대만 지역에서 석사 학위를 갓 마친 28세의 한국인이었다. 박사 학위 과정 공부를 위해 길림성 장춘长春시의 동북사범대학교로 향하는 길이었다.

당시엔 중국의 각 지역으로 향하는 직항 노선이 많지 않았다. 요녕성의 성도인 심양을 경유하여 길림성의 성도인 장춘으로 가는 경우가 많았다. 심양 철도역에서 기차를 타고 10여 시간을 가야 하는 길고도 불편한 과정을 거쳤다. 그녀는 심양 기차역에서 이른 아침에 출발하는 장춘행行 기차에 몸을 실어야 했다. 그래서 역과 가장 가까운 동북대학교 외국인 유학생 기숙사에서 하룻밤을 의탁하였다.

첫 만남이 있었던 그날, 우리는 기숙사 건물의 부속 식당에서 저녁밥을 같이 먹었다. 그런 후 그녀의 방으로 올라가서 밤늦도록 대화를 나누었다. 내가 그녀의 방을 빠져나오려는 순간이었다. 그녀가 조그마한 메모지를 꺼내 들더니 손글씨로 무언가를 또박또박 적었다. 그리고는 나에게 건네주었다. 거기에는 '난관취南关区 스따린루斯大林路[15]'라는 동북사범대학교의 구체적인 주소와 유선 전화번호[16]와 본인의 이름 석 자가 적혀 있었다. 그녀는 나와의 이별이 아쉬웠는지 장춘에 놀러 오면 꼭 연락하라는 인사말을 남겼다.

이듬해 2월 심양을 떠나오는 날, 그 메모지는 25kg에 달하는 나의 짐 속에 파묻혀 조용하게 한국으로 입국하였다. 그 후 나는 사회에 첫발을 내디뎠고, 직장 업무에 쫓기면서 살았다. 그렇게 바쁜 나날을 보내면서도 가끔씩 그녀가 생각났다. 근무를 마치고 집으로 향하는 공용버스 정류장에서…, 한 잔의 차를 마시면서 어지럽게 널린 책장을 정리하는 일요일 오후에는 더욱더 어렴풋하게….

2016년, 나는 늦은 나이에 중국 유학을 결심하게 되었다. 이 학교 저 학교 알아보다가 그녀의 목적지였던 동북사범대학교가 떠올랐다. 장춘은 길림성吉林省의 '성도(省都, 한국의 도청 소재지)'라서 어느 정도 번화할 것이라 여겼다. 물가 또한 저렴하다고 하니 가난한 유학생이 공부하기에 안성맞춤이라 판단하였다. 그러나 나의 예상과는 달리 그리 번화하지 않았

---

15) 1949년 중국과 구소련의 우호관계를 드러내기 위해 스따린루(斯大林路, 스탈린길)로 불리다가, 1996년 지금의 런민따제(人民大街, 인민대가)라는 이름으로 바뀌었다.

16) 그때는 한국이든 중국이든 적은 숫자의 일부분의 사람만이 무전기처럼 크고 무거운 핸드폰을 소유하고 사용하였다. 위챗은 아예 존재하지 않았고, 유전 전화가 가장 널리 보급된 통신 수단이었다. 그 다음으로는 팩시밀리와 이메일이었다.

다. 청소가 덜 된 소각장마냥 지저분했다. 마치 1995년 그해의 심양처럼 본격적인 개발을 기다리는 낙후된 도시 그 자체였다.

놀랍게도 기숙사 바로 옆의 학교 북문을 나서면 이렇다 할 먹거리와 식당이 없었다. 구경삼아 드나들 만한 소규모의 상점 하나 존재하지 않았다. 그저 시市에서 운영하는 동물원만이 휑하게 시야를 가득 채울 뿐이었다. 그녀가 이런 곳에서 어떻게 살았을까? 마냥 초라해 보이는 그 도시가 무수한 의문을 던졌지만 적당한 해답을 찾지 못하였다. 귀가 떨어져 나갈 듯한 영하 20도를 오르내리는 첫 겨울을 맞이했을 때는 더욱더….

우리 학교에서 가장 가까운 상업 지대는 '꾸이린루(桂林路, guìlínlù)'였다. 나의 걸음걸이로 왕복 30분 정도면 다녀올 수 있었다. 공용버스를 이용한다면 5~6정거장이면 충분하였다. 대부분의 우리 학교 학생들은 느린 걸음으로 시간이 멈춘 듯한 풍경 속을 걸었다. 그들은 그곳의 대형 슈퍼마켓을 자주 다녀왔다. 군것질거리와 간단한 생필품을 한두 보따리씩 양손 무겁게 구입하는 것이 다반사茶飯事[17]였다. 어느 누구든 쇼핑을 마치면 근처의 먹자골목을 그냥 지나치지 않았다. 삼삼오오 짝을 지어 어둑어둑한 길을 밝혀주는 길거리 식당을 찾았다. 중국적인 향이 물씬 풍기는 맛이 더하여진 요깃거리로 저녁을 먹었다. 그런 후 가로등 불빛을 따라 거북이 걸음마냥 걸었다. 느리지만 분주하게 이야기보따리를 풀어내

---

17) 차를 마시고 밥을 먹는 것처럼, 일상생활에서 자주 발생하는 일을 비유적으로 표현한 것이다.

면서 기숙사로 돌아왔다.

그런데 어느 날부터인가 강한 의문이 들기 시작하였다. 어둠이 짙게 깔린 밤 8~9시 그쯤마다 '쯔여우따루(自由大路, zìyóudàlù)'의 양쪽 인도를 따라 학교를 향해 걸어가는 학생들의 행렬 때문이었다. 마치 줄다리기 대회의 선수들마냥 꼬리에 꼬리를 물었다. 그들은 왜 단돈 1원이면 승차할 수 있는 버스를 이용하지 않고 걷는 것일까? 양손 가득 무거운 물건을 들었다면 차라리 대중교통 수단을 이용하는 것이 훨씬 더 편리하지 않을까? 장춘의 택시비는 중국 전역에서 가장 저렴하기로 소문이 자자한데⋯. 그러다가 문득 나 또한 그들 중의 한 사람이라는 놀라운 사실과 맞닥뜨렸다.

나는 공부 때문에 몹시 바빴지만 이따금씩 그녀가 떠올랐다. 교실에서 강의를 들을 때도, 학생 식당에서 밥을 먹을 때도, 캠퍼스 곳곳을 거닐 때도⋯. 나의 발길이 닿는 곳 어디든 이미 지워진 그녀의 발자국이 남아 있을 것이라는 생각 때문에⋯. 하루는 학교 관계자에게,

"예전의 주소가 '스따린루' 아니었냐?"

라고 물어보았다.

"내가 이 학교 졸업생이다.",

"그때도 지금처럼 '런민따제人民大街'였다."

라는 무관심한 듯한 대답만이 돌아왔다.

나는 이대로 포기하고 싶지 않았다. 그녀의 흔적이라도 찾을 수 있지 않을까라는 작은 희망을 품었다. 여기저기 닥치는 대로 수소문하였다. 그러나 20년 전의 행정 업무와 관련된 사람들은 벌써 이곳을 떠나갔다고⋯.

지금에 와 돌이켜 보면, 장춘이라는 도시는 마음의 여유를 갖고 살아가라 알려주었다. 낙후된 도시의 분위기 속에서도 편안함과 행복감이 묻어났다. 그곳의 사람들은 아무리 바빠도 서두르지 않았다. 막 출발한 버스를 쫓지 않았다. 버스를 놓칠 것을 대비하여 조금 일찍 길을 나섰다. 내가 중국인 친구들과 만남의 약속이 있을 때도 마찬가지였다. 그들은 어김없이 나보다 조금 일찍 도착하였다. 그리고는 조금 늦은 나를 따뜻하게 맞이해 주었다.

　우리는 중국인들의 성격을 논할 때 '만만디慢慢的'라는 용어를 자주 사용한다. 그들의 행동이나 일의 진행 속도가 늦어서 답답하다는 표현이다. 그런데 빠르다고 해서 모두가 좋은 것만은 아닌 듯싶다. 중국의 광활한 땅과 수많은 인구, 유구한 문화역사와 명승고적, 중국의 경제 발전이 하루아침에 이루어진 것이 아니기에 더욱 그러하다. 만만디 탓인지 전국 각 지역에서 모여든 동북사범대학교 학생들의 일상생활은 늘 여유가 있어 보였다. 동서로 길게 뻗은 쯔여우따루의 양쪽 길을 따라 학교까지 천천히 걸어갔다.

'쯔여우따루(自由大路)'라 씌어진 이정표(2017년)

나는 인생을 살아오는 동안 그녀와 딱 한 번의 만남을 가졌다. 그녀가 잊혀질 것 같으면 생각난다. 그렇게 생각나면 가벼운 몸살을 앓듯 추억에 잠긴다. 그녀는 동북사범대학교에서 박사 학위를 받았음이 분명하다. 그런 후 한국으로 되돌아와서 어느 대학교의 교수로 임용되지 않았을까 싶다. 자신에게 어울리는 남자를 만나 행복한 가정도 이루었을 것이다.

만나야 할 사람은 꼭 다시 만나게 된다고 한다. 그러나 내가 그녀와 다시 만날 수 있을는지 모르겠다. 설령 다시 만날 수 없다 해도 상관없다. 인생에는 좋은 만남도 있고 불행한 만남도 있다고 한다. 좋은 만남의 기회를 얻은 것만으로도 만족한다. 그녀가 머물렀던 자리에 안착하여 여유로운 삶을 누리는 방법을 깨달았으니 고마울 뿐이다.

2장

추앙관동

그들의 특별한 입시제도

중국에는 '홍콩·마카오·대만 지역과 해외화교'와 관련된 입시 제도가 별도로 구비되어 있다. 흔히 말하는 특별 전형이다. 이 제도의 수혜를 누리려면 관계기관에서 요구하는 서류를 제출하여 진위 여부를 검증받아야 한다.[18] 더불어 이러한 법과 제도는 꼭 지키기로 약속한 규범이다. 하지만 규정상 촘촘하지 못한 틈이 생길 수도 있다. 중국의 입학 창구에는 그 빈틈을 비집고 들어가려는 학생들로 넘쳐난다.

나는 길림성 장춘시의 동북사범대학교에서 석사 학위에 도전하려고 계획했었다. 그러나 '해외화교' 신분이라서 중국 당국의 법과 제도에 위배된다는 것이었다. 굳이 이곳에서 학위를 받으려면, 한국 국적으로 바

---

18) 중국 교육부 산하 유학 서비스 센터의 심사를 거쳐야 한다. 관계기관에선 '당신이 정말로 홍콩·마카오·대만지역 혹은 해외 화교 신분인가의 진위 여부'를 확인하는 것뿐이다. 필자 때만 하더라도 절차가 상당히 복잡했었다. 지금은 많이 간소화되었다고 한다.

꿔오던가! 현지의 학생들처럼 국내 시험에 응시하여 치열한 경쟁을 뚫던 가! 그것도 싫다면 광동성广东省 광저우(广州, 광주)의 기남대학교暨南大学校 혹은 복건성福建省 샤먼(厦门, 하문)의 화교대학교华侨大学校로 가라 하여 깜짝 놀랐다.

전 세계의 어느 나라든 해외에서 초·중·고 12년의 교육 과정을 마친 입시생은 특별 전형 대상으로 분류된다. 그러나 중국 당국에게 그러한 것은 중요하지 않았다. '당신이 어떠한 종류의 신분증을 소지하고 있느냐'가 최대의 관건이었다.

이젠 중국 광저우 기남대학교 화문학원华文学院이 나의 모교가 되었다. 그곳에는 '홍콩·마카오·대만 지역과 해외화교' 학생들만을 위한 대학 입시 예과반豫科班[19]이 설치되어 있었다. 그 '예비 학습반'은 보다 수월하게 중국 본토 소재의 대학교에 진학하려는 학생들을 위한 부설 교육 기관이다. 해마다 5월이 오면 '까오카오(高考, gāokǎo)' 마냥 그들만을 위한 전국 연합고사가 실시된다. 이 시험에서 우수한 성적을 받은 소수의 학생들은 중국 전역의 상위권 대학에 진학할 자격이 주어진다. 그렇지만 기남대학교 예과반에서 일정 기간 동안의 학습을 마치고 자체 시험에 통과만 해도 상관없다. 성적이 우수하다면 본교本校, 조금 부족하다 싶으면 화교대학교에 입학할 수 있다. 기남대학교 예과반의 승차권은 본인의 노력 여하

---

19) 중국어 간체자로는 预科班'이라 표기하고, 중국어로는 위커반(yùkēbān)이라 발음한다.

에 따라 당첨이 예정된 복권과도 같은 것이다.

내가 기남대학교에서 공부하는 동안 이러한 학생들과 마주칠 기회가 많았다. 가장 커다란 특징은 홍콩香港 출신이 많은 비중을 차지한다는 거다.

그런데 그들 중의 많은 숫자가 홍콩에 살고 있지 않았다. 홍콩의 지리와 생활 환경과 문화에 대해 아는 것이 없었다. 홍콩의 현지 언어인 '홍콩식 광동어'를 한마디도 구사할 줄 몰랐다. 거의 대부분이 중국에서 초·중·고 12년의 전체 교육 과정을 마친 학생들이었다. 원리 원칙대로라면 중국의 대학 입시 제도인 까오카오를 통해 치열한 경쟁을 뚫어야 한다. 하지만 그들이 특별 전형과 관련된 신분증을 소지하고 있어서 가능한 것이었다.

1997년도에 개봉한 '진가신陈可辛' 감독의 '첨밀밀(甛蜜蜜, tiánmìmì)'이라는 영화가 있다. 이 작품은 중국 본토에서 홍콩으로 입국한 남녀 주인공의 만남과 사랑으로 시작한다. 당시 홍콩에서 돈을 벌어 인민폐로 환전하면 상당한 값어치가 있었다. 광저우와 선전(深圳, 심천) 등지의 남방인들이 홍콩으로 건너가서 경제 활동에 종사하는 경우가 많았다. 처음에 그들은 불법으로 체류하였다. 하지만 시간이 지남에 따라 홍콩 지역의 신분증을 부여받았다. 중국 본토에 남겨진 그들의 자녀 또한 부양가족으로 등재할 수 있었다.

미혼의 남녀가 홍콩 신분증을 취득한 이후 중국 본토로 되돌아가더라도 그 신분이 유지되었다. 중국의 고향 마을에서 현지인과 혼인하여도 마찬가지였다. 자녀를 출산하면 그 자녀는 부모의 신분을 승계받아 홍콩 신분증을 취득할 수 있었다. 중국 당국에서는, 그들이 중국 본토와 홍콩을 자유자재로 왕래할 수 있도록 통행증을 발급해 주었다. 이 통행증이 특별 전형과 관련된 가장 중요한 신분증이다.

하루는 기남대학교 근처의 커피숍에서 책을 보고 있었다. 어디선가 평양 사투리가 들려왔다. 갓 20세로 보이는 여학생 두 명이 대화를 나누고 있었다. 그녀들은 요녕성 단동丹东시의 '후커우(户口, hùkǒu, 주소와 주민등록증)'를 가진 한족이었다. 북한 신의주에서 고등학교 교육 과정을 마쳤다고 했다. 특별 전형의 혜택을 누리기 위해 편법을 사용하였노라고 털어놓았다. 부친이 중국과 북한을 오가면서 무역업에 종사하여 가능했다고 한다. 미성년의 자녀가 부친 혹은 모친을 동반하여 해외에서 2년 이상 교육을 받으면 '해외화교 학생' 신분으로 전환되는 제도를 이용한 것이었다.

해마다 우리 학과에도 특별 전형으로 입학하는 홍콩 출신 학생이 여러 명 있었다. 그들은 본시 홍콩에서 출생·성장한 후 홍콩 현지 학교에서 12년의 교육 과정을 마친 홍콩 본토박이와 중국에서 출생·성장한 후 중국 현지 학교에서 12년의 교육 과정을 마친 신분증상의 홍콩인으로 나누어졌다. 나의 1년 선배 중에도 후자에 속하는 경우가 있었다. 그녀의 모친이 일찍이 홍콩으로 건너가서 경제 활동에 종사했다고 한다. 그러다가 그녀가 15세 때 홍콩 신분증을 취득하게 되었다. 당시 그녀는 중국에서 중학교에 다니고 있었다. 고등학교 과정도 중국 본토에서 마쳤다. 그렇지만 홍콩 신분증을 소지하고 있어서 까오카오를 치르지 않았다. '홍콩·마카오·대만 지역과 해외화교'와 관련된 특별 전형을 통해 다른 학생들보다 비교적 수월하게 대학교에 진학할 수 있었다. 대학원도 마찬가지였다. 그렇다면 그녀가 규정상 잘못을 범한 것일까?

중국의 현행 입시법에 의거하여 자신에게 주어진 환경과 조건을 활용한 것밖에는 아무런 죄가 없다. 전 세계의 어느 나라이든 그 나라의 법과 제도가 아무리 훌륭하다 해도 빈틈은 발생하기 마련이다. 어떤 사람은 그 공간을 찾아내어 비집고 들어가고 싶어 한다.

1970~80년대의 화교학교에 적지 않은 한국인 재학생이 있었다. 대부분이 전·현직 고위급 공무원과 준재벌에 해당하는 경제력을 지닌 가정의 자녀들이었다. 그 시절에는 중국어를 중요하게 여기지 않았다. 중국어를 전문적으로 가르치는 사설 학원조차 없었다. 이상하게도 일부 가정의 학부모들은 자녀를 화교학교에 보내어 공부하도록 했다.[20] 문제는 그들의 대학 진학이었다. 그들은 대한민국의 법과 제도의 원리 원칙에 따라 여느 학생들처럼 치열한 경쟁을 뚫고 대학교에 진학해야 옳았다. 하지만 화교

---

20) 1971년 10월 제26차 '유엔 상임이사국 총회'에서 중화인민공화국을 대표로 인정한다는 결의가 성립되었다. 1972년 중국과 일본이, 1979년 중국과 미국이 수교를 맺었다. 중국 본토가 국제무대에 등장하면서부터 지식인들 사이에 중국어를 배워야겠다는 의식이 강하게 작용하였다.

학교의 교과 내용은 한국의 공교육 기관에서 가르치는 것과 너무나 달랐다. 학력고사에서 높은 점수를 얻을 수 없었다. 그래서 편법을 찾았다. 그 한국인 졸업 예정자를 화교학교 교직원의 호적에다 입양 자녀로 올렸다. 관련된 법과 제도에 끼워 맞추기 위해서였다.[21]

우여곡절 끝에 나의 대학원 입학이 확정되었다. 당시의 행정실 직원이 말하기를,

"어떻게 네가 화교 신분이냐?"

"외국 국적자로 처리해야 맞는 것이지…."

그녀의 말이 옳다. 나는 한국 출생이다. 한국인 학교에서 초·중·고 12년의 전체 교육 과정을 마쳤다. 대학교 과정도 한국에서 학위를 받았다. 중국 전역의 어느 대학교에서든 특별 전형을 통해 석사 학위에 도전할 기회가 주어져야 한다. 그러나 나는 당국의 입시법에 의거하여 외국인 특별 전형의 수혜자가 될 수 없었다. 나의 '신분증' 때문이었다. 어쩔 수 없이 광저우의 기남대학교를 선택하였다.

나의 동기 중에 캐나다 국적을 지닌 40세 여성이 한 명 있었다. 그녀는 본시 중국의 한족 출신이다. 중국 하얼빈에서 초·중·고 12년 전체 교육 과정을 마쳤다. 훗날 대학교 진학을 위해 캐나다로 출국했다. 대학교에 입학

---

21) 한국인 학생들이 중화민국 국적을 취득한 후 특례전형을 통해 국내의 명문대학교로 진학하는 경우가 많았다. 그들 대다수가 목적을 달성한 이후, 혹은 대학교 졸업과 동시에 원국적(한국)을 회복하였다. 드물게는 해외로 유학을 떠난 이후 제3국의 국적을 취득하기도 했다.

할 당시엔 중국 국적자라서 당국의 외국인 특별 전형을 통해 상급 학교로의 진학이 수월했다. 그녀는 졸업 후 캐나다 시민권을 취득했다. 중국으로 되돌아와서는 캐나다 국적을 활용하여 외국인 특별 전형을 통해 석사 연구생이 되었다.

우리가 흔히 화교라 일컫는 동남아 지역의 태국, 인도네시아, 싱가포르, 말레이시아 지역의 출신자들은 더 이상 '해외화교' 신분이 아니다. 중국 정부도 그들의 국적에 따라 외국인으로 처리한다. 그들이 중국에서 상급 학교에 진학할 시에도 외국인 특별 전형을 통해 입학을 허가한다. 장춘의 동북사범대학교 행정실 직원이 한국 국적으로 바꿔 와야 입학을 허가해 주겠다고 으름장을 놓은 것 또한 옳은 것이었다.

1992년 한중외교 수립 이후, 일부의 재한화교 가정의 학부모가 학령기의 자녀를 중국으로 유학 보냈다. 하지만 졸업장을 받지 못하고 중도 입국하는 사례가 많았다. 중국 교육부에서는 대만 여권에 신분증 번호가 씌어 있지 않은 학생들에게 졸업장을 수여할 수 없다는 것이었다. 재한화교 학부모들은 서둘러서 '주한중국대사관駐韓中国大使馆'과 지방의 '총영사관'을 찾아갔다. 중국 여권으로 교체하면 계속해서 학업을 이어갈 수 있고, 졸업장도 받을 수 있다고 했다.

대만 당국은 국제법에 의거하여 일개의 나라로 인정을 받지 못한다. 대만 여권에 대만 국민이라는 것을 입증할 신분증 번호가 적혀 있다면 달라진다. '타이바오쩡(台胞证, táibāozhèng)'[22]을 발급받은 후에 '홍콩·

마카오·대만 지역과 해외화교'와 관련된 특별 전형의 혜택을 누릴 수 있다. 그렇지 않으면 한국인으로 귀화하여 한국 여권을 소지해야 한다. 혹은 대만 여권을 반납하고 중국 여권을 발급받는 것도 하나의 방법이다.

나는 구화교 신분이지만 다행히도 중국 여권을 소지하고 있었다. '홍콩·마카오·대만 지역과 해외화교'와 관련된 특별 전형의 대상자로 지정되었다. 그렇지만 그와 관련된 서류를 구비하여 제출하는 것이 너무나 버거웠다. 당시의 해외화교 특별 전형의 규정을 분석해 보면, 내가 처한 상황과 상당 부분 일치하지 않았다. 나는 일일이 해명을 하듯 문장으로 작성하고 또 작성하였다. 친필 서명을 남긴 후 서류 대용으로 제출할 수밖에 없었다.[23]

법과 제도는 완벽하게 구성되고 짜여져야 한다. 누구에게든 평등하게 적용되어야 한다. 그러나 개인에게 주어진 환경과 조건이 조금씩 달라서 원리 원칙이 깨질 수도 있다. 그렇다고 법과 제도의 테두리 안에서 이루어진 행위를 탓해서는 안 된다. 나는 감당하기 힘들었지만 석사 학위에 도

---

22) 흔히 말하는 '대만 동포증(台胞证, táibāozhèng)'이다. '대만 동포증'은 중국 영내에서 중국인들의 국내 신분증과 똑같은 기능을 갖는다. 대부분의 재한화교들은 대만 당국의 신분증 번호가 없어서 발급을 받을 수가 없다. 이 신분증이 없어서 중국으로 유학 간 새한화교의 자녀가 졸업장을 받지 못한 채 되돌아온 것이었다. 지금은 '대만 동포증'이 없으면 아예 입학조차 허용하지 않는다.

23) 중국 당국의 해외화교 특별 전형은 중국에서 출생·성장한, 중국 본토의 후커우(주소와 신분증)를 소지한 내국인을 기준으로 정한 것이었다. 그러나 나는 한국에서 출생·성장했기 때문에 나의 주소는 한국에, 나의 신분증은 대한민국 법무부 출입국관리사무소에서 발급받은 외국인 등록증이었다. 그래서 여러 가지를 고민하다가 나의 상황을 해명하는 내용을 글로 써서 제출하였다. 다행하게도 담당자는 국가의 행정을 맡은 공무원이었다. 이와 관련된 역사적 배경지식을 갖추고 있어서 무사히 통과할 수 있었다.

전하는 방법을 찾아냈다. 법과 제도가 현실과 부합하지 않는다면 조금씩 서서히 개선해야 할 것이다.

중국의 하늘

중국의 하늘은 어떤 빛깔일까?

초등학교 3학년 무렵으로 기억한다. 담임 선생님께서 사회 과목 수업 시간에,

"중국은 공산주의 국가이다."

라고 말씀하셨다.

그날 나는 집으로 돌아와서는 책상 앞에 앉아 수많은 의문에 휩싸였다. 중국이라는 나라가 어떻게 생겼을까? 중국인은 어떠한 삶을 살아갈까? 중국이 공산주의 국가라 하니 그곳의 사람들은 북한처럼 강제 노동에 시달리면서 살아가겠지? 서쪽 하늘가에 붉은 노을이 펼쳐질 때까지 생각하고 또 생각했었다.

그 시절의 중국은 가려해도 갈 수 없는 나라였다. 우리 아버지와 조부모님은 공산당의 잔인함과 학살을 피해 한국으로 이주한 것으로만 알고 있었다. 1980년대의 우리는 이데올로기가 만들어 낸 반공정신에 지배를

받고 있었으니 당연지사였다. 나의 지식이 부족했던 탓에 역사적인 배경을 제대로 이해하고 헤아리지 못하던 시절이었다. 나의 사고 능력 또한 사회적 교육의 한계로 지금처럼 발달하지 않았었다.

1992년도에 역사적인 한중외교가 수립되었다. 재한화교들에게 한국과 중국의 서로 다른 정치적인 이념은 중요하지 않았다. 고향 산천의 그리움과 그동안 떨어져 살아온 부모 형제들의 소식이 가장 궁금하였다. 이해타산이 빠른 후손들은 새로운 투자처를 찾기 위해 선친의 고향 마을을 찾았다. 그들은 선편과 항공편을 이용하여 서해의 하늘을 분주하게 넘나들었다. 나의 아버지도 그러한 사람 중의 한 분이셨다.

우리 집안에는 중국의 고향 마을에 남겨진 직계 가족이 없었다. 촌수가 비교적 먼 일가친척과 어렴풋한 고향 산천의 풍경만이 아버지의 가슴 속에 그리움으로 남아 있었다.

1994년 12월의 어느 날로 기억한다. 나는 아버지의 동반자가 되어 출국장을 나섰다. 우리 부녀父女는 국제 여객선에 몸을 실었고, 천진(天津, 톈진) 근교의 탕구(塘沽, tánggū)항에서 입국 도장을 찍었다. 그리고 2~3일 동안 천진 중심가의 곳곳을 둘러본 후 택시를 대절하여 북경으로 향하였다.

그때 나는 중국어를 한마디도 구사할 줄 몰랐다.[24] 아버지께서는 나

---

24) 한국인 초등학교에 입학하면서부터 한국인 친구들과 어울렸고, 방과 후 집으로 돌아와서 가족과 중국어를 사용하지 않아 더 빨리 잊어버린 것이었다.

의 편의를 위해 조선족 동포가 많이 근무하는 호텔의 방 한 칸을 얻었다. 첫날은 조선족 여성 가이드를 고용하여 자금성과 천안문 광장을 둘러보았다. 그녀의 안내를 받아 쿤룬호텔昆仑饭店 뷔페식당에서 점심과 저녁을 먹었다. 나는 그 다음 날부터 어린아이마냥 아버지의 뒤꽁무니만을 졸졸졸 쫓아다녔다. 우이상점(友谊商店, yǒuyì shāngdiàn)[25)을 둘러보았고, 이화원을 거닐었다. 중국인들처럼 허름한 식당에 앉아 끼니를 해결한 적도 있었다.

이왕 북경에 왔으니 그 유명한 베이징카오야(北京烤鸭, běijīng kǎoyā, 북경 오리구이)가 먹어보고 싶었다. 우리 부녀가 찾아간 천안문 부근의 전문점은 실내 체육관을 방불케 할 정도로 넓었다. 여성 서빙 직원은 큰 키에 늘씬한 몸매였다. 그녀들은 치파오(旗袍, qípáo)를 갖춰 입어서 더욱 멋지고 우아해 보였다. 그러나 식사 테이블 위로 올라오는 접시 등의 식기류는 어느 것 하나 멀쩡하지 않았다. 그릇 가장자리에 날카로운 부리로 여기저기 쪼아댄 듯한 하얀 상처가 빽빽하게 들어서 있었다. 한국에서는 도저히 있을 수 없는 일이었다. 하지만 그곳에서는 어느 누구도 이의를 제기하지 않았다. 그 무렵 중국의 하늘은 거무튀튀한 잿빛으로 가득했으니까….

---

25) 오늘날의 백화점에 해당한다. 1949년 신중국 성립 이후 중국의 경제가 어려웠고, 물자가 많이 부족하였다. 그러한 시절에 정부에서 운영하던 국영 상점이다. 원래는 외국인과 외교관 및 정부 관원을 상대로 영업을 하였다. 1970년대 후반부터 중국이 대외 개방 정책을 시행하면서 큰 도시와 주요 도시 곳곳에 우의상점을 개설했다. 중국을 방문한 외국인 관광객은 늘 그곳에서 물건을 구입하였다. '우의'라는 것은 글자 그대로 '우정'을 뜻한다. 지금은 어느 누구든 자유자재로 이용할 수 있어서 별다른 의미가 없다. 단지 지난날의 향수 때문에 북경, 상해, 광주(광저우)와도 같은 대도시에 상징적으로 남아 있을 뿐이다.

당시의 자전거는 중국인들에게 가장 중요한 대중교통 수단이었다. 출퇴근 시간 때마다 자전거에 몸을 의지한 인파가 대로 양쪽 가장자리를 가득 메웠다. 그들은 뭐가 그리 급한지 신호등과 횡단보도를 무시한 채 무단 횡단을 일삼았다. 얼마나 어지럽고 혼란스럽던지… 그러다가 문득 공용버스가 자전거 뒤꽁무니를 천천히 뒤따라가는 광경을 보았다. 그런데 버스 기사가 길을 비켜달라는 경적을 누르지 않았다. 앞서가는 자전거도 뒤서 가는 공용버스도 당연하다는 듯 느긋하고 천천히 움직였다.

　나는 그다음 해에 다시금 중국으로 출국하여 언어 연수에 참가하였다. 내가 도착한 심양은 도시의 면적이 엄청 넓었다. 하지만 구석진 곳까지 공용버스가 다니지 않았다. 옆 동네를 간다 해도 걸어서 가기에 너무 멀고 힘들었다. 사소하게 택시비를 들이자니 돈이 아까웠다. 자전거 한 대만 있으면 시간을 가리지 않고 어디든 다녀올 수 있었다. 아침 시장으로 조식을 먹으러 갈 때도, 방과 후 야채와 과일을 사러 갈 때도, 저녁을 먹은 후 근처의 공원으로 바람을 쐬러 갈 때도… 당시의 자전거는 선택의 여지가 없는 필수품이었다. 나도 여느 유학생들처럼 자전거를 구입하여 늘 타고 다녔다. 자전거 보관소와 수리점이 도시의 상징물처럼 지천에 널려 있었다.

　2001년도에 중국의 왕샤오슈아이王小帅 감독이 '북경 자전거'라는 영화를 출시한 적이 있다. 주인공 '구웨이'는 17세의 가난한 소년이다. 시골에서 막 상경하여 택배 회사의 배달원으로 취직한다. 그에게 최고의 보물은 택배 회사가 빌려준 자전거이다. 한 달을 착실하게 일하면 인민폐 육백(600) 위안(元)이 누적된다. 그렇게 되면 이 자전거가 완전한 자기의 소유물이 된다. 그러나 그날이 왔다 싶은 찰나에 그 자전거를 분실한다. 이 영화는 그 자전거를 찾으러 다니면서 발생하는 에피소드와 애환을 그렸다. 그해의 베를린 국제 영화제에서 은곰상을 수상하는 영광을 안았다.

당시 나는 '북경 자전거'라는 영화가 너무나 보고 싶었다. 하루는 그 영화의 비디오테이프를 집 근처의 점포로 대여받으러 갔었다. 그 가게의 직원이,

"고작 자전거 한 대 때문에 그렇게 큰 소란을 피우다니⋯"

"자전거가 비싼 물건인가요?"

"영화의 내용이 한국인들의 정서와 맞지 않아 갖다 놓지 않았습니다."

라는 다소 씁쓸한 말을 남겼다.

나는 최근에서야 무료 사이트를 통해 그 영화를 감상할 수 있었다. 사실 자전거가 고가의 제품이면 어떠하고, 저가의 제품이면 어떠하겠는가? 우리가 그 영화를 보면서 중국인들의 시대 상황과 가치관을 엿볼 수 있다는 것이 중요할 뿐이다.

한성호(韓晟昊,1927~2018)[26] 박사님은 본시 재한화교 출신이다. 그분은 1992년 한중외교 수립 시時 한국 정부에 의해 '밀사'로 발탁되었다. 한

---

26) 한국의 구화교. 중국 길림성 장백현 출생(*본시 선조가 청조 말기 무렵 중국의 동북지방으로 추앙관동하여 큰 부를 이룬 산동인의 후손이다). 길림사범대학교 중퇴. 1948년부터 한국 영토에 정착. 서울시 강남구 '신동화 한의원' 원장 엮임. 1992년 한중외교 수립 시 밀사로 활약한 것이 공로로 인정되어, 1993년 2월 외국인 최초로 '국민훈장 동백장'을 수여받았다. 한국에서 활동하는 후손들 모두가 아주 오래전에 한국 국적을 취득하여 한국인으로 살아가고 있다.

국과 중국을 수시로 오가면서 외교 사신으로서의 역할과 공헌을 하셨다. 훗날 사석私席에서,

"중국의 발전 속도가 이렇게 빠를 것이라고는 전혀 예상하지 못했다!"

라고 회고하신 적이 있다.

필자(좌1), 한성호 박사님(우2)(2016년)

돌이켜 보니 그분의 말씀이 맞았다. 외교 수립 초창기 때만 해도 한국인이든 재한화교이든 대만에 거주 중인 나의 작은 언니도, 중국이 한국만큼 개발되고 발전하려면 30년이라는 세월이 필요하다고 입버릇처럼 말했다. 고향 마을을 다녀온 재한화교들과 대도시 여행을 경험한 한국인 관광객들도, 중국은 가난하고 지저분하며 질서가 없다고 내뱉곤 했었다.

그런데 그때 한국의 젊은 유학생들은 중국을 좋아하였다. '눌러 살고 싶다'고 무슨 유행 가요의 가사처럼 읊어댔다. 중국인 배우자와 결혼하고

싶다는 소망을 털어놓았다.

내가 1년을 채운 후 한국으로 귀국하는 날이었다. 현지 공항 출국장에서 만난 어느 한국인 부부가,

"중국을 사랑한다!"

라고 말하였다.

어느덧 그 풍토병은 한국 생활에 젖어 있던 나에게 전파되었다. 1995년 그 당시의 추억을 직장 동료들에게 장황하게 늘어놓으면,

"젊은 시절의 짧은 순간이라 좋았던 것이다."

"추억은 그냥 추억일 뿐이다."

"가슴 속에 묻어둬라!"

"네가 가서 살 만한 곳이 아니다."

라면서 잔잔한 울림을 주었다.

나는 가끔씩 중국에 다녀오기 위해 서쪽 하늘가를 넘나들었다. 1999년의 중국은 1995년의 중국과 달랐다. 2007년의 중국은 1999년의 중국과 또 달랐다. 거리는 깨끗해졌다. 자전거가 더 이상 그네들의 교통수단이 아니었다. 개인 승용차로 출퇴근하는 인구가 늘어났다. 나는 그 광경을 바라보면서 스스로에게 질문을 던졌다. 그 많던 자전거 보관소와 수리점은 어디로 갔을까? 천안문 광장 근처의 그 베이징카오야 전문점에서도 더 이상 이빨 빠진 그릇으로 손님을 맞이하지 않았다.

이젠 나의 중국어 실력이 향상되었다. 아버지의 도움 없이도 중국의 곳

곳을 자유자재로 돌아다닐 수 있다. 중국은 미국과 국제적인 이슈로 논쟁을 벌일 정도로 부강한 나라가 되었다. 법적인 의미로서의 나의 조국이 세계 경제의 중심에 우뚝 섰다는 것은 축복할 만한 일이다. 하지만 나는 아버지를 따라 최초로 다녀왔던 그해의 중국이 그립다. 그 다음 해에 1년간 머물렀던 그 시절의 중국이 훨씬 좋다. 가난하고 지저분하고 질서가 없었을지라도….

오늘날 중국의 하늘은 맑고 깨끗한 푸른빛이다. 구석구석 어디를 가든 새롭게 개발된 공간들로 가득하다. 도심의 상업 지구에선 고가의 상품이 불타나게 팔려나간다. 훌륭한 인테리어를 갖춘 고급 식당에 빈 좌석이 없다. 중국인들의 얼굴에 행복한 웃음이 넘쳐난다. 하지만 그때의 직장 동료가 남긴 그 잔잔한 울림이 귓가에 맴돈다. 내가 가서 살만한 곳이 아니라는 생각이 자꾸만 든다. 나는 결코 높푸른 하늘 아래에 펼쳐진 주인공이 될 수 없다. 그냥 손님으로 왔다가 되돌아가는 여행객에 불과하다. 조국이라 표현하기에는 왠지 멋쩍은 호적상의 조국일 뿐이다.

그 중국은 어디로 갔을까?

내가 탑승한 비행기가 광활한 대지를 향해 하강을 시도할 때면, 초등학교 3학년 무렵이 떠오른다. 그리고 다시 한번 깨닫는다. 그 시절의 중국이 진정한 나의 조국이었다는 것을. 내가 사랑하는 것은 아버지의 고향 마을과 그 당시의 어렴풋한 추억이 존재하는 중국이라는 것을. 나의 가슴 속에는 1994년의 12월과 그다음 해의 중국에 대한 그리움으로 가득하다는 것을. 설령 잿빛으로 가득한 하늘 아래에 펼쳐져 있었을지라도….

늘 감사한 마음으로

누군가 나에게,

"당신은 행복하십니까?"

라는 질문을 던진다면, 나는 주저하지 않고

"네!"라고 대답할 것이다.

나는 돈이 많지 않다. 뛰어난 학식과 우수한 두뇌를 지니지도 않았다. 나의 삶은 아주 평범하여 뚜렷하게 내세울 만한 것이 없다. 하지만 나름대로 만족한 삶을 살아간다. 왜냐하면 나는 늘 감사하다는 마음을 갖고 있기 때문이다.

나는 본시 허약 체질로 태어났다. 성인이 되어서도 잔병치레가 잦았다. 잠을 자다 새벽 1, 2시에 응급실로 자주 실려 갔었다. 하루는 직장 동료가 병원으로 찾아와서,

"우리는 119 응급의료 구급차가 어떻게 생겼는지 모른다."

"당신은 어떻게 자가용처럼 툭하면 탈 수 있느냐!"

라는 우스갯소리를 남겼다.

병원 신세를 자주 지는 것은 좋지 않다. 그 순간이 너무 괴로워서 삶의 의욕을 상실한다. 그렇지만 나는 여태껏 생명과 관계된 질병을 앓아본 적이 없다. 이 또한 얼마나 감사해야 할 일인가!

중국에서 공부하던 중에 기숙사 로비에서 넘어졌다. 신체의 일부분이 정상적인 범위를 이탈하고 말았다. 진료를 받아야 한다는 것을 알았지만 공부가 중요하였다. 1개월이 지났는데도 회복이 되지 않아 어쩔 수 없이 한국행을 선택했다. 당시 담당 의사가 너털웃음을 지어 보이면서,

"갈비뼈에 금이 간 것은 거의 다 붙어가고요…."

"어깨 회전근에 손상을 입은 것은 가까스로 수술을 면했네요…."

"운이 참 좋습니다."

얼마나 다행이란 말인가! 만약 수술을 받았더라면 한동안 공부를 접어야 했을 것이다. 그 후로도 나의 부주의 탓에 회복이 더디게 이루어졌다. 왼쪽 팔이 굳어가는 상황에 직면하기도 했었다. 하지만 나는 희망을 버리지 않았다. 행운의 여신은 나의 편이라는 긍정적인 사고방식을 갖고 있었다.

어느 50대 중반의 재한화교는 불우한 어린 시절을 보냈다. 집안이 몹시 가난했고 손아래 형제가 많았다. 그는 화교소학교를 졸업한 후에 중학교에 진학하지 못했다. 어린 나이에 가족의 생계를 책임지느라 생활 전선에 뛰어들었다. 그의 화교소학교 동창생의 부모가 운영하는 중화요리 전문

점의 종업원으로 취직하였다. 허드렛일을 해 가면서 요리 기술을 익혔다. 지금은 인천에서 아내와 함께 조그마한 중화요리 음식점을 운영한다. 1남 1녀의 자녀가 캐나다에서 대학교 과정을 마쳤다.

그는 늘 어느 누구보다도 열심히 살아왔노라고 당당하게 말한다. 당시의 화교소학교 재학생 중에 경제적으로 윤택한 가정의 자녀가 많았다. 그들은 초·중·고 12년 과정을 마치고 경제 활동에 참여하지 않았다. 부모의 재력만 믿고 거드름을 피웠다. 대만 지역을 오가면서 유흥과 도박을 즐겼다. 그는 불우한 가정 환경이 삶의 원동력이 되었다고 늘 강조한다. 오늘날에 이르러서는 고마울 뿐이라고 회고한다.

돌이켜 보니 나는 허약한 체질 때문에 규칙적인 생활을 지키면서 살아왔다. 퇴근 후 직장 동료들과 밤늦도록 어울리지 않았다. 만약 그렇게 하면 나의 생체 리듬이 망가져서 그다음 날 당장 병원으로 달려가야 했다. 그렇게 몇 차례 시행착오를 거친 후에 비로소 터득하였다. 나와 같은 체질에는 규칙적인 생활이 필수라는 것을…. 나는 어김없이 밤 12시에 잠자리에 들어갔고, 아침 6시에 이부자리를 털고 일어났다. 그때부터 형성된 좋은 습관이 오늘날까지 이어지고 있다.

그 시절, 나만의 시간을 보내기 위한 독서를 게을리하지 않았다. 그러다가 '한국방송통신대학교' 학부 과정에 도전하였다. 낮에는 직장에서 일을 하고, 퇴근 후 집으로 돌아와서 책상 앞에 앉았다. 주말에는 집 근처 도서관에서 하루 종일 학과 공부에 빠졌다. 정말이지 하루 24시간이 모자랐다. '신이 나에게만이라도 하루가 48시간이라는 특별한 혜택을 준다면 얼마나 좋을까?'라는 야무진 희망 사항을 품었다. 나는 그때 시간의 소중함을 깨달았다. 지나간 시간은 되돌아오지 않고 재물처럼 쌓아 놓을 수가 없으니, 순간순간 아껴서 사용해야 한다는 것을….

운보 김기창(金基昶, 1913~2001) 화백은 대한민국 미술계에 커다란 족적을 남겼다. 그는 어려서 장티푸스를 앓았다. 당시 외할머니가 만들어 준 인삼탕을 먹고 청각을 상실했다. 하지만 그의 어머니의 적극적인 조력 덕분에 그림을 배울 수 있었다. "내가 장애자가 아니었다면 어머니는 나에게 미술을 가르치지 않았을 것이다."라고 회고한 적이 있다. 그는 귀가 들리지 않는 것을 불행으로 생각하지 않았다. "어지러운 세상에 동요되지 않고 조용하게 그림과 창작에 전념할 수 있어서 좋았다."라고 술회하였다.

위기는 사람을 성장하게 만든다. 주어진 환경을 탓하기보다는 정면으로 싸워서 극복하고 이겨 내야 한다. 싸우다가 생긴 상처는 언젠가는 아물게 마련이다. 삶의 긍정적인 자세가 상당히 중요하다. 늘 감사하다고 생각하는 마음이 행복의 척도를 가늠하는 수단이 아닐까 싶다. 오늘도 누군가가 행복하냐고 묻는다면, 나는 주저하지 않고 "그렇다!"라고 대답할 것이다.

문화의 이해 능력이 어느 정도인가요

　　나는 한국 사회에서 중국인으로 살아왔다. 정확하게는 재한화교 신분이다. 1992년 한중외교 수립 이전, 나의 신분을 '화교'라고 밝힐 기회가 많았다. 한국인들은 '그렇구나!' 하고 고개를 끄덕거렸다. 지금은 중국 본토에서 돈 벌러 온 '조선족 동포'라고 생각한다. 처음에는 '그럴 수도 있겠다'며 대수롭지 않게 여겼다. 그런데 이러한 착각이 다른 재한화교들에게도 비일비재하다고 한다.

　　재한화교는 일제 강점기에도 한국인들과 이 땅에서 같이 살았다. 한국 전쟁을 함께 겪었다. 1970~80년대의 급속한 경제 발전기에 이웃처럼 친구처럼 늘 가까이에 있었다. 그들이 최초로 '한국의 짜장면'을 만들어서 널리 보급한 장본인들이다. 아울러 대한민국 곳곳에 화교학교를 설립하여 중국 문화를 널리 알렸다. 나는 '재한화교'와 '조선족 동포'를 구분하지 못하는 사람들을 만날 때마다 당황스러웠다. 그들에게 차이점을 설명해 준 적도 많았다. 하지만 아무런 소용이 없었다.

나는 30~40대에 조그마한 사업체를 운영한 적이 있다. 나와 거래가 잦았던 'J' 씨의 사무실은 '수원화교중정소학교' 맞은편에 있었다. 당시 그 근처를 지나가다가 그녀의 사무실로 마실을 갔었다. 그녀 또한 내가 중국에서 돈 벌러 온 조선족 동포라 착각하고 있었다. 나는 그녀가 알아듣기 쉽도록 1882년 임오군란과 한국의 근대 시기 역사와 엮어서 설명해 주었다. 그녀는 잘 이해가 안 되는 듯 이상야릇한 표정을 지었다.

이번에는 나의 초등학교 학력을 예로 들어가면서 부연 설명을 덧붙였다.

"나는 1978년도에 수원 세류초등학교에 입학하여 1984년도에 졸업했다."

"1992년도에 한국과 중국의 외교가 수립되었다."

"만약 내가 조선족 동포라면, 어떻게 1978년도에 한국에서 초등학교에 입학할 수 있었는지 생각해봐라."

그녀는 잠시 머뭇거리더니,

"… 그러니까 조선족이 아니냐?"

라는 어이없는 대답만이 돌아왔다.

"그렇다면 당신 사무실 앞에 있는 저 화교학교는 뭐냐?"

"당신도 알다시피 1992년 한중외교 수립 훨씬 이전부터 이 자리에 있었다."

"누가 저 학교를 설립했다고 생각하느냐?"

"…?"

그녀는 대답이 없었다. 내가 아무리 설명해도 알아듣지 못하였다.

당시 나는 왜 이러한 착각이 발생하는지 이해할 수 없었다. 시간이 얼마 흐른 뒤에 그렇게 될 수밖에 없는 구체적인 원인을 찾아냈다. 그들은 재한화교의 역사와 삶의 배경지식을 갖추고 있지 않았다. 아울러 재한화교의 이야기가 1992년 한중외교 수립 이후부터 더 이상 재미있는 주제가 될 수 없었다. 그때부터는 조선족 동포들의 이야기와 업무가 우리 시대의 커다란 화두로 떠올랐다.

　중국의 기남대학교 화문학원을 졸업한 나의 대학원 전공은 '한어국제교육漢語國際教育'이다. 애초 나는 중국어 실력이 많이 부족한 상황이었다. 이 분야와 관련된 기본적인 지식조차 갖추지 않았었다. '하면 된다'는 일념으로 석사 학위에 도전한 것이었다. 첫 학기에는 교수님의 강의 내용을 알아듣고 이해하기 힘들었다. 대부분 나의 동기는 학부 때 이 분야를 전공한 학생들이었다. 이미 축적된 배경지식이 풍부했다. 나보다 훨씬 수월하게 학업과 연구에 매진할 수 있었다.

　우리 학교에는 '홍콩·마카오·대만 지역과 해외화교' 신분을 지닌 학생이 많았다. 그들은 '중국 현대화 정치 이론과 실천'이라는 공통과목을 반드시 이수해야만 했다. 우리 전체 학생 일백(100)여 명이 토요일마다 다 같이 모여서 수업에 참여했다. 나는 그 수업 내용이 너무나 어려웠고, 많은 숫자의 학생이 나처럼 어려워하는 것 같았다. 그러나 소수의 학생은 교수님의 강의 내용에 고개를 끄덕거리면서 긍정적인 반응을 보였다. 나는 쉬는 시간마다,

　"도대체 쟤네들은 뭐야!"

라면서 나의 동기들에게 투덜거렸다.

나중에 알고 봤더니 국제관계학 전공자들이었다. 그들은 세계정세와 관련된 배경지식이 탄탄하여 교수님의 강의에 능숙하게 녹아들을 수 있었다.

배경지식은 참으로 중요하다. 나는 일찌감치 관련된 지식을 한국어로 공부했어야 옳았다. 이미 그 내용이 나의 머릿속에 저장되어 있어야 했다. 인간의 두뇌는 연상 작용이 가능하다. 한 가지 생각은 또 다른 많은 생각을 불러일으킨다. 추론을 이끌어 내어 기존의 지식과 연결시킬 수 있는 능력을 지녔다. 나의 중국어 실력이 부족해도 상관없다. 배경지식이 풍부하면 교수님의 강의 내용을 알아듣고 이해하는 데 많은 도움이 되었을 것이다.

'재한화교'와 '조선족 동포'는 비슷한 역사적 시기에 발생한 이주 집단이다. 전자는 중국의 산동성에서 한반도로 이주한 한족이다. 후자는 한반도에서 중국의 동북 지방으로 이주한 한국인이다. 조선족 동포는 중국 당국으로부터 중국 국적을 부여받았다. 중국의 55개(한족을 포함하면 56개이다) 소수민족 중의 한 부류가 되었다. 1992년의 한중외교 수립 이후, 일부의 조선족 동포 1세대가 한국의 고향 마을에 남아 있는 그 옛적의 호적을 찾았다. 그들에게 한국 국적을 회복할 수 있는 기회가 주어졌다.

중국 본토에서 활동하던 국민당 정권이 국공내전에서 참패하였다. '장개석(蔣介石, 1887~1975)' 당수黨首가 군대를 이끌고 중화민국 대만성으로 이주한다. 한국 정부와 중국 본토와의 정치적인 이념이 달라서 외교 관계가 단절되었다. 양국을 오가는 교통수단이 없어져서 1세대 선조 어르신들이 고향 산천으로 되돌아갈 수 없었다. 한국 영토에서 가정을 이루어 자식을 낳았다. 그들 모두에게 중화민국 대만성의 해외 교민 신분이 주어진 것이다.

　몸소 체험한 경험은 배경지식을 쌓기 위한 직접적인 방법이다. 서울 중구 회현동에 재한화교가 운영하는 중화요리 식당과 포장업체가 많다. 이곳의 주민들은 재한화교를 조선족 동포로 착각하는 실수를 범하지 않는다. 그들은 태어난 이후부터 재한화교들과 지역 공동체적인 삶을 살아왔다. 어느 누구든 재한화교 친구 혹은 조선족 동포 친구가 있다면 헷갈려하지 않는다. 귀동냥으로 전해 들은 '재한화교와 조선족 동포'가 형성된 '역사적 배경과 차이점'을 잘 알고 이해한다.

서울 중구 회현동 체육센터 앞 큰길(2023년)

독서는 배경지식을 쌓기 위한 간접적인 방법이다. 우리들의 초·중·고등학교 교과서 안에는 평생 동안 배워야 할 기본적인 지식과 지혜가 담겨 있다. 학령기 때 학교 생활에 대한 호기심과 교사의 수업 내용에 흥미를 가져야 한다. 그리된다면 또 다른 자료를 들여다볼 수 있는 동기가 만들어진다. 그래야만 책 읽기에 흥미와 관심을 갖는다. 그렇게 독서를 즐기다 보면 나의 배경지식이 큰 나무처럼 성장하여 풍성해진다.

한국 영토에 뿌리를 내린 재한화교는 한국 국적을 취득하기 힘들었다. 그들은 한국의 유관 부처에서 제시하는 까다로운 조건을 충족시켜 줄 수 없었다.[27]

어쩔 수 없이 외국인 신분으로 살았다. 그 시절의 한국인들은 '중화민국 대만성'을 '중국'이라 칭하였다. '재한화교'를 '중국인'이라 불렀다. 1992년 한중외교 수립 이후의 한국 정부에게는, 그동안 한국땅에서 살아온 '재한화교'와, 그 무렵부터 '중국 본토에서 건너온 조선족 동포를 포함한 중국의 한족'을 법적으로 구분해야 할 필요성이 생겼다. 재한화교의 국적을 대한민국 법무부 출입국관리사무소의 관리대장에 '차이나 타이베이'라고 표기하기 시작하였다. 오늘날 흔히 말하는 '대만인'이다.

---

27) 그 당시 귀화의 실질적 요건 중에 두 가지 걸림돌이 있었다. 첫째, 대한민국 4급 이상 공무원이나 언론기관, 국영기업체 부장급 이상의 간부 2명의 추천이 있어야 했다. 이는 한국에서 연고나 연줄 없는 화교에게 어려운 조건이었다. 둘째, 현금 5,000만 원 이상의 자산 능력을 요구했다. 이 역시 경제 발전에 큰 제한을 받은 화교에게 어려운 조건이었다. 훗날 추천서 기준을 5급 이상 공무원으로 확대하고 재산 보유도 3,000만 원으로 완화하였다. 하지만 그들에게는 여전히 한국 국적 취득에 큰 지장으로 작용하였다. 현재는 많이 완화되어 한국 국적을 취득할 의지만 있지만 그리 어렵지 않다.

나의 석사 학위 논문은 '한국의 화교학교 및 교육'과 관련된 것이다. 최종 변론에 참석한 세 분의 교수님은,

"이렇게 풍부한 내용을 어떻게 짧은 시간 안에 연구·분석할 수 있었느냐?"

라며 극찬을 아끼지 않았다. 사실 1편의 논문을 완성한다는 것 자체가 녹록지 않은 과정이다. 하지만 나 자신이 재한화교 신분이라 접근성이 용이했다. 관련된 자료의 이해력이 빨랐다. 나는 석사 학위에 도전하기 전에 『아버지와 탕후루』라는 수필집을 출간한 적이 있다. 글을 쓰면서 다행하게도 학위 논문과 관련된 수많은 자료와 접할 기회를 가졌다.

나의 배경지식이 풍부하면 타인의 말을 쉽게 알아듣고 이해할 수 있다. 설령 잘못 알고 있다 해도 상대방의 설명을 받아들일 만한 자질과 능력이 갖춰진다. 재한화교를 조선족 동포로 착각하는 선입견에 빠지지 않는다. 수원화교중정소학교 맞은편에서 자영업을 하던 'J'씨처럼, 상대방을 당황스럽게 만드는 상황은 연출하지 않을 것이다.

수미상관

    수미상관首尾相關 구조는 '수미상관법' 혹은 '대구법'이라 표현한다. 시에서 자주 사용하는 기법으로 머리와 꼬리는 서로 관계가 있다는 뜻이다. 이 기교를 사용하면 작품에 안정감이 부여되고 리듬감이 형성되면서 주제 의식이 강조된다. 독자에게 깊은 여운과 감동을 선사한다. 우리들의 교과서에 실린 김소월의 '진달래꽃'과 조지훈의 '승무'라는 시詩를 살펴보라! 첫 부분과 마지막 부문에 비슷하거나 같은 문장이 배열되었다.

    우수하다고 평가받는 영화는 '수미상관 구조' 혹은 '액자식 구성'으로 짜여 있다. 봉준호 감독의 '기생충', '살인의 추억', '마더'가 수미상관 구조이다. 강제규 감독의 '태극기 휘날리며'와 레오나르도 디카프리오가 열연한 '타이타닉'이 액자식 구성이다. 수미상관 구조는 영화뿐만이 아니라, 드라마, 음악, 뮤직비디오, 문학 작품의 시, 수필, 소설 등등에 널리 사용된다. 관련된 분야에 종사하는 전문가들에게 기본적인 이론이다.

어느 70대의 어르신이 조직폭력배 세계와 관련된 영화를 제작하였다. 2019년도에 첫 개봉을 했는데 흥행에 참패하고 말았다. 그분은 당해 연도의 최고 흥행작과 동시 개봉하는 바람에 그리되었다고 아쉬워했다. 그 다음 해에 필름의 원본을 재편집하여 부제목을 달았다. 재개봉을 시도했지만 또 실패했다. 이번에는 코로나 때문에 관객들이 상영관을 찾지 않았다고 호소하였다. 그분은 영화와 글쓰기 작업의 상관관계를 전혀 몰랐다. 흥행에 실패한 근본적인 원인을 깨닫지 못한 것이었다.

영화는 대중성을 갖춘 종합예술이다. 그 시대의 전문적인 지식이 없는 사람들도 얼마든지 공유하고 향유가 가능하다. 그렇다고 아무렇게나 제작하여 탄생시킨 예술 작품이 아니다. 감독이 메가폰을 잡고 지시를 내린다. 스텝들이 카메라를 들이대고 찍어낸다. 최종적인 편집을 통해 한 편의 완성된 영화가 만들어진다. 관객은 영상물을 보면서 희노애락을 느낀다. 이 모든 과정을 위해서는 고도의 시나리오 작업이 필요하다.

나와 같은 세대들의 초등학교 시절, 담임 선생님이 내주신 글짓기 숙제가 얼마나 어려웠나를 돌이켜 봐야 한다. 멀쩡한 지우개의 한쪽 면이 비스듬하게 깎여 내려갈 정도로 쓰고 지우는 행위를 반복하였다. 밤늦도록 머리를 이리 짜고 저리 짜면서 200자 원고지 10배를 가까스로 채워 나갔다. 그럼에도 잘 써진 글이라면서 상을 받는 친구가 따로 있었다. 그 시절의 그네들의 작품은 부러움과 선망의 대상이었다.

한 편의 시나리오 작업에 참여하는 작가는 글쓰기의 험난한 수련 과정을 거친 전문가들이다. 영화감독과 스텝들도 활자화된 시나리오를 바탕으로 엄격하게 촬영에 임한다. 그들 또한 작가가 쓴 시나리오의 우수성 여부를 판단할 수 있는 능력을 지녔다. 강제규 감독은 MBC TV '베스트 극장'[28]의 대본을 쓰면서 글쓰기의 수련 과정을 쌓았다. 봉준호 감독은 본인이 제작한 영화의 시나리오 작업에 직접 참여한다. 훌륭한 영화감독은 선천적으로 타고난 문학적 재능을 겸비했다는 사실을 증명하는 모범적인 케이스이다.

그러나 예의 그 70대 어르신은 작가가 쓴 시나리오가 마음에 들지 않는다면서 이러쿵저러쿵 불평불만이 많았다. 10여 명이 넘는 작가가 교체되는 우여곡절을 겪었다. 가끔씩 텔레비전 화면을 통해,

"작품과 캐릭터가 마음에 들어 출연을 결정하게 되었다!"

라는 배우들의 인터뷰와 접한 적이 있을 것이다. 그들 또한 활자화된 대본을 바탕으로 연기를 펼친다. 그러한 과정을 되풀이하다 보면 극의 논리적인 전개 방식이 저절로 터득되지 않을 수 없다. 영화의 시나리오와 드라마의 대본을 대강만 훑어보아도 작품의 우수성을 판가름할 수 있는 능력이 갖춰진다. 게다가 명배우는 선택의 범위가 넓다. 훌륭한 시나리오를 바탕으로 제작하는 영화와 드라마 속의 주인공으로 발탁될 확률이 높은 것이다.

---

28) MBC TV 채널에서 방영되었던 단막극 드라마이다. 1991년부터 2007년까지 매주 1회씩 새로운 이야기가 펼쳐지고 완결되는 구조였다. 원래는 'MBC 베스트셀러극장(1983년 11월 6일부터 1989년 7월 9일까지 단막극 형식으로 방영)'으로 시작되었다. 그 당시에는 문예지에 발표된 소설을 각색하여 총 257회에 걸쳐 제작하였다. 훗날 기존의 방식과는 달리 작가들의 순수 창작물에 의존하여 제작하는 경우가 많았다(베스트 극장). 이러한 연유로 수많은 드라마 작가가 단막극 공모전을 통해 등단하는 계기를 만들어 주었다.

2002년도에 KBS TV를 통해 '겨울연가'라는 20부작 드라마가 방영되었다. 이 작품은 남녀 간의 이루어질 수 없는 사랑 이야기를 다루었다. 아름다운 영상미와 애절한 OST가 더하여져 보다 많은 시청자를 확보할 수 있었다. 그런데 남자 주인공의 죽음으로 드라마가 막을 내리면 너무나 슬프고 불쌍하다는 네티즌의 항의가 빗발쳤다. 어쩔 수 없이 애초의 기획안과는 상반되는 결말로 끝을 맺었다.[29]

겨울연가는 일본 열도를 뛰어넘어 아시아의 곳곳을 흔들어 놓았다. 한류 드라마로서의 선봉적인 역할을 다하였다. 하지만 글 쓰는 작가의 원초적인 기획안대로 처리했어야 옳았다. 만약 그랬다면 주제 의식이 더욱 부각되었을 것이다. 슬퍼서 아름다운 드라마로 한층 더 깊은 여운과 감동을 남기지 않았을까 싶다. 설령 하늘이 무너지는 듯한 아픔과 고통이 수반된다 할지라도….

하루는 내가 그 어르신께,
"좋은 영화는 수미상관 구조로 되어 있습니다!"
라고 말씀드렸다. 그랬더니 지푸라기라도 있으면 붙들고 싶어 하는 표정을 지으면서,
"도대체 그게 뭐야…?"
라고 되물었다.

---

29) TV 프로그램은 시청률에 의지하는 장르이다. 아주 가끔씩은 이러한 현상이 발생할 수도 있다. 하지만 하나의 작품으로서의 완성도가 떨어진다.

우리는 초·중·고 12년 동안의 교육을 받으면서 수많은 문학 작품과 지속적으로 접할 기회를 가졌다. 국어 선생님께서 시, 수필, 소설을 가르치시면서 '수미상관 구조'를 끊임없이 강조하셨다. 음악 선생님께서는,

"예술성이 담긴 음악은 처음으로 되돌아가서 끝난다!"

라는 내용을 자주 언급하셨다. 청소년들은 '수미상관 구조'가 영화뿐만이 아니라, 드라마, 뮤직비디오 등등에도 널리 사용되는 기법이라는 것을 잘 이해하지 못한다. 우선은 전문가의 영역이라는 이유가 강하게 작용한다. 학창 시절엔 시험 성적을 잘 받기 위한 수단으로 공부한다. 심오한 예술의 경지를 깨달을 만한 여유가 없다.

수미상관 구조는 돌고 돌고 돌다가 처음으로 되돌아가서 마무리를 짓는 기교이다. 액자식 구성은 커다란 이야기 속에 하나 또는 여러 개의 이야기가 들어가는 기법이다. 수미상관 구조와 액자식 구성은 같은 표현 수단이다. 그렇다면 처음과 끝을 아무렇게나 일치시키면 되는 것일까?

봉준호 감독의 영화 '기생충'은 작중 인물이 지하실 방에서 핸드폰을 검색하는 장면으로 시작한다. 친구로부터 가정의 화목을 가져온다는 수석을 선물로 받는다. 그런 후 '정반합正反合의 3단 논리'[30]에 따라 모든 사

---

30) 헤겔의 변증법을 도식화한 것으로 논리적인 전개 방식을 의미한다. 어떠한 상황이 기존부터 유지해 오는 상태를 '정'이라 한다. 이 '정'을 부정하면서 새로운 상태를 제시하는 것을 '반'이라 한다. 그러나 이 세상의 모든 것은 모순적 면모를 지닐 수밖에 없다. 그러므로 버릴 것은 버리고 취할 것은 취한 상태를 '합'이라 한다. 이러한 '합' 또한 모순적 한계를 지녔기 때문에 다시금 새로운 '정'이 된다. 이런 식으로 반복하다 보면 진리에 가까워질 수 있다는 것이 '정반합 이론'이다.

건이 종료된다. 동同 인물이 독백을 하면서 마무리 단계에 들어간다. 친구로부터 선물 받은 그 수석을 맑은 물이 졸졸졸 흐르는 냇가에다 내려놓는다. 도입부와 같은 공간에서 핸드폰을 검색하는 장면으로 대단원의 막을 내린다. 논리적으로 전개하다 보니 그렇게 흘러갈 수밖에 없다는 것이다.

그 어르신은 늘 강조한다. 본인의 영화는 청소년을 선도할 목적으로 제작했기에 널리 알려져야 한다고…. 오죽하면 영화의 첫 화면에 "건달들의 비참한 인생을 통해 단 한 명의 청소년이라도 건달의 길로 가지 않기를 간절한 마음으로 바라며 이 영화를 제작하였습니다."라는 어설픈 자막을 넣었겠는가. 그렇지만 표현하는 방식과 전달하는 방법이 잘못되어 흥행에 실패하였다. '기획안'은 거창하게 작성했는데 영화의 내용과 일치하지 않았던 것이었다.

흔히들 영화가 촬영과 편집의 예술이라 표현한다. 하지만 좋은 시나리오 없이 훌륭한 영화가 탄생할 수 없다는 것을 명심해야 한다. 잘못 써진 시나리오를 바탕으로 촬영된 영화의 원原필름을 자꾸만 편집해봤자 아무런 소용이 없다.[31] 그런 의미에서 나는 오늘 그 어르신께, 김소월의 '진달래꽃'이라는 시 한 편을 선사하려 한다. 이 작품의 1연과 4연에서 수미상관 구조가 잘 맞아떨어지기 때문이다.

나 보기가 역겨워

가실 때에는

말없이 고이 보내 드리오리다.

영변에 약산

진달래꽃

아름 따다 가실 길에 뿌리오리다.

가시는 걸음 걸음

놓인 그 꽃을

사뿐히 즈려 밟고 가시옵소서

나 보기가 역겨워

가실 때에는

죽어도 아니 눈물 흘리오리다.

---

31) 이 어르신은 과거 조직폭력배와 관련된 사람들과의 유대관계가 끈끈하여, 그들로부터 전해들은 숨은 이야기가 많았다. 어리석게도 그러한 일화들을 그대로 묘사하면 훌륭한 영화가 탄생된다고 여겼다. 그러다 보니 그들의 세계를 미화한 작품이 만들어졌다. 그리고 그분의 고집이 너무 완강하여 시나리오를 쓰는 작가가 무슨 말을 해도 듣지 않았다. 영화 제작에 참여한 작가와 감독과 스텝들이 잘못되었다는 것을 알면서도 입을 굳게 다물 수밖에 없었다. 즉, 사례비만 받고 조용하게 떠난 것이었다. 설상가상으로, 그 어르신과 오랫동안 친분을 유지한 대부분의 사람은 '영화와 글쓰기'의 상관관계와 문학의 기본적인 원리를 알지 못하는 문외한이었다. 그분은 아부성이 담긴, '대단하다', '멋지다!'라고 내뱉는 말만 귀담아들었다. 그 때문에 자신이 무엇을 잘못했는지 깨달을 만한 시간과 정신적인 여유가 없었다.

언어가 통하는 곳에서 살고 싶어라

　지금은 유치원이나 초등학교에서 '방과 후 수업' 형태로 영어와 중국어를 가르친다. 나 때만 하더라도 중학교에 입학해서야 'A, B, C, D…'라는 알파벳을 익혔다. 영어 수업이 왜 그리도 어렵게 느껴졌던지…. 단어를 달달달 외워야 한다는 것 자체가 고통이었다. 그 시절 나는 미국에서 몇 년 살다 보면 영어가 저절로 습득된다고 여겼다. 별다른 학습 과정 없이도 자유자재로 의사소통이 가능해진다고 생각하였다.

　이민 길에 오른 학령기의 자녀들은 학교라는 울타리 안에서 또래의 친구들과 어울리면서 현지의 언어를 습득한다. 수업 시간을 통해 언어 영역의 4개 부문(듣기, 말하기, 읽기, 쓰기)과 자연스럽게 접한다. 학년이 올라갈수록 현지인과 비슷한 수준의 언어 능력을 갖추게 된다. 되레 한국어 실력이 저하될 위기에 처한다. 성인이 되면 한국어를 사용하여 대화하는 것이 불편하고 어렵게 느껴진다.

　그들의 부모는 생존을 위한 정보를 수집하기에 바쁘다. 당장 의사소통이 가능한 자국의 이민자들과 접촉할 수밖에 없다. 현지의 언어를 습득할 그만큼의 시간과 기회를 상실한다. 집에서 한국 TV 프로그램을 시청하고, 마트나 식당 등지의 한정된 장소에서만 영어를 사용한다. 나이를 먹어 노년이 되어서도 일상생활에서 자주 사용하는 언어 표현만 가능한 것이다.

언어란 인간이 의사를 전달하기 위해 사용하는 구체적인 도구이다. 입으로 말을 하고 귀로 듣는 음성 언어와 눈으로 보고 글씨로 쓰는 문자 언어로 구분한다. 음성 언어는 발음 기관을 통해 물리적인 소리로 실현된다. 문자 언어는 이러한 음성 언어를 시각적인 기호 체계로 표기한 것이다. 전자는 인간이 나이를 먹어 감에 따라 시의적절한 양의 언어를 사용하는 자연스러운 행위이다. 듣기와 말하기가 이에 해당한다. 후자는 학습을 통해 이루어진다. 읽기와 쓰기가 이에 속한다.

언어는 우리들의 인간 세상에서 아주 중요한 기능을 한다. 듣기와 말하기, 읽기와 쓰기를 반복하면서 자신의 생각을 표현하고 다른 사람의 감정을 이해한다. 같은 언어를 사용한다는 것은 동질의 문화와 생활 습관을 간직하고 있다는 것이다. 비슷한 사고방식을 공유한다는 것을 의미한다. 과거 한국인들이 미국 등지의 선진국으로 이민을 떠나서도 코리아타운을 형성하면서 삶을 일구었다. 오늘날의 중국인들이 서울의 대림동이나 경기도 안산의 원곡동 등지에서 차이나타운을 이루면서 살아가고 있다.

경기도 안산 원곡동 신차이나타운 거리(2023년)

1953년 한국 전쟁 휴전 이후, 수많은 한국인이 서울 등지의 대도시로 올라와서 고향이 같은 사람들끼리 어울린 이유가 무엇일까? 그 시절의 재한화교들이 왜 하필 차이나타운을 형성하면서 살았을까?

그들은 사회적 처지가 같아서 사물을 보고 느끼는 감정이 비슷하였다. 느끼는 것이 비슷하다는 것은 의사소통이 원활하게 이루어진다는 것을 의미한다. 우리는 삶에 지치거나 해결하기 어려운 일에 부딪히면서 살아간다. 혼자서 살아갈 수 없기에 인간관계를 맺는다. 고향 사투리와 모국어를 사용하여 대화를 나눈다. 그렇게 상호 교류를 하면서 마음의 위안을 주고받는다.

1970~80년대를 거치는 동안 적지 않은 재한화교가 미국으로 이민을 떠났다. 그들이 막상 미국 땅에 도착해 보니 주변의 환경과 맞지 않았다. 집 밖으로 나가면 영어로 써진 간판을 읽을 줄 몰랐다. 듣기와 말하기 때문에 애로 사항이 많았다. 이미 광동성 출신의 중국인(재미화교)이 미국 땅에 정착해 있었다. 그러나 대다수의 재한화교가 산동성 출신이라서 언어상의 현격한 차이로 원활한 커뮤니케이션이 이루어지지 않았다. 차라리 낯선 땅에서 만난 한국인들이 부모 형제마냥 친근하게 느껴졌다. 한국어라는 공통된 언어가 끈끈이처럼 당기고 밀착시켜서 서로를 소중하게 연결시켜 준 것이었다.

　　어느 '재미한화在美韓華'는 1970~80년대에 한국의 조그마한 시골 마을에서 중화요리 전문점을 경영한 적이 있다. 그 시절의 마을 사람들은 그의 점포에서 짜장면을 맛있게 잘 먹었다. 그런데도 그가 읍내로 외출을 나오면 그를 향해 돌을 던지면서 멸시하였다. 그는 한국에서 큰돈을 벌었지만 그러한 수모가 싫었다. 그 점포의 사장이 가족과 함께 미국으로 이민을 떠났고, 또다시 요식업에 뛰어들었다. 당시의 미국인들은 음식값의 10~20%를 팁으로 지불했다고 한다. 그는 일부러 한국에서 온 유학생과 이민자를 아르바이트로 고용하였다. 하루 일과가 끝나면 수입이 짭짤하니까 돈을 벌어 가라는 의미에서였다.

　　이민을 떠난 재한화교들은 어디선가 한국어만 들려오면 좋았다. 한국인들의 얼굴만 보면 반가웠다. 그들은 의사소통의 소중함을 절실하게 깨달았다. 그러한 탓에 한국에서의 가슴 아픈 일들을 다 잊을 수 있었다. 언어가 통한다는 것은 굳이 음성으로 말을 하지 않아도 된다. 상대방의 눈빛 하나만으로도 마음이 전달되는 것이다.

듣기와 말하기는 어린아이가 어머니의 무릎 앞에서 말을 배우는 것처럼 무의식 속에서 습득하여야 한다. 읽기와 쓰기는 끊임없는 반복적인 학습을 통해서 이루어진다. 수많은 나이 지긋한 어르신들은 어려운 시기를 살아오느라 배움의 시기와 기회를 놓쳤다. 문자 언어의 부족함 때문에 읽기와 쓰기가 되지 않아 답답하고 불편할 뿐이다. 음성 언어를 통해 자신의 생각이나 느낌을 표현하는 데는 아무런 지장이 없다.

재한화교의 선조는 아주 오래전 중국 본토에서 건너왔다. 그들의 후손은 한국에서 출생하여 줄곧 살아왔다. 한국어가 그들에게 있어서 '제1 언어'이나 마찬가지라서 익숙하고 편리하다. 과거 미국으로 이민을 떠난 재한화교들은 솔직하게 고백한다. 여건만 허락한다면 친구들이 있는 한국으로 되돌아와서 노년을 보내고 싶다고…. 언어가 통하는 곳에서 사는 게 가장 좋다는 뜻이다.

중국의 단오절 풍습과 금기

　　나는 장춘에 도착한 첫해의 단오절을 잊을 수 없다. 그 명절을 며칠 앞두고 '꾸이린루桂林路'[32]로 마실을 나갔다. 그곳에는 청·홍·황·흑·백의 오색실을 엮어 만든 팔찌, 목걸이, 향주머니 등의 장신구를 판매하는 길거리 상인들로 가득하였다. 그 광경을 보자마자 단오절을 맞이하던 어릴 때의 추억이 떠올랐다. 나는 얼른 인민폐 20원을 지불하고 팔찌와 목걸이를 하나씩 구입했다. 그날부터 무슨 보물마냥 착용하고 다녔다.

　중국의 단오절은 초楚나라의 시인이자 정치가인 '굴원屈原'의 죽음을 기리기 위해 제정한 전통적인 명절이다. 이날 중국인들은 '쫑즈(粽子, zòngzi)'를 먹는다. 이 음식은 고깔 모양으로 접은 갈댓잎에 찹쌀을 채워 넣어 찌거나 삶아 낸 것이다. 개인의 입맛과 지역의 특성에 따라 대추,

---

32) 길림성 장춘시 조양구朝阳区의 구도심에 위치한 오래 된 상업중심가이다.

팥, 계란 노른자, 돼지고기 등을 첨가할 수 있다. 지금도 단오절이 다가오면 중국 현지의 재래시장 상인들은 즉석에서 쫑즈를 만들어 판매한다. 대형 슈퍼마켓의 진열대는 생산 공정에서 대량으로 생산된 인스턴트 쫑즈로 가득하다.

나의 어린 시절, 어머니께서는 단오절이 다가오면 밤새도록 찹쌀과 수수쌀을 불리셨다. 인근 산에서 따 온 나뭇잎을 접어 속을 채워 넣으셨다. 그런 다음 내용물이 빠져나오지 못하도록 굵고 하얀색의 실을 칭칭 감으셨다. 모양이 완성되면 솥단지에 차곡차곡 담아 물이 흥건히 잠길 정도로 부으셨다. 김이 모락모락 피어올라 부뚜막이 하얀 연기로 자욱해질 때까지 팔팔 끓이고 삶으셨다. 우리 가족은 쫑즈에 감긴 그 실을 풀어 끈적끈적한 찹쌀이 눌어붙은 잎사귀를 펼쳐 내었다. 그 찰밥을 한 젓가락씩 떠서 설탕에 살짝 찍어 먹었다.

그 무렵 작은 언니가 인근 화교소학교에 다녔다. 단오절이 다가오면 화교학교 학생들은 팔찌와 목걸이와 향주머니를 만들었다. 작은 언니는 수업이 끝나고 집으로 돌아와서도 손수 종이를 접어 각이 진 작은 상자를 탄생시켰다. 그 상자 겉 부분에 여러 가지 색상의 실을 감았다. 노리개마냥 수술도 달았다. 어디선가 구해 온 분홍빛의 구슬로 포인트를 주었다. 그렇게 향주머니가 완성되면 쓰다 남은 실을 엮어 팔찌와 목걸이를 만들었다. 그리고는 나의 목과 팔목에다 무슨 장신구마냥 걸어 주었다.

한국의 단오절은 매년 음력 5월 5일이다. 한국인은 양력으로 6월에 단오절을 맞이한다. 한국은 예부터 농경 사회였다. 그 시절의 어르신들은 단오절 당일에 그해 농사의 풍년을 기원하는 제사를 올렸다. 여자들은 창포물에 머리를 감고, 그네타기를 즐겼다. 남자들은 씨름과 석전石戰과 활쏘기 등의 민속놀이를 하였다. 가정에서는 수리취떡과 앵두화채를 만들어 먹었다.

오늘날의 한국에서도 단오절과 관련된 행사가 전국 각지에서 이루어진다. 지방 자치 단체를 중심으로 축하공연, 노래자랑, 민속놀이 등등의 행사를 진행한다. 인근의 주민들이 한자리에 모여 화합과 단합을 통한 지역의 발전과 번영을 기원한다. '강릉단오제'가 가장 대표적인 한국의 단오절 행사이다. 2005년도에 유네스코 세계 무형 문화유산 13호로 등재되는 영광을 안았다.

중국에서 인스턴트 식품으로 출시된 쫑즈는 염분 함유량이 높다. 지나치게 짭짤하여 나의 입맛과 맞지 않았다. 나는 어린 시절의 추억이 가득 담긴 그 맛이 그리웠다. 재래시장의 상인들이 손수 만들어서 판매하는 쫑즈를 자주 사러 다녔다. 그 찰밥은 밑간을 하지 않아 밋밋한 맛이었다. 나는 늘 어린 시절 때처럼 설탕 가루에 찍어 먹었다. 한국의 젊은 유학생들은 쫑즈가 무엇인지 몰랐다. 오색실을 엮어 만든 장신구에 관심이 많았다. 무슨 약속이라도 한 듯 팔찌와 목걸이를 착용하고 다녔다.

전 세계의 어디를 가든 그 나라의 독특한 풍습과 금기 사항이 있다. 금기는 무슨 교훈이나 가르침처럼 우리들의 일상생활을 지배한다. 내가 어려서는 '문턱을 밟고 올라서지 마라!', '밤에 손·발톱을 깎지 마라!'라는 말을 부모님이나 동네 어르신들께 자주 들었다. 이에 얽힌 올바르지 않은 맹목적인 믿음도 따라다녔다. 우리는 그것을 미신迷信이라 불렀다. 나는 중국인의 단오절 풍습과 관련된 사항을 지키지 않았다. 하여 맞닥뜨린 그때의 쓸쓸한 기억을 지금도 잊을 수 없다.

중국인들은 단오절 당일 아침, 집안의 어른이 나이 어린 자녀의 목과 손목과 발목에 오색실을 엮어 만든 장신구를 걸어준다. 전 세계의 대부분의 풍습이 그러하듯 액운을 막고 무병을 기원한다는 의미가 담겨 있다. 그들은 단오절이 지난 후의 첫 비가 내리는 날, 그 장신구를 잘라내어 빗물에 쓸려 보낸다. 이러한 오래된 관습을 지키지 않으면 액운이 발생한다는 올바르지 않은 믿음도 갖고 있다. 본시 나는 합리성이 결여된 것을 신뢰하지 않지만, 이왕 중국에 왔으니 그들의 풍습을 따르고 싶었다. 그런데 나의 게으름과 부주의 탓에 첫비가 내리는 날을 놓쳤다.

나는 단오절이 지나고도 한참 후에야 그 팔찌와 목걸이를 풀었다. 그것을 기숙사 방구석에다 아무렇게나 방치해 두었다. 어느 날 내가 기숙사 1층 로비에서 심하게 고꾸라지는 사건이 발생했다. 왼쪽 갈비뼈의 두 곳에 실금이 생겼다. 왼쪽 어깨의 회전근에 큰 손상을 입었다. 왼팔의 움직임이 자유롭지 못하였다. 어찌나 고통스럽고 아팠던지…. 잠자리에 누워서도 왼쪽 방향으로 몸을 뒤척일 수조차 없었다.

하루는 이러한 생각이 들었다. 단오절 즈음에 구입한 '팔찌와 목걸이를 소홀하게 다룬 것에 대가를 치르는 것이 아닌가!'라는…. 그런데 한국의 젊은 유학생들은 단오절이 지나서도 여전히 팔찌와 목걸이를 착용하고 다녔다. 하지만 나와 유사한 사건과 사고를 당하지 않았다. 그 이후에도 그러한 소식과 접한 적이 없었다. 분명 나의 부상은 중국의 단오절 풍습과 얽히지 않았을 것이다.

인간은 한없이 연약한 존재이다. 미래의 공포와 불안에서 벗어나고자 몸부림쳤다. 민간에서 구비전승되던 미신을 특단의 예방약처럼 믿고 따랐다. '베네딕투스 데 스피노자(Benedictus de Spinoza, 1632~1677)'는 본인의 저서를 통해, "인간 스스로가 모든 환경을 완벽하게 통제할 수 있거나, 지속적으로 행운이 따라 준다면 미신의 희생양이 되지 않았을 것이다."라고 서술하였다. 천재 물리학자 '닐스 보어(Niels Bohr, 1885~1962)'는 집 앞 출입문에다 말편자[33]를 걸어 놓았다. 그는 행운이 깃든다는 당시의 미신 때문에 그러한 행동을 과감하게 실행하였다. 뭇사람들은 '그와 같은 똑똑한 과학자가 왜 그런 행동을 했을까!' 하고 의구심을 품었다. 하지만 그 미신이 현실과 부합되지 않아도 상관없다. 그러한 행위 하나로 스스로의 마음이 편해지면 그만이다. 마음가짐에 따라 좋은 결과가 나올 수도 있다는 것이다. 긍정적인 사고방식이 과학적인 방법이라는 뜻이다.

지금에 와 돌이켜 보면 나는 참으로 어리석었다. 내가 미신과 관련된 올바르지 않은 믿음을 신뢰하지 않으면 어떠하랴. 나의 부상이 중국의 단

---

33) 말의 발굽에 보조하여 다는 금속 제품의 장치로서 흔히 말의 신발이라고 일컬어진다.

오절 풍습과 관계가 없으면 또 어떠하겠는가. '이왕이면 현지의 관습에 따라 처신을 했다면 훨씬 좋지 않았을까!'라는 아쉬움이 남는다. 주지하다시피 오늘날의 현대 문명과 과학 기술은 참으로 뛰어나다. 하지만 선대 어르신들이 일상생활 속에서 터득한 삶의 지혜 또한 그에 못지않게 소중한 것이다.

나는 어떠한 맛을 좋아하는가

나이가 들면 입맛이 변하는 것 같다. 젊어서 입에 잘 대지 않던 음식이 먹고 싶어진다. 어려서 즐겨 먹던 음식을 멀리하게 된다. 입맛이 나이를 먹은 것인지, 나이 때문에 입맛이 변한 것인지 정확하지 않다. 내 나이 오십이 넘어가니 중국인의 독특한 향과 맛이 첨가된 음식이 싫증난다. 한국인의 정서가 짙게 깔린 파, 마늘, 된장, 고추장 등의 식재료가 들어간 음식이 맛있게 느껴진다.

얼마 전 나는 조선족 동포가 운영하는 식당에서 모임을 가졌다. 오랜만에 만난 지인들과 담소를 나누면서 저녁을 먹었다. 그런데 그 시간 내내 젊은 남녀가 점포 안으로 들어와서 마라탕을 포장해 갔다. 그들은 간단한 중국어조차 사용하지 않았다. 모두가 한국인이었다. 어림잡아 10여 팀이 분주하게 들락날락한 것 같았다. 나는 음식값을 지불하면서 주인장에게 어찌된 영문인지 물었다. 그녀는 살짝 웃어 보이면서,

"한국인들도 매운 음식을 좋아하지 않느냐?"

라고 대수롭지 않게 말하였다.

마라탕은 전형적인 한국인이 좋아하는 담백하고 깔끔한 매운맛이 아니다. 중국적인 독특한 향과 입 안을 톡 쏘는 듯한 텁텁하고 얼얼한 매운맛을 지녔다. 그 음식 속에 '화쟈오(花椒, huājiāo)'라는 향신료를 첨가하기에 더욱 그러하다.

이 식재료는 한국인이 즐겨 먹는 음식과 전혀 어울리지 않는 맛이다. 그럼에도 마라탕 전문점이 우후죽순처럼 늘어난다. 유동 인구가 밀집된 지역에서 20~30대의 젊은이들로 문전성시를 이룬다.

본시 '마라탕麻辣烫'은 사천지방의 어느 나루터에서 기원하였다. 강가에서 일하는 뱃사공과 짐꾼들이 출출함을 달래기 위해 즉석에서 만들어 먹었다고 전해진다. 그러다가 소규모의 영세 상인이 각종 식재료를 '딴즈(担子)'[34] 마냥 어깨에 메고 다니면서 강변의 노무자들에게 판매하기 시작하였다. 훗날 동북인들에게서 지금의 형태로 개량되었다고 한다. 흔히 중국인들은 마라탕에서 확장된 음식이 '훠궈(火锅, huǒguō)'이고, 훠궈에서 축소된 음식이 마라탕이라고 말한다.[35]

마라탕은 내가 장춘에서 체류하는 동안 무던히도 즐겨 먹었던 음식 중의 하나이다. 나는 입 안을 얼얼하게 만드는 듯한 매운맛과 독특한 향을

---

34) '딴즈'의 정확한 이해는 본 수필집 제3장 '짐이 아무리 무거워도 우리는 젊어져야 한다'라는 작품을 참조하기 바란다.

35) 더불어 '마라 추안(麻辣串, málà chuàn)'이라는 음식이 있다. 대나무 꼬챙이에 각종 식재료를 꿰어 펄펄 끓는 마라육수에 담갔다가 익혀 먹는 것이다.

그다지 좋아하지 않았다. 그저 오전 수업이 끝나면 몹시 배가 고팠고, 딱히 먹을 만한 것이 금방 떠오르지 않았다. 마라탕은 인민폐 10원만 지불하면 거뜬하게 한 끼 식사를 해결할 수 있었다. 오목하고 넓적한 그릇에 푸짐하게 담겨 나왔다. 가격 면에서 부담이 없고 먹기에 편리하여 한 끼 식사로 만족스러웠다.

중국에서 마라탕을 주문할 때는, 먼저 번호표가 달린 큼지막한 용기에 고기 종류와 넓적 당면, 각종 완자와 야채 등등의 식재료를 골라 담는다. 그것을 저울에 올려 금액을 계산한다. 식재료 값을 지불함과 동시에 아주 매운 맛이라든가, 약간 매운맛이라는 등의 맛의 정도를 알려 주어야 한다. 그런 다음 식재료를 골라 담은 용기와 똑같은 숫자의 번호표를 건네받는다. 내가 골라 담은 식재료가 주방으로 들어가서 팔팔 끓어오르는 뜨거운 물에 데쳐진다. 잘 익은 식재료에 국물을 붓고 번호를 호명한다. 이 국물에 화쟈오가 들어가는 것이다.

'화쟈오花椒'란 화쟈오나무에 열리는 아주 작은 열매이다. 이 나무의 몸체는 작지만 적응력과 점착성이 뛰어나다. 도로변이나 집 앞뒤의 뜰과 황무지 등지에서 잘 자란다. 원래 중국인들은 이 열매를 고기나 생선의 비릿한 냄새를 제거하기 위한 용도로 사용하였다. 그러다가 차츰차츰 그 본연의 향과 매운맛을 즐기게 되었다. 중국의 북방 지역에서 '쟈오즈(饺子, jiǎozi)'[36]를 먹어 본 한국인이라면, 그 속에서 은근하게 풍겨 나오는 독특한 향을 경험한 적이 있을 것이다. 화쟈오 열매를 건조시켜서 분말 형태

---

36) 한국인의 만두(饅头)에 해당하는 음식이다. 그러나 중국인들에게 있어서 '만두'라는 것은 속에 아무것도 들어있지 않은 밀가루 빵 자체를 가리킨다.

로 가공·생산한 것을 첨가하기 때문이다.

중국에서 '카오위(烤鱼, kǎoyú)'[37]나 '쉐이쥬위(水煮鱼, shuǐzhǔyú)'[38]를 먹다 보면 조그맣고 동글동글한 물체가 발견된다. 이것이 화쟈오의 원재료이다. 나는 이 음식을 먹다가 화쟈오를 통째로 잘못 씹은 적이 있다. 어찌나 입 안이 얼얼하던지…. 사실 웬만하면 먹고 싶지 않다. 여러 명이 외식을 할 때는 혼자만의 의견을 고수할 수가 없어서 주문한다. 한국의 젊은 유학생들은 나와는 달리 아주 맛있게 잘 먹었다.

서울 명동의 큰길 도로변에 신화교가 운영하는 중국 음식점이 있다. 나는 그 앞을 지나가다가 마라가 들어가는 음식 이름을 여러 개 보았다. 마라탕은 기본 메뉴로 있었고, 마라탕도삭면, 마라해물덮밥, 마라해물볶음도삭면, 마라쌍궈 등등…. 음식 가격이 조금 높아도 마라 맛을 좋아하는 젊은이들로 넘쳐난다. 번호표를 받고 30분 이상 줄을 서서 기다려야 하는 데도 개의하지 않는다. 요즘의 20~30대 젊은 남성들은 여자 친구가 마라탕을 좋아하여 본인도 즐겨 먹는다고 한다. 구화교가 운영하는 중화요리 전문점에도 마라탕을 간편한 일품요리로 만들어서 판매할 정도이다.

내가 어려서 늘 먹었던 음식 속에는 '팔각향八角香'이 첨가되었다. 그 시절의 아버지께서는 오리 한 마리를 통째로 가공·포장한 인스턴트 식품을 자주 공수해 오셨다. 어김없이 그 향내가 풍겨 나왔다. 어머니께서는 우

---

37) 생선을 구운 후 육수를 부어 푹 끓인 음식으로 사천(四川) 지방의 특색 요리이다. 한국의 생선찜과 엇비슷하다고 생각하면 된다.
38) 생선의 포를 뜬 것과 살을 발라낸 생선의 뼈 부분, 그리고 각종 식재료에 육수를 부어 푹 가열한 음식으로 사천요리에 속한다. 한국의 매운탕과 엇비슷하다.

리들의 도시락 반찬을 위해 장조림을 만드실 때마다 몇 개 넣어 같이 끓이셨다. 친구들의 반찬에는 아무런 향이 없었다. 이상하고 밋밋했다. 너무나 담백하여 맛이 없게 느껴졌다. 지금은 향신료가 들어있지 않은 장조림이 입에 쩍쩍 달라붙는다.

1992년 한중외교 수립 이후 많은 한국인이 중국을 자주 왕래하게 되었다. 아예 중국에서 장기 체류하는 인구가 늘어났다. 적지 않은 한국인이 중국 요리의 독특한 향과 화쟈오의 매운맛에 익숙해졌다. 어떤 한국인은 중국에 다녀올 때마다 갖가지 양념을 골고루 구입하여 가져온다. 집에서 음식을 만들 때마다 양념으로 사용한다. 오늘날의 우리 집에는 그 흔한 팔각향조차 없다. 중국적인 향신료와 식재료가 존재하지 않는다. 그냥 여느 한국인의 가정처럼 파, 마늘, 된장, 고추장과도 같은 양념으로 가득하다.

우리는 혓바닥에 두둘두둘하게 생긴 '미뢰味蕾'라는 감각 세포로 맛(단맛, 짠맛, 쓴맛, 신맛, 감칠맛)을 느낀다. 코를 통해 음식의 냄새를 맡으면서 맛을 구분한다. 음식을 치아로 씹으면서 맛을 음미한다. 나이를 먹으면 감각적 기능이 저하되어 입맛이 변하고 무뎌진다. 그러나 내가 중국적인 맛과 향에 흥미를 느끼지 못하는 것은 나이 때문만은 아닌 듯싶다. 나는 한국에서 출생하여 줄곧 살아왔다. 한국적인 정서와 식생활 문화에 익숙해진 탓이다.

내가 광저우에서 맛본 마라탕은 장춘에서 먹어 본 것과는 전혀 달랐다. 화쟈오의 독특한 향과 얼얼한 매운맛이 들어있지 않았다. 우리 학교 부근의 마라탕 전문점엔 잘게 다져진 쪽파와 마늘을 한쪽 구석에 준비해 놓았다. 각자의 식성에 맞게 첨가해서 먹으라는 의미였다. 어느 누구든 북방 지역의 마라탕을 먹어본 적이 없다면, 중국의 마라탕은 한국의 담백한 라면을 먹는 듯한 맛이라고 여기지 않을까 싶다.

우리가 나이를 먹는 것만큼이나 세상은 빠르게 변화한다. 시대의 변천과 식생활 문화의 발전에 따라 입맛을 자극하는 음식 또한 달라진다. 나는 여전히 파, 마늘, 된장, 고추장과도 같은 양념과 잘 어우러진 한국 음식을 좋아한다. 눈길이 쏠리고 손이 간다. 입 안에서 군침이 흐른다. 세월이 빚어낸 깊고 풍부한 맛이 담겨 있어서 맛있게 느껴진다.

추앙관동(闯关东)

1

내가 장춘에서 공부하는 동안 '추앙관동(闯关东, chuǎngguāndōng)'
이라는 단어를 가장 많이 들었다. 강의 시간의 교수님은 "중국의 한족이
동북 지방에서 자리를 잡고 살아온 진정한 역사는 불과 몇백 년밖에 되
지 않는다."라고 자주 언급하셨다. 동북 지방의 농촌 지역을 탐방하는 TV
프로그램의 리포터는 늘, "이곳은 추앙관동한 산동인이 개척한 마을이
다!"라며 운을 띄었다. 그렇다면 추앙관동이란 무엇일까? 도대체 어떤 의
미를 지니는 것일까?

추앙관동을 한자의 본체자로는 '闖關東(틈관동)'이라 표기한다. '틈(闖)'
이란 시간적인 '공백', 혹은 공간적으로 벌어진 '틈새'를 의미한다. 이 한자
어는 활짝 열린 문 사이로 말(馬)이 뛰어 들어가는 모습을 묘사하였다. 거
칠고 용맹하다는 뜻이다. '관關'은 '산해관(山海关, shānhǎiguān)'[39]을

가리킨다. 산해관은 하북성과 요녕성을 지리적으로 구분하는 분계선이다. 정확하게는 하북성河北省의 친황다오秦皇島에서 동북 방향으로 15km 떨어진 곳에 위치한다. '동東'은 산해관의 동쪽 지대이다. 오늘날의 동북 지방으로 '요녕성, 길림성, 흑룡강성'을 말한다. 옛 지명은 '관동'이었고, 위만주국伪满洲国 시기에도 그렇게 불려졌다.

중국의 역대 왕조들은 북방 이민족의 침입을 막기 위해 지속적으로 성벽을 쌓았다. 명 왕조기에 이르러 오늘날과 같은 만리장성이 완성되었다. 중국인들은 가장 동쪽에 축조된 성문을 '산해관'이라 불렀다. 옛사람들은 산해관 이내의 북경을 포함한 화북지역의 중원지방을 관내(关内, guānnèi)라 칭하였고, 그 바깥의 요동 지방을 포함한 동북 일대를 관외(关外, guānwài)라 명명命名하였다. 산해관은 관내와 관외를 드나드는 아주 중요한 '관문 검문소(关卡, guānqiǎ)'로서의 역할을 맡았다.

중국의 청나라는 1616년 제1대 황제 누르하치(努尔哈赤, nǔ'ěrhāch)에 의해 여진족[40]으로 재통합된다. 심양을 중심으로 후금을 건국한다. 1636년 제2대 황제 황타이지(皇太极, huángtàijí)가, 여진족을 '만주족'이라는 명칭으로 바꾼다. 아울러 국호를 대청(大清, dàqīng)이라 개칭한다. 1644년 제3대 순치(顺治皇, shùnzhì) 황제 집권기에 명나라를 멸

---

39) 중국인들은 흔히 이 성문을 '천하제일관(天下第一关, tiānxiàdìyīguān)'이라는 별칭으로 부른다. 하늘 아래의 첫 번째 관문이라는 뜻이다.

40) 여진족은 중국의 동북 (만주) 지역에서 수렵과 농경을 병행하면서 살았던 민족이다. 12세기에는 금나라를 건국하여 위세를 떨쳤고 송나라를 위협하기도 했지만, 칭기즈칸에게서 멸망되었다.

망시켜서 입관(入关, rùguān)[41]에 성공한다. 동시에 수도를 관외의 '심양'에서 관내의 '북경'으로 옮긴다. 이때 동북 지역의 원주민이던 수많은 만주족과 몽골족, 한족으로 구성된 팔기인(八旗人, bāqírén, 청나라 군대)[42], 그리고 그들의 가족과 예속된 조선인[43] 마저도 함께 데리고 관내로 입성한다. 그 결과 관외의 요동지방이 텅텅 빈 공간으로 남는다. 평야는 끝없이 넓고 비옥한 데 반하여, 상주하는 사람이 없어서 황폐화되는 현상이 발생한다.[44]

이리하여 1653년 제3대 순치(順治, shùnzhì) 황제 집권 10년에 요동초민개간조례(辽东招民开垦条例, 요동 이민개척자 모집조례)를 반포한다.[45] 조정에서 기인들에게 관내의 한족을 모집하도록 한다. 그들이 산해

---

41) 청나라 군대가 산해관 안으로 진입하여 북경을 점령한 행위이다. 당시 청군이 북경으로 진격하려면 만리장성의 산해관을 돌파해야 했다. 그런데 명나라가 망해 가는 와중에도 산해관을 뚫고 넘어가는 것이 쉽지 않았다.

42) 청나라의 군병제도인 동시에 신분제도이다. 태조 누르하치에 의해 청나라를 건국하는 데 있어서 공을 세운 만주족을 비롯하여 한족·몽골족·여진족 등을 중앙집권적으로 통제하고자 조직한 군대이다. 깃발의 색깔에 따라 여덟 부대로 나누어 편제하였기에 팔기라는 명칭이 붙었다. 만주족과 몽골족은 팔기인으로 편입되기 수월했다. 하지만 한족인 경우에는 소수의 선택받은 사람만이 가능했다. 대부분의 한인과 몽골 팔기군은 1644년 북경 정복 이전에 이미 항복한 가문 출신이었다. 몽골인은 주로 북부와 서북부에 배치되었고, 한인 팔기군은 중원지방을 지배하는 데 있어서 중요한 역할을 담당하였다. 한인 팔기군 거의 다가 중국어와 만주어를 구사할 수 있는 능력을 지녔다. 그들은 한족 사회 규범에 충실하면서도 만주족의 호전적인 문화를 익히고 있었기 때문에 관직에 중용될 수 있었다.

43) 청조 말기에 조선족 집거지역은 어떻게 형성되었을까?
https://blog.daum.net/gubong33/15602602?category=633253

44) 청나라의 황궁이 있었던 심양 지역에는 약 3만 명 정도의 인구가 남았고, 전체 동북 지구에는 40만 명이 안 되는 소수 민족만이 남게 되어 민간 가옥 10채 중 9채는 텅텅 빈 공간이 되었다. 게다가 조정을 따라 입관한 팔기인과 그들의 가족 및 예속된 조선인들에게서 고향에 대한 향수를 제거하기 위한 목적으로 전원지대의 농지와 가옥을 불태웠기 때문에 더욱 더 황폐화 될 수밖에 없었다.

45) 이 시기에 대부분의 산둥인은 대련이나 단동으로 건너가서 정착하는 경우가 많았다. 다른 지역의 중원지방 백성들은 요동지방의 서쪽지대나 북쪽지대로 이주했다.

관을 넘어 토지를 개간할 수 있게끔 지원한다. 관내 중원지방의 가난한 농민이 관외의 요동 지방으로 건너와 황무지를 개간할 기회를 잡았다. 그러다 보니 한족들이 제멋대로 백두산 등지의 인삼, 담비의 가죽, 녹용과도 같은 특산물을 채집하고 금광金鑛을 파헤쳤다. 그 지방의 호족인 팔기인과 결탁하여 부정행위를 빈번하게 저질렀다. 하다못해 대지주의 신분으로 전환되는 경우가 있었다. 청나라를 건립한 만주족에게 있어서 그러한 한족들이 위협적인 존재로 느껴졌다. 게다가 그들은 '관내(북경)'에서의 국사와 정사가 순조롭지 않으면 다시금 '관외(심양)'로 되돌아가려고 계획하고 있었다. 그 때문에 한족이 자신들의 신성한 발원지를 점령해서는 안 된다는 의지가 그 무엇보다도 굳건하였다.

결국엔 1740년 제6대 건륭(乾隆, qiánlóng) 황제 집권 5년부터 봉금정책을 실시한다. 그 후 100년이 넘는 세월 동안, 관내의 어느 누구든 통행증 없이 마음대로 산해관을 넘지 못하도록 한다. 그러나 이미 관외로 이주한 토지개척자들에게서, 요동 지방의 땅이 비옥하여 농사짓기에 적합하다는 입소문이 퍼진 상태였다. 당시의 민초들은 새로운 세계에 대한 꿈과 희망에 젖어 있었다. 어느 누구라도 산해관을 넘어 관외로 돌진하고 싶어 했다. 그 결과 전 세계에서 가장 긴 300년(누르하치가 후금을 건립한 직후부터 1912년까지)이라는 세월 속에서 중원지방의 3,000만 명 이상의 한족 인구가 산해관을 넘어 동북 지방으로 이주한다. 중국 역사에서 이러한 행위와 역사적인 사실을 추앙관동이라 부르는 것이다.

청조(淸朝, 1636~1912) 집권기 268년(순치제가 산해관을 넘어 입관한 직후부터 1912년까지) 동안, 산동성 지역에 자연재해가 끊이지 않았다. 통계에 따르면 두 해만을 제외하고 233차례의 가뭄과 245차례의 홍수와 메뚜기 떼가 출몰하였다고 한다. 화북지구의 하북성, 하남성, 산시성 등지에도 해마다 흉작[46]과 흉년[47]이 들어 농작물을 수확할 수 없었다. 배고픔에 지친 민초들이 수목의 뿌리를 캐어 먹고 잎사귀를 뜯어 먹었다. 급기야는 굶어 죽는 기근[48]현상이 나타났다. 당시 각 지방의 문헌을 살펴보면, 차마 인간으로서 도저히 할 수 없는 비참한 상황까지 발생하였다고 기록되어 있다.[49]

그렇다면 왜 하필 '추앙(闯, chuǎng)'이라는 용어를 사용하였을까?

봉금 정책의 시행하에 불법적으로 몰래몰래 넘어갔기 때문이다. 그 길이 너무 멀고 험난하여 자칫 목숨을 잃을 수도 있는 일련의 과정을 감수

---

46) 흉작의 가장 큰 원인은 작물의 생육기간 중 작물생육에 불리한 기상 조건의 이상(異常)을 포함한 각종 자연환경의 이변이다. 드물게는 사회경제적인 원인에 의해서도 흉작이 든다. 작물의 생육에 직접적인 피해를 주는 기상이변으로는 가뭄·홍수·태풍·서리·우박, 여름철의 저온, 겨울철의 혹한·난동(暖冬)·일조의 부족·해일 등을 들 수 있다.

47) 농작물이 예년보다 잘 되지 아니하여 굶주리게 된 해. 수해(水害), 한해(旱害), 한해(寒害), 풍해(風害), 충해(蟲害) 따위가 그 원인이다.

48) 식량이 절대적으로 부족한 상황을 가리킨다. 한 사회에서 소비되는 식량의 양이, 인명이 유지되기 위해 필수적으로 필요한 한계선 밑으로 내려간 상태이다. 단기적인 기근이 발생하기만 해도 커다란 문제가 생긴다. 장기화될 경우 집단 아사 사태가 발생할 수도 있다. 국가를 이루는 인구에 직접적인 피해를 주고, 대다수의 인구가 당장 생존이 위험한 상태에 빠지기에, 발생하는 순간 사실상 문명이 정지되는 것이나 다름없다. 기근에 처한 사람들은 면역력이 저하되어, 단지 굶주림뿐만 아니라 각종 질병으로 인해 사망하기도 한다.

49) 문헌의 기록을 그대로 옮기면 '岁值凶荒民不聊生(해마다 흉작이 거듭되어 백성이 생계를 유지할 수 없었다), 大饥人相食(굶주림에 지친 사람들은 사람을 먹었다), 连岁旱荒人民饥饿(해마다 흉작 때문에 민초가 굶주렸다), 大饥饿死者枕藉(대기근에 아사자가 마구 겹쳐 쓰러져 있었다), 或烧死人食之(죽은 사람을 태워서 먹었다), 夏秋瘟疫盛行(여름철과 가을철에 전염병이 크게 유행하였다), 民死几半(백성의 절반이 죽었다)'이라고 되어 있다.

해야 했기 때문이다. 육로로 가다가 먹을 것이 떨어지면 구걸도 하고 천막에서 잠도 잤다. 당시의 열악한 자연환경으로 말미암아 들짐승과 산짐승의 먹이가 될 수도 있었다. 도적에게 인신공격을 당하고 물건을 빼앗기기도 하였다. 동절기의 영하 40~50도의 추위 속에서 강한 회오리바람을 동반한 폭설이 쏟아지기라도 하면 눈보라에 파묻혀 사망하는 사건도 생겼다.[50]

바닷길을 통해 산해관을 넘어가는 것도 만만치 않았다. 운이 따라 준다면 하룻밤 사이에 요동반도 최남단의 해안 지대로 진입할 수 있었다. 그러나 오늘날처럼 안전하고 견고하게 제조된 여객선을 이용하는 것이 아니었다. 나름의 방법으로 기후와 바다 날씨를 점치고 예측한 것이었다. 그런 후 범선을 타고 바닷바람에 의지하여 목적지를 향해 나아갔다. 거센 풍랑을 만나 몇 날 며칠을 해상에서 표류하기도 하였다. 그러다가 자신의 의지와는 관계없이 조선 반도, 혹은 일본의 어느 해안가로 도착하는 경우가 있었다.

2

나는 20대 초반 무렵, 서울 한성화교중고등학교 졸업앨범을 자주 들춰보았다. 그 앨범의 뒷부분에는 졸업생들의 조적祖籍이 표기되어 있었다. 거의 대다수가 산동성이었다. 오늘날의 동북 지방인 길림성, 요녕성, 흑룡강성이라는 지명도 있었다. 절강성, 강소성 등지의 낯선은 지역의 이름도

---

50) 당시 동북 지방의 특이한 자연현상의 하나로써 허리케인과 비슷하다. 그러나 지금은 이미 없어져서 그러한 현상이 발생하지 않는다.

눈에 띄었다. 당시엔 그들의 조적이 왜 그렇게 표기되었는가에는 아무런 관심이 없었고, 의문 또한 들지 않았다. 훗날 장춘에서 공부하면서 추앙 관동이라는 이주 역사를 자세하게 알 수 있었다. 재한화교의 형성 과정과 삶이 그 역사와 관련이 많다는 사실을 깨달았다.

가장 광의적인 의미의 추앙관동은 중국 역사 이래로 관내의 민중이 산해관을 넘어 관외로 진출한 모든 행위이다. 이러한 행렬은 명말 청초부터 1949년 10월 1일 중화인민공화국이 선포되기 직전까지 계속적으로 이어졌다. 신중국 성립 이후에도 중국 당국으로부터 '후커우(户口, hùkŏu, 주소와 주민등록증)제도'[51]가 정착될 때까지 지속적으로 진행되었다. 하지만 우리가 흔히 말하는 협의적인 의미의 추앙관동은 19세기 중반 이후부터[52] 1949년 신중국 성립 직전까지이다.

사실 청나라가 '봉금정책封禁政策'을 엄격하게 시행하던 역사적인 시기에도 간헐적으로 산해관이 개방되었다. 가경(嘉庆, jiāqìng) 황제 집권기에 이러한 현상이 가장 빈번하였다. 그 무렵 이미 청조의 국력이 많이 쇠약해졌고, 자연재해가 끊이지 않아서 흉작이 거듭되었다. 배고픔에 지친 백성들이 먹을 것을 찾아 길을 떠나는 행렬이 이어졌다. 그들은 매일같이

---

51) 1958년도에 중국 정부가 "호구 등기 조례'를 반포하였다. 한국의 주민등록에 해당한다.
52) 1885년에 중원지방의 잦은 폭우로 황하의 제방이 무너질 정도로 심각한 재해가 발생하였다. 이와 같은 홍수와 침수 때문에 바다로 흘러 들어가는 황하의 하류 물길이 오늘날의 형태로 바뀌었다(1885년 이전에는 지금보다 더 아래쪽에 있었다). 아울러 그 일대의 대운하(북경-항주)가 파괴되었다. 수많은 이재민이 도탄에 빠졌고, 살 길을 찾아 추앙관동하게 된다.

관문과 가까운 산속의 동굴 안으로 모여들었다. 조정에서는 헐벗고 굶주린 백성들이 폭동을 일으킬까 봐 두려워서 가끔씩 자발적으로 산해관의 출입문을 열어 주었다.

그런데 청나라가 1860년 제8대 함풍(咸丰, xiánfēng) 황제 집권기 10년부터 부분적으로 '이민실변정책移民實邊政策'을 펼치기 시작하였다. 그렇다면 근본적인 원인이 어디에 있었을까?

일찌감치 남하 정책을 펼치기 시작한 제정러시아의 침입을 막아야 할 필요성을 깨달았기 때문이었다.[53] 청조의 그 봉금 정책으로 흑룡강변 일대의 변방 지역에 상주하는 인구가 적었다. 제정러시아가 자꾸만 밀고 내려오는데 배치된 군병이 적어서 방어가 수월하지 않았다. 1858년 양 국가 사이에 맺은 '아이훈 조약(瑷珲条约, àihúntiáoyuē)'에서, 청나라가 제정러시아에게 흑룡강 이북과 '외흥안령(外興安領, 스타노보이 산맥)'[54] 이남의 영토를 빼앗겼다. 설상가상으로 청나라는 두 차례의 아편 전쟁[55]

---

53) 1480년 제정러시아가 몽골의 지배로부터 벗어나자 새로운 활로를 찾아 우랄산맥을 넘어 시베리아로 진출한다. 당시의 제정러시아는 국가 재정의 10%를 모피에 의존하고 있었고, 모피는 은이나 여러 가지 물품과 무기를 구입하는 데 있어서 통화가치를 지녔다. 모피를 구하기 위해 영토를 확장하다 보니 청나라의 국경지대를 자주 침범하게 된다. 그곳의 원주민들은 강물에 의존하면서 어업과 수렵으로 생계를 유지하고 있었다. 그런데 제정러시아의 원정대에게서 대량 학살과 식량을 수탈당하게 되자 청나라 조정에 구원을 요청한다. 결국엔 조선의 군대가 송화강과 흑룡강 유역까지 파병되어 제정러시아의 원정대와 전투를 벌인다. 한국 역사에서 이것을 제1·2차(1654년, 1658년) 나선정벌이라 부른다. 아울러 제정러시아는 원활한 대외 무역을 위해 겨울철에도 얼지 않는 항구가 필요했다. 그렇게 부동항을 찾아 남진하다 보니 청나라와 충돌이 잦았다. 1689년 강희제 집권기 때 양 국가 사이에 네르친스크 조약을 맺는다. 당시만 해도 청나라의 국력이 막강해서 흑룡강 일대와 연해주를 지켜낼 수 있었다.
54) 중국어 간체자로는 '外兴安岭'이라 표기하고, 중국어로는 '와이싱안링(wàixīngānlǐng)'이라 발음한다.

을 치렀다. '태평천국(1851~1864) 운동'과 '염군(1851~1868)의 반란' 때문에 대내외적으로 매우 혼란스러웠다.

제2차 아편 전쟁의 결과, 청나라가 1860년에 영국·프랑스와 '북경(베이징) 조약'을 맺었다. 이때 제정러시아가 협상을 조정해 준 대가로 청나라를 압박하여 연해주(블라디보스톡)를 할양받아 차지하였다. 당시 흑룡강 지역을 관할하는 푸터친普特琴사령관이 청나라 조정에 상소문을 올렸다. 관내의 농민을 흑룡강 일대의 변방 지역으로 이주시켜서 농지를 개간하게끔 해야 한다는 내용이었다. "변경 지대가 너무 길고 공지가 많아 방어가 수월하지 않다. 제정러시아의 침략을 조금이라도 줄이기 위해서는 사람이 살아야 한다."라는 뜻이었다. 이로써 그동안 굳게 닫혀 있던 산해관의 관문이 조금씩 열리기 시작한다.

1904년 제11대 광서(光緒, guāngxù) 황제 재임 기간에 모든 변방의 봉금 정책을 완전하게 철폐시킨다. 그 후부터는 관내의 백성들이 아무런 제약 없이 마음대로 산해관을 드나들 수 있었다. 그 후 1911년 신해혁명에서 청조가 타도되고 중화민국 시대로 접어들었다. 하지만 나라 안은 여전히 혼란스러웠고, 자연재해가 끊이지 않았다. 여전히 민초들은 먹을 것을 걱정해야 했다. 하여 봉금 정책이 풀리면서 가장 많은 숫자의 유동 인구가 살길을 찾아 동북 지방을 향해 올라간 것이었다.

---

55) 제1차 아편전쟁(1839~1842)과 제2차 아편전쟁(1856~1860)이다. 제1차는 청나라와 영국의 싸움이었다. 제2차는 청나라와 4개(영국·프랑스·미국·제정러시아) 국가와의 1:4 싸움이나 마찬가지였다.

2008년도에 중국의 CCTV를 통해 52부작으로 방영된 '추앙관동(闯关东)'이라는 드라마가 있다. 1904년 산동성의 어느 농촌 총각(朱传文, 쭈추안원, 드라마 속의 첫째 아들)이 신부를 맞이하러 가는 장면으로 시작한다. 그런데 예물로 준비한 쌀 한 말을 도적들[56]에게 빼앗긴다. 신부의 아버지가, '예물을 가져오기 전에는 딸을 시집보낼 수 없다!'라는 엄포를 놓는다. 설상가상으로 신랑의 아버지(朱开山, 쭈카이샨)가 의화단 사건에 연루되어 사망했다는 헛소문과 접한다. 하지만 어느 날 인편을 통해, 아버지가 동북 지방에서 가족을 기다리고 있다는 소식과 접하게 된다. 일단 그 신랑은 어머니를 모시고 두 명의 남동생과 함께 추앙관동을 결심한다.

사실 예비 신부에게 예물은 중요한 것이 아니었다. 신랑의 어머니가 신부의 아버지를 찾아가서, 흉년이 끝나고 곡식을 수확하면 그 쌀의 두 배를 예물로 가져오겠다고 사정사정한다. 그렇지만 결국엔 신부의 아버지가 혼인을 극구 반대한 이유가 무엇일까?

그에게는 혼기가 꽉 찬 아들(신부의 오빠)이 하나 있었다. 당시의 중국은 수많은 백성이 농사에 의존하여 먹고 살았다. 그러나 해마다 흉년이 들어 수확할 곡식이 적거나 없었다. 그들에게 있어서 나중이라는 것은 '기약 없는 약속'이나 마찬가지였다. 신부의 아버지는 지금 당장 그 쌀을 받아 본인의 아들을 장가보내기 위한 예물로 사용하려는 것이었다.

---

56) 당시 청나라는 은으로 세금을 걷었다. 은이 부족해지면서 은 가격이 올라갔고, 물가가 폭등했다. 농민들이 세금을 못 내고 도망가는 경우가 있었다. 가난한 농민들은 땅을 팔아 일시적으로 굶주림을 면하다가 소작인으로 전락하기도 하였다. 이렇게 백성들이 하루하루 힘들게 살아가다가 도적이 되었다.

진유광(秦裕光, 1916~1999) 선생님은 재한화교 1세대이다. 우리에게『한국화교 이야기』라는 책을 남겼다. 원래 그분의 조적은 산동성이다. 하지만 1916년도에 북한의 신의주에서 출생하였다. 그 무렵 이미 그분의 선친이 가족을 데리고 추앙관동한 사례이다. 그렇지만 일가족이 한곳에 정착하지 못하고 자꾸만 주거지를 옮겨 다녔다. 관내의 고향 마을과 관외의 동북 지방, 더러는 북한의 변방 도시 중의 하나인 신의주…. 훗날 그의 선친이 뱃길을 통해 혈혈단신 한반도로 건너왔다. 그렇게 전 가족이 오랜 방황을 거듭하다가 한국 땅으로 정착한 케이스다.

강혜림姜惠霖 열사와 위서방魏緖肪 대장隊長은 한국 전쟁에 참전한 재한화교이다. 그분들도 본시 추앙관동한 산동인이다. 전자는 평양에서 식당을 운영한 적이 있고, 후자는 안동(단동) 경찰학교를 졸업한 재원이다. 두 사람은 조중朝中 변경 도시를 통해 북한의 내륙지방으로 진입할 수 있었다. 그리고 한국 전쟁 기간 동안 국군에 합류하여 공을 세웠다. 앞에서 서술한 진유광 선생님과 위서방 대장은, 학령기 때 산동성의 고향 마을로 되돌아와서 중학교 교육과정을 마쳤다.[57]

그렇다면 추앙관동에 성공한 민초들의 삶이 과연 행복했을까? 그들은 왜 자꾸만 주거지를 옮겨 다니면서 살았을까?

비록 추앙관동에 성공하였지만 그곳에서의 삶은 순조롭지 않았다. 봉

---

57) 진유광 선생님의 가정은 그리 넉넉하지 않았지만 부모님의 교육열이 강해서 중학교 과정을 마칠 수 있었을 것이라 추측된다. 위서장 대장은, 그의 선친이 어렸을 때 부모(위서방 대장의 조부모)를 따라 추앙관동하였다가 꽤 큰 부를 이룬 것으로 짐작된다.

금 정책이 시행되는 동안, 관내 대다수의 백성이 불법적으로 산해관을 넘어 관외로 진입한 것이었다. 그들은 관동 지방(요녕성, 길림성, 흑룡강성)에서 농지를 개척할 자격이 없었다. 이와 관련된 모든 권리가 기인들의 손아귀에 달려 있었다. 설령 불법으로 농사를 짓는다 해도 농번기에는 관여하지 않았다. 그렇지만 그 농작물을 수확할 시기가 되면, 기인들이 말을 타고 농지를 돌아다니면서 괴롭혔다. 운이 좋으면 기인과 협의하여 임대료를 지급하고 계속하여 농사를 지을 수 있었다. 그러나 대부분의 민초들은 노동을 파는 농민으로 전락하는 신세가 되고야 말았다.

'추앙관동'이라는 드라마 속의 신랑 가족은 뱃길을 통해 산해관을 넘어간다. 그리고 아버지(쭈카이샨)와 재회한다. 그의 일가는 웬바오쩐元宝镇이라는 마을에 정착하여 농지를 개간한다. 때로는 가뭄 때문에 괴로워하고, 때로는 가족이나 이웃과 크고 작은 갈등과 충돌 때문에 고뇌한다. 하지만 그런대로 여유롭고 행복한 나날을 보낸다. 그러나 어느 날 갑자기 큰 무리의 마적단이 출몰한다. 곡식이 약탈당하고 부녀자가 납치된다. 마을 전체가 화염에 휩싸여 쑥대밭으로 변한다. 쭈카이샨(신랑의 아버지)은 더 이상 이곳에 미련이 없다면서 식솔을 데리고 다른 지역으로 떠난다. 그의 일가가 치치하얼을 거쳐 하얼빈에 자리를 잡는다. 그 도시의 큰 대로변에다 고향 음식을 판매하는 '샨동차이관(山东菜馆, 산동음식점)'이라는 식당을 개업한다. 그렇지만 그곳에서 터를 잡고 큰 부를 이룬 선주민의 괴롭힘에 시달린다. 심지어 이곳을 떠나라는 제안을 받는다.

진유광 선생님의 일가가 추앙관동한 이후에, 그의 모친이 이름 모를 질병에 시달렸다. 그분은 1920년도에 북한의 신의주에서 36세의 일기로 운명을 달리하셨다. 추앙관동 시기의 남자 묘비에, 더러는 2~3명의 배우자 이름이 적혀 있다고 한다. 그러나 그들이 경제적으로 윤택하여 여러 명의 부인을 둔 것이 아니었다. 배우자가 젊은 나이에 시름시름 앓다가 어느 날 갑자기 사망하여 혼자 된 남자들이 재혼을 반복했기 때문이었다. 그 시절의 중국은 나라 안팎으로 혼란스러웠고, 민초들의 삶 또한 안정을 찾지 못하고 항상 불안했다. 먹고 살기 위한 삶의 경쟁이 치열하였다. 육체적인 피로와 정신적인 스트레스, 그리고 풍토병이 더하여져 단명한 것이었다.

3

진유광 선생님은 동同 저서를 통해 "누가 한국으로 이주해 온 최초의 화교인지 함부로 단언할 수 없다."라고 서술하였다. 1882년 임오군란 발발 이전, 이미 한국으로 이주한 중국인이 있다는 것을 간접적으로 암시하는 문장이다. 그러나 그 사람들은 정식 루트를 통해 입국한 것이 아닐 확률이 높다. 당시에는 행정 능력이 완벽하게 구비되어 있지 않았다. 공식적인 통계에 잡혀 있지 않다는 뜻이다.

'양병운(楊秉運, 1962년 제주출생)'[58] 씨는 제주도에서 거주하는 재한 화교 2세대이다. 그의 조부가 어린 시절이던 1870년대 초반 무렵, 부모님

---

[58] 현재 제주특별자치도 제주시청 부근에서 아내와 함께 '유일반점(唯一飯店)'이라는 중화요리 전문점을 운영하고 있다. 부산화교중고등학교를 졸업했고, 현재 제주도 화교협회 감사 장직을 맡고 있다. 양덕의 제주도 화교협회장과는 고종사촌지간이다.

을 따라 대련으로 추앙관동하였다. 그의 일가는 운이 좋았는지 큰 부를 이루었다.[59] 하지만 결국엔 그곳에서의 삶이 순탄하지 않았다. 공산군이 동북 지방을 점령하면서 대지주와 부농을 타도하는 정책을 실시하였다. 그들의 재산을 빼앗아 가난한 농민에게 분배하는 제도를 펼쳤다. 1945년 일본 제국주의가 패망하자, 그의 일가친척 50여 명이 가족 소유의 대형 범선을 타고 요동 지방(대련)을 떠나 산동성 북쪽 해안 지대로 건너갔다. 1948년 10월경, 또다시 그 범선을 타고 산동성의 고향 마을(청도)로 가다가 태풍을 만났다. 공해상公海上에서 죽음과 사투를 벌이면서 천신만고의 시간을 보냈다. 결국엔 인천의 해안가로 도착하여 오늘날에 이르렀다.[60]

까오만탕(高满堂)[61]은 드라마 '추앙관동(闯关东)'의 대본 작업에 참여한 작가이다. 그의 조부 역시 추앙관동한 산동인이다. 그는 관영 방송국의 다큐멘터리를 통해, 당시 조부가 배를 타고 요동 지방의 해안가로 건너오던 상황을 회고해 주었다. 일가족이 승선한 배가 해상에서 폭풍우를 만났다. 두 걸음 전진하면 한 걸음 후퇴하는 진퇴양난과 부딪혔다. 그렇게

20여 척의 배가, 5박 6일 동안 아슬아슬한 항해를 거듭하였다. 간신히 해안가에 도착했을 때는 4~5척의 배만이 남았다고 한다. 나머지는 어디로 갔는지 알 수 없다면서 조부의 일가는 운이 좋았다고 서술하였다.

굶주림에 지친 백성들에게 나라의 정세는 중요하지 않았다. 집안의 가장은 가족을 먹여 살리기 위해 돈벌이를 찾아 길을 나섰다. 남성 혼자만이 중국의 동북 지방으로 추앙관동하는 사례가 적지 않았다. 때마침 1882년 임오군란 발발의 영향으로 한국과 중국 사이에 정기 여객선이 개통되었다. 이 틈을 이용하여 일부의 산동인과 산해관 이남以南의 민초가 한국으로 건너왔다. 기회를 포착한 소수의 사람들은 장사에 눈을 돌렸다. 그러나 거의 대다수가 육체노동에 종사하는 쿨리였다. 그들은 비정기적으로 중국의 고향 마을을 다녀왔다. 일부의 여성은 남편 곁에 가까이 있고자 아예 자식을 데리고 한국 땅으로 건너왔다.

서울 영등포화교협회 '교취동(喬聚東, 1948년 서울 출생)' 회장님의 조적은 산동성이다. 본시 그의 부친은 아내와 두 자녀를 중국의 고향 마을에 남겨 놓은 채 돈벌이를 찾아 중국의 동북 지방으로 추앙관동하였다. 그런데 그곳에서의 돈벌이가 여의치 않아 압록강을 넘어 신의주로 건너갔다. 그렇게 방황을 거듭하다 평양 소재의 일본인 군수 공장의 노동자가 되었다. 일본이 패망하자 그 공장이 문을 닫았다. 다시금 살길을 찾아 남쪽으로 내려왔다. 서울의 어느 식당에서 주방 일을 하던 중에 중국의 고향 마을에서 건너온 지인을 만났다. 그 동향인이 중국에 있는 가족에게 "당신의 남편이 서울에 있다."라는 소식을 전해주었다. 이리하여 그의 어머니가 두 자녀를 데리고 한국으로 건너왔다. 1948년도에 교취동 회장님이 태어났다. 1950년도에 한국 전쟁이 발발하자 중국의 고향 집으로 돌아가지 못하였다.

추앙관동의 후손 서울 영등포화교협회 교취동 회장(우1)과 함께한 필자(우2)(2016년)

나는 그래도 그분의 가족은 운이 좋았다고 생각한다. 대부분의 쿨리들은 당시의 정세를 제대로 파악하지 못하였다. 아내와 자식을 중국의 고향 마을에 남겨놓았다가 영원한 이별을 맞이한 산동인도 많았다. 그들은 한국에서 새로운 배우자를 만나 가정을 이루었고 자녀를 출산하였다. 하지만 중국의 고향 땅에 남겨 놓은 자식을 잊을 수 없었다. 1989년부터 한국(인천)과 중국(산동성 위해)의 양국兩國 간에 여객선이 개설되자 서둘러 고향 집을 방문했다. 더러는 그것보다 조금 일찍 홍콩을 경유하여 중국으로 입국하는 사례가 있었다. 그들은 한국으로 귀국한 직후 관계 기관의 조사를 받았다. 하지만 외국인 신분이라 국가 보안법에 적용되지 않았다.

그냥 형식상의 조사만 받고 풀려났다.

역사의 시대적 구분은 그 시기에 발생한 가장 큰 사건과 그것이 미치는 영향력을 기준으로 한다. 그 시절을 살아온 사람들의 삶과 이야기 또한 문서상의 기록을 바탕으로 연구·분석한 것이다. '근대 시기 이후'[62]라는 전제 조건을 붙이면, 재한화교의 역사가 1882년에 발생한 임오군란과 함께 시작되었다는 것과 잘 맞아떨어진다. 그러나 관점을 달리하면, 한국화교는 중국의 추앙관동 시기에 아주 적은 숫자의 민초가 한국 영토로 이주한 중국인 집단이다.

진유광 선생님이 동同 저서를 통해 '기록'이라는 말을 사용한 것도 나름의 이유가 있었다. 그분은 그 시절을 몸소 경험하였다. 부모님이나 더 윗세대의 어르신들로부터 전해 들은 이야기가 많았다. 추앙관동은 명말 청초부터 시작되었고, 수많은 중원지방의 중국인이 해로와 육로를 통해 동북 지방으로 향하였다. 그러한 수난의 과정 속에서 일부의 배가 본인의 의지와는 관계없이 바닷바람의 영향으로 방향을 잘못 잡아 조선 반도로 도착했을 것이라는 추측이 가능하다. 천신만고 끝에 육지에 닿았는데, 왔던 곳으로 되돌아가는 것도 만만치 않은 일이었다. '어디에서든 먹고 살기만 하면 된다'는 일념으로 고향 집으로 돌아가는 것을 포기하지 않았을

---

62) 한국 역사의 시기적 구분은 학자마다 조금씩 다르다. 그러나 일반적으로 고대, 중세, 근세, 근대, 현대로 나눈다. 근대 시기를 전근대와 후근대로 양분하기도 한다. 전근대 시기는 1876년 개항 이후부터 1945년 일제강점기까지이다. 후근대 시기는 1945년 해방 이후부터 오늘날까지이다.

까 싶다. 이곳에서 가정을 이루어 자식을 낳았고, 후손들은 조선인의 호패를 얻었다. 그렇게 세월이 흘러 흘러 여러 세대를 거듭한 결과 순수한 한국인이 되었다는 뜻이다.

길림성 장춘시 조선족 예술관의 문화전시실에 중국의 조선족과 관련된 자료가 전시되어 있다. 중국어 원문을 그대로 번역하면 "중국의 조선족은 중화민족의 일원으로서, 근면하고 지혜롭고 우수한 문화 전통을 갖고 있는 민족이다. 조선족의 이주는 17세기의 명나라 말기와 청나라 초기부터 시작되었다. 19세기 중엽에 수천수만의 조선인 농민이 두만강과 압록강을 건너와서 그들만의 거주지가 형성되었다. 그들은 동북 지방의 황무지를 개간하였고, 이곳을 살기 좋은 지역으로 만들어 놓았다."라고 기술되어 있다.[63]

왕정정(WANG QIANQIAN)은 한국에서 문학 석사 학위를 받은 중국인 유학생이다. 그(녀)는 '조선족 작가(최홍일)'가 쓴 소설 『눈물 젖은 두만강』과 한족 작가 까오만탕과 '쑨젠예孫建業'가 공동 집필한 드라마 『추앙관동(闖關東, 틈관동)』 속의 '이주 이야기'를 비교·분석하는 내용을 주제로 하여 학위 논문을 썼다. 두 작품은 동북 지방에서 살고 있는 서로 다른 두 민족의 이주 역사를 다루었다. 그 시절 산해관 이남의 중국인(산동

---

63) 19세기 조선 시대 순조(純祖) 시절에 탐관오리의 수탈과 자연재해로 흉년과 기근, 전염병 때문에 민초들이 살기 힘들었다. 혼란한 사회와 지배층의 수탈로 농민들이 더 이상 참지 못하고 봉기라는 형식으로 맞서게 된다. 그 대표적인 예시가 평안도의 몰락한 양반이 일으킨 '홍경래의 난'이다.

인, 재한화교)과 조선 반도의 한국인(조선족 동포)은 생존을 위해 북쪽 방향으로 올라간 것이었다. 그(녀)는 본인의 논문을 통해 전작前作은 국경을 초월한 이주 역사 이야기이고, 후작後作은 같은 영토에서 다른 지역으로 주거지를 옮긴 이주 역사 이야기라고 표현하였다.

'추앙관동'이라는 이주 역사는 1953년 한국 전쟁 휴전 이후 그 시절을 몸소 체험한 재한화교 선조들에게서 서술되고 기록되어야 옳았다. 그들의 후손에게서 연구되어 하나의 학문으로 정립해 놓았어야 했다. 그랬다면 '중국의 근·현대사를 보다 면밀하게 들여다보고, 그 시절의 중국인들이 어떠한 삶을 살았을까?'를 더 잘 이해하고 공부할 수 있는 기회가 제공되었을 것이다. 하지만 이 시기의 역사를 연구·분석하다 보면 일제 강점기를 거론하지 않을 수 없다. 한국 정부의 정치적인 상황과 환경이 여의치 않아 좋은 기회를 놓치고 말았다.

드라마 추앙관동은 1904년부터 1931년 9·18 만주 사변까지를 시대적 배경으로 삼았다. 산동인이 가장 많이 이주한 동북 지방은 러일 전쟁과 만주 사변의 근거지였다. 오늘날의 장춘은 위만주국의 수도였다. 심양과 장춘에 일본 제국주의가 건립한 군관학교가 있었다. 동북 지방 전체가 일본인들의 세상인 셈이었다. 당시의 일부 산동인이 일본 제국주의의 학살을 피해 고향 마을로 되돌아갔다고 한다.[64] 항일 운동에 가담된 산동인이 일본 경찰의 체포를 피해 압록강과 두만강을 건넜을 것이다.

---

64) 1940년대에 일제로부터 많은 지역에서 식량 배급제가 실시되었다. 음식물의 엄격한 통제 때문에 대부분의 민초들이 쌀과 밀가루를 먹을 수가 없었다.

우리에게 동북 군벌로 잘 알려진 '쟝쭤린(張作林, 장작림)·쟝쉐량(張學良, 장학량)' 부자父子 역시 선조가 추앙관동한 케이스이다. 쟝쭤린(1875~1928)의 조부가 어렸을 때 집안이 너무 가난하여, 도광(道光, dàoguāng) 황제 집권기에 여느 중원지방의 민초들처럼 가족을 따라 산해관을 넘어갔다. 그(쟝쭤린)의 어린 시절, 부친이 요동 지방에서 조그마한 점포를 운영하였지만 여전히 먹고 살기 힘들었다.[65] 그들 부자는 하루 아침에 동북 지방의 실세가 된 것이 아니었다. 불굴의 의지를 갖고 부단히 노력한 결과, 몇 세대를 거듭함에 따라 맺어진 결실이었다.

'추앙관동' 드라마 속의 그 예비 신부가 혼인을 맺지 못하게 되자 가출을 결심한다. 그 예비 신랑이 가족과 떨어져 약혼녀와 단둘이 육로를 통해 동북 지방으로 향한다. 그때부터 그녀의 파란만장한 인생 여정이 펼쳐진다. 그 예비 신랑(쭈카이샨의 첫째 아들)은 만주족 출신의 다른 여성과 혼인을 맺는다. 쭈카이샨의 둘째 아들(朱传武, 쭈추안우)이 그 예비 신부를 좋아하지만 다른 여성과 형식상의 결혼식을 올린다. 훗날 그가 쟝쉐량 휘하 동북군의 하얼빈 지구 사단장이 되어 일제에 대항한다. 그 예비 신부 또한 민간인 자격으로 동북군에 합류한다. 1931년 만주 사변이 발발하기 전날 밤, 그녀가 쭈추안우(둘째 아들)에게 넌지시 건넨 대사가 우리들의 심금을 울린다.

"나는 20년이 넘는 세월 동안(1904년을 기준으로), 생사(生死)를 넘나

---

65) 본시 그들은 '이李'씨 집안의 후손이다. 쟝쭤린(장학림)의 조부가 외삼촌에게 양자로 입적되는 바람에 '쟝(張,장)'씨 성姓을 갖게 되었다.

들면서 살았다."

"언제가 되어야 편안하고 안락한 가정(집)을 가질 수 있을까?"

"정말 너무 힘들다!"

그 당시 추앙관동을 선택한 대다수 민초들의 아픔과 간절한 소망과 당면한 현실을 대변하는 대사라 하지 않을 수 없다.

4

추앙관동한 산해관 이남의 민초들은 금의환향의 원대한 꿈을 꾸었다. 추앙관동 드라마 속의 쭈카이샨(신랑의 아버지) 일가가 하얼빈에 정착한 이후 경제적으로 안정을 찾는다. 그는 훗날 아내와 큰아들(드라마 1부 속의 예비 신랑)을 대동하고 산동성의 고향 마을을 방문한다. 오랜 세월 흉흉하게 버려진 고향 집을 수리하고, 부모님의 산소를 찾아 예의를 갖춘다. 그러나 추앙관동한 대부분의 민초들은 고향 집으로 되돌아가지 못하고 동북 지방에 정착하여 오늘날의 동북인이 되었다.

중국의 추앙관동 시기에 산해관 이남의 적은 숫자의 민초들이 한국 땅으로 건너와서 재한화교가 되었다. 어떤 사람들은 정기 여객선에 몸을 실었고, 어떤 사람들은 산해관을 넘어 북한 땅을 경유하여 3·8선을 넘어왔다. 그들의 의지와는 전혀 관계없이 승선한 배가 바닷바람에 의해 한반도로 도착하는 경우가 있었다. 어지럽고 혼란한 세월 속에서 북녘땅에 정착한 중국인을 '북한화교', 한국땅에 정착한 중국인을 '한국화교'라 부른다. 같은 시기에 두만강과 압록강을 넘어 중국의 동북 지방으로 이주한 조선반도의 한국인이 중국의 조선족 동포이다.

나는 추앙관동이라는 중국인의 이주 역사를 완전하게 이해한 이후, 한성화교중고등학교의 졸업앨범에 그들의 조적이 왜 그리 표기되었는지를 터득하게 되었다. 선조가 일찌감치 추앙관동하여 동북 지방에서 삶의 터전을 탄탄하게 잡고, 큰 부를 이룬 산동인의 후손은 '요녕성, 길림성, 흑룡강성'을 본인의 고향이라 여겼다. 제주도 화교협회 양병운 감사장님의 집안 같은 경우가 그러하다. 그러나 조적을 산동성이라 표기한 재한화교 중에도 추앙관동을 경험한 사람들이 많다는 것을 간과해서는 안 된다. 그들 대다수는 동북 지방에서 이렇다 할 생활 기반을 이루지 못하였다. 재한화교 1세대 진유광 선생님의 일가와 서울 영등포화교협회 교취동 회장님의 부친이 대표적인 사례이다.

오늘날의 재한화교 후손들은 추앙관동이 무엇인지 모른다. 역사를 전공한 학자들도 구체적인 상황

추앙관동의 후손 제주도 유일반점 양병운 대표(2019년)

을 이해하지 못한다. 나 또한 장춘에서 체류하지 않았다면 그들과 다르지 않았다. 그냥 단순하게 산동지방이 가난해서, 혹은 의화단 사건 때문에, 혹은 공산주의가 싫어서, 수많은 중국의 산동인이 한국 땅으로 건너

오게 되었다고 여겼을 것이다. 아울러 당시 민초들의 생활과 가난의 깊이와, 이에 따른 그들의 삶이 얼마나 처절했는지 깨닫지 못하였을 것이다.

추앙관동은 관내 중원지방의 한족(산동인)이 관외의 동북 지방으로 이주한 역사이다. 그들은 서로 다른 생활 수단과 방법으로 삶을 살아갔다. 그들이 정착한 동북 지방의 곳곳에 크고 작은 도시와 마을과 촌락이 형성되었다. 오늘날의 '쫑제(中街, zhōngjiē)'는 심양에서 가장 번화한 상업 지구이다. 그 당시에도 추앙관동한 산동인들에게서 방직과 관련된 수공업으로 상업이 발달한 지대였다. 그러나 대다수의 민초들은 큰 도시에서 자리를 잡지 못하고 끊임없이 북쪽 방향으로 올라갔다. 산속에서 벌목을 하거나 사냥을 하면서 생계를 이어갔다.

강의 시간에 교수님이 "중국의 한족이 동북 지방에서 자리를 잡고 살아온 진정한 역사는 불과 몇백 년밖에 되지 않는다."라고 언급한 것도, 동북 지방의 농촌 지역을 탐방하는 TV 프로그램의 리포터가 "이곳은 추앙관동한 산동인이 개척한 마을이다."라며 운을 띄웠던 것도 나름의 이유가 있었다. 재한화교의 역사와 그들의 삶을 구체적으로 연구하기 위해서는, 중국의 최대 이주 역사인 추앙관동을 올바르게 이해하는 것이 선행되어야 할 것이다.

지나친 편견은 삼가야 한다

– 영화 범죄도시 1편과 2편을 보고

"중국의 북방인은 대범하다.",

"그들은 따뜻한 마음씨를 지녀서 누구에게나 친절하다."

"남방인은 소심하다.",

"그들은 두뇌가 영특하여 자기의 잇속을 잘 챙긴다."

중국에서 장기로 체류한 경험이 있다면 한 번쯤은 들어봤을 듯한 표현이다. 중국은 국토가 워낙 넓어 북방과 남방, 내륙과 해안 지역, 한족과 소수 민족 사람들의 성격이 각기 다르다. 그런데 흔히 북방과 남방으로 양분하여 그들의 성격과 기질을 평가한다.

나는 중국의 북방 도시에서 2년 동안 체류한 적이 있다. 남방에서도 1년 6개월 동안 생활하였다. 지금에 와 돌이켜 보면 이러한 표현이 틀리지는 않았다. 그러나 보편적으로 그렇다는 것이지 100% 맞는 것은 아니다.

나의 지인이 초등학생 자녀와 함께 태국의 치앙마이에서 생활하고 있다. 그녀는 그곳에도 중국인이 많다면서 자주 어울려 다닌다고 했다. 그들의 마음 씀씀이가 여느 한국인들보다 따뜻하고 친절하다면서 아주 흡족해 한다. 나는 그럴 때마다 그녀에게 조언助言 아닌 조언을 한다.

"사람은 다 똑같다.",

"선할 수도 있고, 악할 수도 있다.",

"외국에서 만난 사람들끼리 나쁘게 할 이유가 없다."

그리고 나는 다시 한번 물어본다.

"혹시 그들이 북방에서 온 사람들이 아니냐?"라고….

내가 장춘에서 만난 북방(동북)인들은 사람을 친화적으로 대하였다. 인간관계를 맺고 친분을 쌓기 위한 적극적인 행동을 마다하지 않았다. 우선 누군가를 만나면 핸드폰을 꺼내어 위챗으로 친구 관계를 맺었다. 가끔씩 간단한 인사를 전해 오고 안부를 물어왔다. 그들은 나의 나이가 많든 적든 개의하지 않았다. 밥을 사겠다면서 인테리어가 멋진 식당으로 나를 먼저 초대한 적도 많았다.

천원펀陈文芬은 본시 중국 당국의 '화교연의회(华侨联谊会, 화교연합회)' 길림성 지부에서 근무하는 중국인 여성이다. 내가 장춘으로 출국하기 바로 직전에, 그녀 일행이 출장차 한국을 방문했다가 나와 인연을 맺었다. 혹시나 중국에서 생활하다가 무슨 일이 발생하면 힘닿는 데까지 도와줄 수 있다는 말을 남겼다. 나는 그냥 형식상의 인사치레와 격식이라여겼다.

내가 장춘에 도착한 이후, 그녀는 기관에서 주최하는 행사에 나를 초대하기도 했었다. 하지만 나는 공부 때문에 바빠서 자주 참석할 수 없었다. 그렇게 시간이 흘러 서로 간의 교류가 뜸해졌을 때쯤, 내가 기숙사 1층 로비에서 넘어지는 사건이 발생했다. 치료 때문에 한국에 다니러 왔다가 왼쪽 팔에 깁스를 한 사진과 구체적인 나의 상황이 담긴 글을 위챗의 모멘트[66]에 올렸다. 그녀가 그것을 보았는지 나의 입국 날짜와 비행기 도착 시간을 알려달라는 문자를 보내왔다. 직접 차를 몰고 공항으로 마중 나와서 나를 학교까지 안전하게 데려다주겠다고 하면서….

그날 입국 수속을 마치고 짐을 찾은 후 공항 건물을 빠져나왔다. 나의 짐가방을 그녀의 승용차 뒷부분에 실으려는 순간, 30대 초반으로 보이는 건장한 청년이 도와주겠다면서 우리 곁으로 다가왔다. 그녀가 대뜸 나에게,

"니 칸(你看, nǐ kàn, 너 보아라)!"

"동베이 런 저머 러칭(东北人这么热情, dōngběi rén zhème rèqíng, 동북인은 이렇게 열정적이다)."

이라고 말하였다.

나는 그 후로도 그녀의 도움을 여러 차례 받았다. 대학원 진학 문제로 학교를 선택해야 하는 기로에 서 있었을 때도…. 내가 중국의 입시 제도를 잘 몰라서 관련된 문제를 해결하기 위해 북경에 다니러 갔을 때도…. 그녀는 본인의 딸이 시내 중심가의 방 2칸짜리 아파트에서 거주하고 있다

---

66) 한국의 카카오스토리와 같은 기능이다.

면서 며칠 묵으라고 권유하였다. 베이징의 숙박비와 물가가 비싸니까 경비라도 조금 줄이라는 생각에서였다. 만약 나라면 출장길에서 인연을 맺은 사람을, 그것도 외지에서 홀로 생활하는 자녀의 집에서 잠을 재우는 행위를 함부로 감행하지 못할 것만 같다.

그러나 한국인들에게 중국 북방인들(조선족)의 인상은 그다지 좋지 않다. 가난하여 돈을 벌러 왔다는 둥. 성격이 포악하여 강력 범죄의 원흉이라는 둥. 이미 오래 전부터 조선족 동포가 밀집된 지역이 위험하여 가지 말아야 할 곳이라는 낙인이 찍혀 있다. 설상가상으로 대중 매체를 통해, "국내 체류 조선족 숫자가 늘어날수록 범죄율도 높아졌다."라는 보도가 있었다. 그러다 보니 모든 범죄가 그들의 소행처럼 각인刻印되는 현상까지 생겼다.

그동안 한국에서 조선족 동포와 연관된 범죄 영화가 여러 번 상영되었다. 그 대표적인 작품이 2017년 10월에 개봉된 '범죄도시 1편'이다. 이 영화는 서울 구로구 가리봉동의 신차이나타운을 공간적 배경으로 설정하였고, 조선족 범죄 조직을 소탕하는 내용을 다루었다. 그 당시 이 영화와 유사한 소재를 다룬 또 다른 영화의 상영을 앞두고 재한조선족 동포 단체에서, "사회적 소수자를 범죄 집단으로, 특정 지역을 범죄도시로 매도하는 것은 잘못된 행위이다."라는 비난을 쏟아부었다.

나는 그들의 행동에 일리가 있다고 생각한다. 사실 내국인이 저지른 범죄엔 대체로 무덤덤하다. 그러나 외국인의 범죄에는 지나칠 정도로 민감하게 반응한다. 소수가 일으킨 행위임에도, 마치 그들 전체가 무슨 범죄 집단마냥 매도당한다. 그런데 가만 생각해 보라! 이곳은 한국 영토이다. 인구 대비 비율로 따진다 해도 한국인이 저지른 범죄율이 높을 수밖에 없다.

2022년 5월에 '범죄도시 2편'이 개봉되었다. 주인공 '마석도'와 금천경찰서 강력반이 한국과 베트남을 오가면서 한국인이 저지른 범죄 행위를 해결하는 과정을 그렸다. 영화의 도입부에 마석도와 강력계 반장이 한국인 흉악범을 인계받기 위해 베트남 현지로 떠난다. 그곳에서 한국 총영사관 경찰 주재관과 밥을 먹는 장면이 연출된다. 때마침 그들의 시야에 신체에다 문신을 그려 넣은 한국인 조직 세 명이 눈에 들어온다. 마석도가 말하기를,

"저 ××들 한국인 조폭 같은데…."

강력계 반장이 대수롭지 않은 듯,

"조폭들은 어딜 가나 많지…."

라면서 당연하다는 듯 대사를 받아친다. 그런데 총영사관 경찰 주재관이 그들을 한번 힐끗 쳐다보고는 조심스럽게,

"한국 업자들이 많이 생기면서 조폭들도 많이 들어오고, 강력 사건이 많아지니까 머리가 아픕니다."

라며 대사를 이어간다.

우리들은 어려서부터 범죄 행위는 어떠한 상황에서도 발생해서는 안 된다고 배우면서 성장하였다. 하지만 사람이 많이 모이다 보면 좋은 일도

있고, 나쁜 일도 있다. 사소한 이익과 커다란 이권 다툼 때문에 별의별 일
이 다 발생한다. 그런 의미에서 범죄도시 1편과 2편은, 한국에서 조선족
동포가 저지른 범죄 행위와 한국인이 해외에서 저지르는 범죄 행위가 거
의 비슷하다는 것을 보여주는 영화이다. 누가 누구를 탓할 필요가 없다
는 것을 간접적으로 시사하였다.

더욱이 '조선족 동포들이 가난하여 돈을 벌기 위해 한국으로 왔다'라
는 그릇된 생각을 갖지 말아야 한다. 물론 1992년 한중외교 수립 이후, 수
많은 동북인이 일자리를 찾아 한국으로 건너왔다. 동시에 한국인들도 장
사 혹은 사업과 관련하여 중국으로 진출하였다. 그들의 목적은 똑같아서
돈이라는 물질적인 자본을 얻기 위함이었다. 단지 조선족 동포는 육체노
동을 통해서, 한국인들은 투자라는 그럴듯한 명목으로 경제적인 이득을
얻고 싶었을 뿐이다.

그 시절의 재한화교가 한국으로 건너온 것도 돈을 벌기 위해서였다.
중국이 공산화되니까 '공산당을 피해서 왔다'라는 것은 하나의 장식품
이다.[67] 간혹 동북 지방으로 추앙관동하였다가 항일 운동에 가담되어 피
난을 왔을 수도 있다. 아울러 전 세계의 젊은이들은 정규 교육 과정을 마
치면 취업을 하여 돈을 번다. 우리들의 부모님도 자녀의 양육을 위해 일

---

67) 한국으로 이주한 이후 조적을 동북 지방으로 표기한 재한화교 출신자들이 공산당의 탄압
을 피해 한국행(行)을 선택한 것이었다. 그 대표적인 예가 제주도 재한화교 양병운의 일가
친척과, 1992년 한중외교 수립 시 한국 정부에서 밀사로 활동한 한성호 박사님이다. 그들은
본시 산동성 등지의 중원 지방이 고향이다. 하지만 추앙관동하여 일구어낸 부와 재산이 동
북 지방에 있어서 그곳을 고향이라 여긴 것이었다. 저자가 분석한 결과 한국의 구화교 중에
이러한 부류는 극히 소수에 불과하다.

평생 동안 경제 활동에 종사한다. 범죄도시 1편과 2편의 제작자도 수익
을 얻기 위해 영화를 제작하여 배급한 것이었다.

내가 1995년 중국 심양에서 언어 연수에 참가할 때였다. 한국인 남자
유학생 몇 명이 나이트클럽에서 유흥을 즐기다가 중국인들과 몸싸움이
붙었다. 양쪽 다 골절상을 입었고, 병원으로 실려 가는 불상사가 발생하
였다. 사건이 크게 확산되는 것을 막기 위해, 관계 부서와 연결된 인맥을
찾아 조용하게 마무리를 지었다. 그 당시 한국인 유학생과 주재원들 사이
에, 북방인의 성격이 다른 지역과는 달리 유난히 난폭하여 조심해야 한다
는 입소문이 퍼졌다.[68] 그때부터 나의 뇌리 속에 '중국의 동북 지방이 위
험하고 범죄에 쉽게 노출된다'는 의식이 자리했던 것 같다.

그런데 2016년부터 2년 동안 내가 장춘에서 살아 보니 반드시 위험한
것만은 아니었다. 나는 늘 학교 도서관이 아닌, 맥도널드에서 공부하는
습관이 있었다. 자정이 넘은 시간에 도보로 15분을 걸어서 기숙사로 돌
아가는 날이 많았다. 그렇지만 노상강도를 만난 적이 없고, 술에 취하여
길거리를 방황하는 사람조차 본 적이 없었다. 가끔씩 한국인 유학생들이
유흥가에서 놀다가 새벽녘에 기숙사로 돌아오곤 하였다. 그러나 그들이
무슨 사건과 연루되고 사고를 당했다는 소식을, 나는 단 한 차례도 들어
본 적이 없었다.

---

[68] 나중에 알고 봤더니, 한국인 남자 유학생이 20대 초반의 중국인 여성 몇 명에게 찝쩍거려
서 발생한 사고였다.

우리에게 익숙한 요녕성, 길림성, 흑룡강성은 중국의 북방 지역에 속한다. 지리적으로 동쪽 지대에 위치하여 '동북 삼성東北三省'이라 불리어진다. 이 지역의 사람들은 지나칠 정도로 친절하고 따뜻한 성품을 지녔다. 그러나 때로는 상대방의 기분이나 반응을 고려하지 않고 마음속에 있는 말을 직설적으로 표출하는 습관이 있다. 남방인들처럼 말을 돌려서 하지 않기에 오해의 소지가 농후하다. 반면에 신용과 의리를 중시하여 약속을 아주 잘 지킨다.

주지하다시피 산해관 이남의 중원지방 사람들이 추앙관동하여 오늘날의 동북 지방이 형성되었다. 그들이 고향을 떠나 먼 길로 향하기 위해서는 무모함과 용기가 필요하였다. 낯선 지역에서 살아남기 위해서는 불굴의 의지와 담력이 있어야 했다. 당시의 열악한 자연환경을 극복하고, 영하 40~50도를 오르내리는 추위를 이겨 내고, 황무지와도 같은 척박한 땅을 개척하면서 고난의 시절을 견뎌낸 것이었다.

건륭(乾隆, 1736~1796) 황제 집권기에 산동지방의 다섯 형제가 뱃길을 통해 추앙관동에 성공하였다. 그런데 막 요동 지방의 대련에 도착하자마자 그들 중의 하나가 호랑이에게 잡아먹혔다. 분노한 네 형제가 원수를 갚기 위해 산속으로 들어가서 몇 날 며칠을 샅샅이 뒤졌다. 마침내 그 호랑이를 찾아냈고, 때려잡아 죽여서 원한을 풀었다. 중국의 동북인들은,

人不犯我, 我不犯人(인불범아, 아불범인).
人若犯我, 我必犯人(인약범아, 아필범인).

남이 나를 범하지 않으면, 나는 남을 범하지 않는다.

남이 만약 나를 범하면, 나는 반드시 남을 범한다.

라는 말을 자주 사용한다. 그들은 화가 나면 행동이 거칠어지고 사나운 맹수처럼 돌변한다. 하지만 누군가가 어려운 상황에 처하면 그냥 지나치지 않는다. 사람을 친화적으로 대하는 것도, 다혈질적인 성격을 지닌 것도, 신용과 의리를 중요하게 여기는 것도, 추앙관동이라는 이주 역사의 과정 속에서 파생된 성격과 기질이라고 전해진다. 중국의 조선족은 한국인의 동포이지만, 그들 또한 그 시기에 중국의 동북 지방으로 이주했기 때문에 비슷한 성격과 기질이 양성되지 않았을까 싶다.

나는 태국에 체류 중인 그녀에게 늘 이렇게 말한다. 당신과 중국인들과는 언어상의 문제로 대화가 잘 통하지 않는다. 만나면 웃고 떠들고 맛있는 음식을 먹으면서 서로의 안부를 주고받으면 그만이다. 그들이 집으로 돌아가면 그들만의 또 다른 세계가 존재한다. 한국인들이 해외에 나가면 교민 사회와 유기적인 관계를 맺듯이 그들도 마찬가지이다. 자기네들끼리 무슨 사건과 사고가 발생하고, 여러 가지 이익과 이권 때문에 어떠한 다툼과 분쟁이 일어나는지 알 수가 없는 것이라고…. 그리고 나는 그녀에게,

"당신이 먼저 그 사람들에게 잘하는 것 아닌가요?"

라고 물어본다. 그녀는 서슴지 않고,

"내가 김밥도 만들어 주고, 어제는 김치 담그는 방법을 알려 주었습니다."

라고 대답한다. 나는 피식 웃으면서 이렇게 말한다.

"그들이 친절하기도 하고, 당신이 잘하기도 하고, 아무튼 조화가 잘 맞는 것입니다."라고….

중국에 '따퉁샤오이(大同小异, dàtóngxiǎoyì, 대동소이)'라는 사자성어가 있다. '큰 부분은 비슷한데, 작은 부분에 약간의 차이가 있다'는 뜻이다. 중국인들이 일상생활에서 늘 사용하는 '이무이양(一模一样, yìmúyíyàng)'이라는 말처럼 '서로 같다'는 의미이다. 사람들은 거의 다가 비슷한 심성心性과 습성을 지녔다. 내가 남에게 잘하면 남도 나에게 잘할 수밖에 없는 것이다. 우리는 평소 내가 범하는 잘못에 좀 더 엄격하고, 남이 범하는 잘못에 좀 더 너그럽게 대할 필요가 있다.

텀블러를 구입하다

    2022년 4월 1일부터 식당과 커피숍 등과도 같은 식품 접객 매장에서 일회용품 사용이 금지되었다. 플라스틱이나 비닐로 만들어진 제품은 한 번만 사용하고 버려진다. 그것을 최종적으로 처리하려면 그에 따른 에너지가 소모되고 추가 비용이 발생한다. 처리 과정에서 발생하는 유해 물질의 확산 때문에 공기가 오염되고 온실 가스가 방출된다.

    그날 아침, 나는 커피숍에서 '삼만 삼천 원(₩33,000)'을 지불하고 텀블러를 구입하였다. 가격이 조금 높은 것 같아 조금 망설였지만 가만 생각해 보니 그리 비싸다는 생각이 들지 않았다. 개인 컵을 가져오면 1회에 '삼백 원(₩300)'을 할인해 준다. 나는 자주 커피숍의 고정 좌석에 앉아 자료를 검색하고 글을 쓴다. 1개월에 최소 이십 차례 정도 커피를 주문한다고 가정해 보라! '20일×300원=6,000원'이고, '6,000원×6개월=33,000원'이다. 그 텀블러를 6개월 동안 잘 활용하면 본전은 찾을 수 있다는 계산이 나온다.

오늘날의 지구는 온난화와 이상 기후 현상으로 몸살을 앓고 있다. 각 나라의 정부와 기업체에서 친환경 정책을 내놓았다. 여러 나라의 대표가 한자리에 모여 자원 낭비와 환경 오염을 방지하기 위한 회의를 열었다. 그리고 '탄소 중립'[69]과 관련된 협약을 맺었다. 그런데 내가 먼저 일회용 제품의 사용을 줄이면 자연스럽게 그 캠페인에 동참하는 것이나 마찬가지이다. 기후 변화와 위기에 대응하는 데 일조하는 셈이다.

내가 구입한 텀블러의 외부는 전체가 빨간색이다. 디자인이 깔끔하고 모던하다. 나는 늘 새로 구입한 물건에 대한 설렘을 안고 그 커피숍을 찾았다. 언제나 그렇듯이 커피값을 먼저 지불하고 그것을 쓰윽 내밀었다. 자리를 잡고 앉아 노트북 세팅이 막 끝나면,

"따뜻한 라떼 한 잔 준비되었습니다!"

라는 바리스타의 감미로운 음성이 들려왔다. 나는 커피가 가득 담긴 텀블러가 손에 쥐어졌을 때 전해오는 따뜻한 온기가 좋았다. 그 감촉 때문에 한여름에도 아이스커피를 주문하지 않았다.

요즈음 길거리를 거닐다 보면 텀블러를 들고 다니는 젊은이들이 자주 시야에 들어온다. 대형 프랜차이즈 커피숍 매장에선 다양한 종류의 텀블러를 진열해 놓고 판매한다. 손잡이가 달려 있어서 머그컵처럼 사용할 수 있는 것도 있다. 대부분의 텀블러는 내부가 이중 스테인리스 스틸이라 보

---

69) 배출한 양만큼의 이산화탄소를 흡수시켜서 실질적인 배출량을 '0(제로)'으로 만들어야 한다는 캠페인이다.

온과 보냉 효과가 뛰어나다. 뚜껑이 실리콘 패킹이라 밀착력이 강하다. 어떤 뚜껑에는 슬라이드 형태의 또 다른 작은 뚜껑이 달려 있다. 하다못해 조그마한 구멍이라도 있어서 빨대를 꽂기에 편리하다.

서울 명동 'S' 커피숍의 텀블러 진열대(2023년)

나는 텀블러에 가득 담긴 따뜻한 커피를 종이컵에 한 잔씩 덜어서 마시는 습관이 있다. 그렇게 많은 양의 커피를 빠른 시간 안에 들이키지 못하고, 텀블러의 뚜껑을 자주 열다 보면 내부의 열을 쉽사리 빼앗기기 때문이다. 그렇지만 내가 하루에 한 개씩 일회용 종이컵을 사용하는 것도 환경을 파괴하는 행위라는 생각이 든다. 아주 미세하더라도 기후 변화와 위기에 좋지 않은 영향을 미칠 것이다.

인류는 18세기 영국의 산업 혁명 이후 급격한 경제 발전을 이루었다. 기계가 노동력을 대신하게 되었고, 인구가 증가하면서 도시화가 가속되었다. 자본가들은 더 많은 재화財貨를 축적하기 위해 새로운 상품을 개발하여 시장에 내놓았다. 국가와 기업체가 산업을 육성시키면서 점점 더 많은 '화석 연료'[70]를 사용하게 되었다. 우리들의 생활이 편리해진 것과 비례하여 대기 중의 온실가스가 늘어났다. 지구 온난화는 이러한 요인으로 지표면의 온도가 상승하는 현상을 가리킨다.

2004년도에 할리우드 영화 '투모로우(The Day After Tomorrow)'가 개봉되었다. 이 영화는 '기후 변화 이야기'와 관련된 '재난 블록버스터' 계열의 작품이다. 주인공 잭 홀 박사는 기후학자이다. 그는 남극에서 팀원과 함께 빙하 코어를 탐사하던 중에 이상 기후를 감지한다. 그 후 '지구 온난화 UN 대책 회의'에 참석하여,

"만(10,000) 년 전, 기상 이변의 증거를 찾았습니다."

라는 발언을 한다. 그리고 곧이어,

"빙하에 축적된 온실가스로 볼 때, 빙하 시대가 온 원인은 지구 온난화였습니다!",

"온난화가 기후 냉각을 불러옵니다."

라는 연구 결과를 발표한다. 잭 홀 박사는 "북반구 기후는 해류가 좌우하고, 북대서양 난류가 태양열을 운반한다. 그런데 지구 온난화로 빙하가

---

70) 과거 지질 시대에 생물의 유해가 지하에 매장되어 생성된 자원의 통칭이다. 흔히 '화석 에너지'라고도 한다. 예를 들어 석탄, 석유, 천연가스와도 같은 것이다.

녹고 난류가 냉각되면서 따뜻한 기후가 사라진다."라는 부연 설명을 덧붙인다. 하지만 그의 주장은 비웃음만 당한다. 상사로부터 "윗사람의 심기를 건드려서 연구비가 삭감될 위기에 처했다"라는 질타를 받는다.

지구는 하나의 커다란 물체이고 시스템이다. 바다가 지구 표면의 70% 이상을 차지한다. 바닷물이 해류를 타고 전 지구를 순환한다. 이 해류에서 찬물과 더운물이 교환된다. 육지와 대기 사이의 열과 습도를 조절한다. 바다의 순환은 지구 기온 유지에 중요한 역할을 한다. 바다의 대순환이 무너지면 지구가 큰 병에 걸린다.

오늘날 지구 온난화로 그동안 꽁꽁 얼었던 극지방의 빙하가 녹아내리고 있다. 녹은 빙하로 인해 해수면의 높이가 상승하여 지대가 낮은 지역이 물속에 가라앉는다고 한다. 그런데 빙하가 녹으면 바닷물의 담수화로 염분의 농도가 떨어진다. 해양 심층수의 조류(潮流, 흐름)에 큰 영향을 끼친다. 이에 따라 한파를 비롯한 기상 이변이 발생한다고 한다. 영화 '투모로우'는 바다의 대순환이 멈추면서 지구에 빙하기가 찾아온 이후의 극단적인 상황을 보여 주었다.

도쿄에 커다란 우박이 떨어지고, 미국의 LA는 토네이도(Tornado, 자연에서 가장 강한 바람)가 강타해 폐허로 변한다. 캐나다에 거대한 북극 기류가, 시베리아와 호주에 유례없는 저기압과 태풍이 덮친다. 뉴욕에 폭우가 쏟아지고 해일海溢이 밀려온다. 잭 홀 박사는 국가 수뇌부가 모인 자리에서 기후 불균형 때문에 폭풍이 발생한 것이고, 열흘 후에 폭풍이 멈추면 눈과 얼음이 북반구를 뒤덮을 것이라고 지적한다. 지구가 한바탕 몸살을 앓아야 원래의 자리로 되돌아온다고 말한다. 이윽고 뉴욕의 고층 건물이 순식간에 얼어붙는다. 남쪽을 향해 피난을 떠나는 사람들이 길거리에서 동사한다.

우리 인류는 일찍이 14세기 초부터 19세기 중반까지 소빙하기를 경험하였다. 지구는 5대양 6대주로 구성되어 있다. 육지의 면적 또한 우리가 상상하지 못할 정도로 엄청 넓다. 당시의 소빙하기가 전 세계를 휩쓸었을 때, 조금씩 서로 다른 시기와 지구의 각기 다른 곳에서 폭설과 한파, 태풍과 폭우와도 같은 변화무쌍한 날씨가 출현하였다. 시의적절하지 않은 시기에 우박과 서리가 내렸다. 봄에 씨앗을 뿌려도 농작물의 피해가 커서 가을에 수확할 곡식이 적거나 없었다. 사람은 기본적으로 먹어야 했기 때문에 생존에 위협을 받았다.

청나라의 '추앙관동(闯关东)'[71]은 지구의 소빙하기에 전개된 중국인의 이주 역사이다. 기아와 굶주림에 지친 수많은 농민이 산해관 이동以東과 이북以北의 동북 지방으로 돌진하였다.[72] 비슷한 시기의 조선인들도 압록강과 두만강을 건너 같은 지역으로 넘어갔다. 그곳의 토지가 비옥하여 농

---

71) 추앙관동을 한자의 본체자로는 '闖關東(틈관동)'이라 표기한다. '틈(闖)'이란 시간적인 의미의 '공백', 혹은 공간적인 의미의 벌어진 '틈새'를 의미한다. 더불어 문 사이로 말이 뛰쳐 들어가거나 나오는 모습을 묘사한 한자로 거칠고 용맹하다는 깊은 뜻을 품고 있다. '관(關)'은 '산해관'을 가리킨다. 산해관(山海关,shānhǎiguān)은 하북성과 요녕성을 지리적으로 구분하는 분계선이다. 정확하게는 하북성(河北省)의 친황다오(秦皇岛)에서 동북 방향으로 15km 떨어진 곳에 위치한다. '동(東)'은 산해관의 동쪽 지대이다. 오늘날의 동북 지방으로 '요녕성, 길림성, 흑룡강성'을 말한다. 옛 지명은 '관동'으로, 위만주국(伪满洲国) 시기에도 그렇게 불려졌다.

사짓기에 좋고 물자가 풍부하여 의식주를 걱정하지 않아도 된다는 입소문을 따라, 남이 가니까 너도 가고 나도 가던 시절이었다. 설령 소빙하기가 막을 내렸다 해도 가던 길을 멈추지는 않았다. 때마침 1882년에 임오군란이 발발하였고, 그 이후 청국과 조선 사이에 합법적으로 왕래할 수 있는 루트가 조성되었다. 적은 숫자의 중국인이 생존을 위해 한국으로 건너왔다가 '재한화교' 신분을 얻었다. 어떤 자료는 의화단 운동의 여파로 그 시절의 더 많은 산동인이 한국행行을 선택했다고 지적한다. 그렇지만 추앙관동은 '삼백(300) 년'[73]이라는 기나긴 세월 속에서 형성된 역사적인 과정이고, 의화단 운동은 그러한 과정 속에서 발생한 하나의 사건일 뿐이다.

나는 매일 한 손에는 노트북 가방을, 다른 한 손에는 텀블러를 들고 길을 나선다. 하지만 가끔씩은 텀블러를 들고 다니는 것이 귀찮게 여겨진다. 그럴 때면 영화 투모로우의 마지막 부분을 떠올린다. 미국 대통령이 TV 화면을 통해 침울한 표정으로,

"지난 몇 주간 우리는 자연의 분노 앞에서 인간의 무력함을 배웠습니다. 인류는 지구의 자원을 마음껏 써도 될 권리가 있다고 착각하면서 살아왔습니다. 그러나 그것은 오만이었습니다."

---

72) 현재 중국의 동북 지방을 구성하는 인구의 80% 정도가 추앙관동 시기에 산동성 등지의 황하黃河 유역의 중원지방에서 건너온 그들의 후손이다. 오늘날을 기준으로 이미 몇 세대가 흘러왔기 때문에 굳이 산동인이라 말하지 않는 것뿐이다.

73) 기준을 어디에 두느냐에 따라 계산하는 방법이 약간 다르다. 1616년 제1대 황제 누르하치가 후금을 건국한 직후부터 1912년 중화민국 건국 직전까지가 296년으로, 약 300년이라는 계산이 나온다.

라고 연설하는 장면을⋯.

자연환경은 인간이 선사 받은 최상의 선물이다. 인간은 거대한 자연환경보다 아주 미미한 존재이다. 그러나 인간의 무분별한 자원의 낭비와 환경 오염으로 지구 온난화 현상이 발생하고 있다. 가장 중요한 것은 '지구와 자연환경에 위기가 왔을 때 인간 세상에 어떠한 영향을 미치고, 인류가 어떻게 대처할 것인가?'이다. 더불어 '인간이 자연의 분노를 막아낼 수 있을 것인가?'가 커다란 관건이다.

기후 변화와 위기는 모든 인류의 문제이다. 전 세계의 모든 국가는 그러한 상황에 조금이라도 대응하기 위해 탄소 중립을 실천한다. 우리는 일회용품 사용을 규제하여 에너지를 절감하고 불필요한 비용을 최소화해야 할 필요성이 있다. 나는 조금 번거롭더라도 커피숍에 갈 때는 늘 텀블러를 들고 간다.

3장

우리는 시대의 손님이고 주인이다

내가 커피숍에 가는 이유

    본시 나는 커피숍의 원두커피를 좋아하지 않았다. 일회용 믹스커피가 내 입맛에 잘 맞았다. 게다가 커피숍의 커피는 지나치게 양이 많다. 작은 컵의 커피를 주문하더라도 믹스커피 3~4배가량의 양이 담겨 나온다. 나는 그렇게 많은 양의 커피를 짧은 시간 안에 마시지 못한다. 한 잔의 믹스커피도 오랜 시간을 들여 음미하듯 마시는 습관이 있다. 그런데 어느 날부터인가 커피숍의 단골손님이 되었다.

    흔히 사람들은 커피숍을 만남과 담소의 장소로 여긴다. 서울의 명동처럼 유동 인구가 많은 지역에서의 프렌차이즈 커피숍은 대호황이다. 사무실 건물이 밀집된 지역에서의 인기는 언급할 필요조차 없다. 직장인들은 점심을 먹고 난 후 커피 한 잔씩을 들고 분주하게 발걸음을 옮긴다. 밥을 배불리 먹고 저렇게 많은 양의 커피를 마시다니… 나는 도저히 이해할 수 없었다. 저들의 배腹 속에는 밥이 들어가는 공간과 커피가 들어가는 공간이 따로따로 분리되어 있다는 것인가.

나의 커피숍 출입은 중국에서 대학원 진학을 위해 필요한 서류를 만들면서부터 시작되었다. 당시 나를 도와주던 공증 사무실의 대표가 있었다. 그녀는 중국의 한족 신분으로 한국 영주권자였다. 늘 나에게 명동 퍼시픽호텔 안의 프렌차이즈 커피숍에서 만나자는 제안을 했다. 그도 그럴 것이 그 호텔과 가까운 거리에 중국 대사관 영사부가 자리하고 있었다. 그런 이유로 이 일대에 별의별 이름을 다 갖다 붙인 공증 사무실이 많았다. 그녀의 사무실도 그쪽 어딘가에 있는 듯 싶었다.

아주 오래전의 일이다. 어느 일간지에 우후죽순처럼 늘어나는 커피숍의 세태를 거론한 사설이 실렸다. 과거에는 다방이 성황을 이루었다면, 오늘날엔 세련된 의미의 커피숍이 호황을 맞이했다는 내용이었다. 아울러 미국의 세계 최대 커피 체인점인 스타벅스(Starbucks)를 '별다방', 커피빈(Coffeebean)을 '콩다방'이라 풍자하였다. 사실 다방은 유행에 뒤처지는 구닥다리 명칭이다. 하지만 그 이름 때문에 그 시대를 살아온 사람들은 커피 향기처럼 진한 추억 속으로 빠져든다. 오죽하면 대한민국의 유명한 외식 전문가가 '빽다방'이라는 글자를 넣은 프렌차이즈 커피 전문점을 창업했겠는가! 50대의 가정주부가 떡볶이와 커피를 결합한 프렌차이즈 분식 카페를 창업하면서 '청년다방'이라는 글자를 넣었겠는가!

나는 신종 코로나바이러스 확산 때문에 중국으로 되돌아가지 못하고 한국에서 새로운 학기를 맞이하였다. 이번에는 내가 먼저 그녀에게 그 프렌차이즈 커피숍에서 만나자는 제안을 했다. 인터넷 수업에 참여하기 위한 프로그램을 설치하기 위해서였다. 나는 이른 아침부터 그 호텔 로비의 소파에 앉아 커피숍이 개장하기만을 기다렸다. 어느 날부터인가 수원에서 전철을 타고 서울까지 왔다 갔다 하는 것이 번거롭게 느껴졌다. 나는 커피숍 근처에다 방 한 칸을 얻었다. 툭하면 그녀를 불러냈고, 그녀는 기꺼이 나의 부름에 응해 주었다. 그런데 내가 인터넷 수업에 익숙해질 무렵, 그녀가 중국으로 출국하고 말았다.

나는 방에서 혼자 공부하려니 답답하고 따분했다. 인터넷 강의가 끝나면 침대에 몸을 눕히는 버릇이 생겼다. 낮잠이 들면 두 시간이 훌쩍 지나갔다. 허무함과 공허감이 몰려왔다. 그런 상황과 몇 차례 부딪히다 보니 새로운 각오가 필요했다. 그래서 책과 노트북을 싸 짊어지고 그녀와 자주 만남을 가졌던 그 커피숍으로 발걸음을 옮겼다. 나는 자릿세 때문에 커피를 주문했고, 그 커피를 찔금찔금 마셨다. 베이글이나 샌드위치, 조각 케이크와도 같은 간단한 식품으로 점심을 해결하는 습관이 생겼다. 그렇게 커피숍에 앉아 인터넷 수업에 참여하면서 과제물을 처리했다. 그 커피숍에서 졸업 논문까지 완성하기에 이르렀다.

흔히 조용한 도서관이 '공부하기에 적합하다'고 생각한다. 개인의 성향과 취향에 따라 그럴 수도 있다. 그런데 나에게는 커피숍이 가장 훌륭한 공부방이다. 공공 도서관은 최대한 소음을 줄여야 한다. 너무 조용해서 적막하다. 커피숍은 행동에 제한을 받지 않는다. 공부에 몰입하다가도 어딘가에서 전화가 걸려 오면 자유자재로 통화가 가능하다. 잔잔한 음악이 흘러나와서 아늑하고 포근한 느낌이 든다.

커피숍이든 도서관이든 나 홀로 공부에 매달리는 것은 마찬가지이다.

그러나 커피숍에서 공부하다 보면 혼자가 아니라는 생각이 든다. 그곳에는 친구나 연인을 만나러 온 사람, 나처럼 노트북을 들고 공부나 일을 하러 온 사람들로 넘쳐난다. 따지고 보면 그들과 나는 아무런 인간관계가 없다. 하지만 그런 사람들 때문에 적적하다는 느낌이 들지 않는다. 가끔씩 그 공간 속의 사소한 대화 소리에 이끌려 잠깐 동안의 휴식을 갖는다. 졸음이 쏟아지면 테이블 위에다 한쪽 얼굴을 대고 5~10분 정도의 쪽잠을 잔다.

커피숍에서 공부하면 비용 면에서 부담이 크다는 생각을 한다. 틀리는 말이 아니지만 가격 대비 효율성을 따져봐야 한다. 내가 대학원에 입학할 당시 우리 학과에 열 명의 동기가 있었다. 나를 포함한 네 명만이 2021년 6월 말에 석사 학위를 수여받았다. 집에서 혼자 공부하다 보니 자기 컨트롤에 실패하여 졸업논문을 완성하지 못한 결과였다. 나는 그 커피숍을 학교라 생각했고, 그 커피숍에 간다는 것을 학교 출석부에다 출석 여부를 체크하는 행위라 여겼다. 요즘엔 중국인 유학생들이 짝을 지어 커피숍을 찾는다. 나는 언어적으로 난해한 부분이 있으면 그들에게 자문을 구하기도 했었다. 이보다 더 훌륭한 공부방이 어디 있겠는가!

마침 그 커피숍은 3성급 호텔 안에 있었다. 커피를 마시는 손님들은 내부의 공공편의 시설을 마음껏 이용할 수 있었다. 화장실 또한 호텔 안에 설치된 것을 사용하였다. 위생 담당자가 수시로 다니면서 청결을 유지해주어 너무나 고마웠다. 신종 코로나바이러스가 확산되는 시기에 안성맞춤이라는 생각이 들었다. 더군다나 그 호텔의 1층 로비에 소파가 구비되어 있었다. 공부를 하다 무료해지면 그곳에 앉아 잠깐 동안의 휴식을 가졌다. 오가는 사람들을 무심히 바라보면서 적적함을 달래었다. 커피숍이 영업을 마친 이후에는 노트북을 들고 소파에 앉아 자정이 넘도록 논문을 작성하는 날도 많았다.

내가 커피숍을 선택하지 않았다면 어찌 되었을까? 아직껏 석사 학위를 수여받지 못한 여섯 명의 대열에 포함되었을 수도 있다. 그렇다면 비용이 많이 발생한 것일까?

중국 현지에서 공부를 하더라도 그에 따르는 추가 비용이 발생한다. 방학 때마다 한국을 오가는 왕복 항공료와 한국에서의 체류 비용이 만만하지 않다. 이러한 사항을 고려했을 때 가격 대비 가성비가 뛰어나다는 것이다. 나는 커피숍이라는 공간을 빌려 공부하면서 시시때때로 음료와 커피와 디저트를 주문한다. 그동안 신종 코로나바이러스 때문에 소상공인들의 경제가 얼마나 어려웠나를 생각해 보라! 커피숍은 매상을 올릴 수가 있었으니 누이 좋고 매부 좋은 것이 아니겠는가.

'커피하우스 이펙트'라는 연구 보고서에 의하면, 커피숍에서 공부나 일을 하면 능률이 오른다고 한다. 커피를 내리는 소리, 손님들이 왔다 갔다 하는 발자국 소리, 은은하게 들려오는 음악 소리와도 같은 백색 소음이 집중력 향상에 도움이 된다는 것이다. 백색 소음은 귀에 거슬리지 않고 주변의 잡다한 소음을 덮어주는 기능을 갖는다. 커피숍에서의 이 소음이 창의적인 영감을 얻는 데 효과적이라고 한다. 알게 모르게 타인의 시선을 의식하기 때문에 몰입도가 높아질 수밖에 없다. 영국의 작가 'J. K 롤링'이 커피숍의 구석진 자리에서 『해리포터 시리즈』를 썼다. '봉준호' 영화

감독도 동네 커피숍에서 시나리오를 완성하였다. 세기를 흔들어 놓은 거장들이 커피숍에서 창작에 몰두하는 행위가 우연의 일치가 아닌 듯싶다.

나는 이제 그 프렌차이즈 커피숍의 커피에 입맛이 길들여졌다. 커피를 한 모금씩 마시면서 공부에 집중하고 글을 쓴다. 은은한 원두 향에 취하여 휴식을 갖는다. 나와 만남을 갖고자 하는 지인들을 그 커피숍으로 초대한다. 그리고 그들에게 커피 한 잔씩을 선사한다.

가끔씩 그녀가 생각난다. 나를 그 커피숍에다 안착시켜 놓고 중국으로 가버린 그 공중 사무실의 대표가…. 그런 날은 위챗의 무료 서비스 기능을 사용하여 음성 대화를 나눈다. 그녀는 항상 내게 묻는다.

"오늘도 커피숍에 왔느냐?"라고….

그녀는 내가 그 커피숍을 즐겨 찾는 정확한 이유를 알지 못한다. 나는 그런 그녀를 위해 늘 멋진 답을 준비하고 있다.

"커피 맛이 너무 좋아서 떠날 수 없다"라는….

광저우(广州)의 겨울은 따뜻하지 않다

중국의 광저우는 대표적인 남방 도시 중의 하나이다. 아열대 기후에 속하여 1년 사계절 영상의 기온을 유지한다. 겨울철의 바깥 기온이 한국의 여느 가을 날씨와 비슷하여 상쾌하다. 그러나 집안과 공공건물의 내부는 무지하게 춥다. 중국 정부는 겨울이 짧고 기온이 높다는 이유로 건축할 때부터 '중앙 공급식 난방장치'를 설치하지 않았다.

중국은 광활한 면적의 국토를 지녔다. 통상적으로 봤을 때 북쪽으로 올라갈수록 겨울이 길고 추우며 건조하다. 남쪽으로 내려갈수록 여름이 짧고 후텁지근하며 습도가 높다. 운남성의 쿤밍처럼 사계절 내내 봄과 같이 포근하고 따뜻한 도시가 있다. 한반도와 위도가 비슷한 지역은 사계절의 구분이 명확하다. 하지만 온도가 비슷하더라도 습도와 바람과 지형의 높낮이에 따라 추위와 더위를 느끼는 강도와 정도가 다르다.

광저우의 겨울은 영상 20도 안팎이다. 아무리 추워도 영상 10도 이

하로 내려가지 않는다. 한
겨울에도 울긋불긋 아름
다운 꽃들이 만발하다. 나
무의 잎사귀는 연실 푸르름
을 토해 낸다. 가벼운 외투
를 걸치고 길을 나섰다가도
탈의해서 들고 다녀야 한
다. 바깥의 기온과 포근함
만을 생각한다면 그야말로
천국이다.

광저우의 1월을 배경으로 한 필자(2019년)

겨울철 광저우의 실내는 살을 에는 것처럼 정말 춥다.[74] 그런데 광저우
토박이들은 습관이 되어 큰 영향을 받지 않는다. 북방 지역에서 건너온
중국인, 자국의 주거 문화에 익숙한 외국인, 온돌 문화에 길들여진 한국
인은 당황하지 않을 수 없다. 어느 20대 젊은이는 2월 말에 교환 학생 자
격으로 광저우에 도착하였다. 학교 기숙사에서 옷을 껴입을 만큼 다 껴
입고 첫날밤을 보냈다. 얼마나 춥던지…. 밤새도록 자다가 깨다가를 여러
번 반복했다고 한다.

　나는 겨울철의 광저우 건물 내부가 춥다는 것을 익히 알고 있었다. 기

---

74) 호텔과도 같은 숙박시설은 난방시설이 완벽하다.

숙사 안에서 사용하기 위해 전기난로와 가습기를 일찌감치 구입해 놓았다. 강의실은 공공의 공간이라서 그러한 기구를 사용할 수 없었다. 거추장스럽더라도 외투를 입은 채 수업에 참여해야 했다. 한번은 스타킹에 가죽 구두를 신고 강의에 참석한 적이 있었다. 얼마나 발이 시렸는지…. 그다음 날부터는 반드시 면양말을 신고 운동화를 착용하였다.

중국의 겨울철 난방暖房 분계선은 북위 33도 부근의 '친링(秦岭, qínlǐng)산맥'과 '화이허(淮河, huáihé)' 일대이다. 친링산맥은 광활한 중국 국토의 정중앙에 위치한다. 자고이래로 역사적으로나 자연·지리적으로 가장 중요한 남북분계선이었다. 그 산맥의 동서 길이는 약 1,600km이다. 남북의 가장 넓은 폭은 약 200km라고 알려져 있다. 알프스산맥보다 3분의 1이 더 길다고 한다. 그 산맥의 '북단(北端, 북쪽의 끝)'은 동절기의 차가운 공기가 남쪽으로 내려가는 것을 막아 준다. 그 산맥의 '남단(南端, 남단의 끝)'은 하절기의 고온 다습한 공기가 북쪽으로 올라가는 것을 방어한다. 북단과 남단의 온도와 기후와 지형이 확연하게 다르다. 이러한 영향으로 중국의 북방인과 남방인은 서로 다른 생활 방식과 습관이 형성되었다. 아울러 농업 생산과 토질에 많은 영향을 미쳤고, 농산물의 품종과 맛에도 차이가 있다. '화이허'는 황하黃河와 양자강長江 유역 사이에 분포한다. 우리에게 친숙한 '귤화위지橘化爲枳' 속의 '회수淮水'이다. '회수 이남의 귤을 회수 이북으로 옮겨 심으면 탱자가 된다'는 옛말이 괜스레 흘러나온 것이 아닌 듯싶다.

중국 당국은 1950년대에 구소련(러시아)의 원조를 받아 '중앙 공급식 난방 시설'을 도입하였다. 당시의 경제 상황이 좋지 않아 비용을 절감해야 할 필요성이 있었다. 구소련의 '연평균 섭씨 5도 이하의 온도가 90일 이상 지속되어야 한다'라는 기후 계산법을 적용시켰다. 친링산맥과 화이허 일대를 기준으로 북방 지역의 대도시가 우선적으로 무상 혜택을 누릴 수 있었다. 우리가 알고 있는 북경과 천진을 포함한 '화북 지방과 동북 지방 및 서북 지방' 일대이다.

　그런데 공기의 온도와 사람이 느끼는 체감 온도가 다르다는 것을 고려하지 않았다. 체감 온도는 공기의 온도 이외에도 습도, 바람의 속도, 햇빛의 영향을 받는다. 광저우는 공기 중의 습도 함유량이 높다. 하절기에는 건물 바깥에 가만 서 있기만 해도 땀이 줄줄줄 흘러내린다. 동절기에는 같은 온도의 다른 지역보다 훨씬 더 춥게 느껴진다. 더군다나 일반 가정집의 실내 바닥 재료가 대리석이다. 겨울철에는 빙판 위를 맨발로 걷는 듯한 고통이 따른다. 최근 어느 북방인이 광저우로 주거지를 옮겼다. 그녀는 태어나서 처음으로 모자를 뒤집어쓰고 잠을 잤다고 한다.

　한국의 공립학교에 "겨울철의 아침 실외 온도가 영하 3도 이하로 내려가야 난방이 가능하다."라는 규정을 채택한 적이 있었다. 손익 계산에 집착한 학교 경영자가 온도를 측정하는 기구를, 햇볕이 잘 들고 사방이 막혀 바람이 불지 않는 아늑한 실외의 한적한 곳에다 설치해 놓았다. 그렇게 설치한 온도계는 좀처럼 영하 3도 이하로 내려가지 않았다. 한동안 나이 어린 학생들이 추위에 떨면서 수업에 참여하는 괴이한 현상이 발생하였다. 이 또한 관계 부처에서 체감 온도를 고려하지 않았기 때문에 발생한 사건이었다.

　장춘은 중국의 대표적인 북방 도시 중의 하나이다. 서울보다 위도가 높다. 겨울철에 영하 20도로 자주 내려간다. 공기 중의 수분 함유량이 적어 건조하다. 이 때문에 우리가 느끼는 체감 온도는 한국의 여느 겨울 추위와 비슷하다. 단지 손과 귀가 몹시 시리다. 장갑과 귀마개는 필수품이다. 내가 그 도시에서 체류하는 동안 학교에서 제공한 기숙사는 난방 시설이 아주 훌륭하였다. 겨울 내내 홑이불 한 장으로 따뜻하고 편안하게 숙면을 취할 수 있었다. 실내에서 반바지와 반소매 티셔츠를 즐겨 입었고, 아이스크림도 자주 사다 먹었다. 오리털 점퍼는 외출 시時에만 착용하였다. 공공건물에 진입할 때에는 후텁지근한 난방 시설의 열기 때문에 겉옷을 벗어서 들고 다녔다.

　중국의 남방인들은 북방 지역의 중앙 공급식 난방 시설을 부러워한다. 어떤 이들은 한국의 온돌 시설을 설계하고 싶어 한다. 나와 친분이 두터운 어느 조선족 동포 교수님은 한국에서 20년 동안 후학을 양성하였다. 그분은 따뜻한 방바닥이 너무 좋아서 침대를 사용하지 않는다고 한다. 유럽이나 아메리카에서 건너온 외국인들도 한국의 찜질방 문화를 선호한다. 본시 인간은 본능적으로 따뜻하고 포근한 것을 좋아하는지도 모르겠다.

　중국은 당국의 민간 건축 설계 규범에 의거하여 남방 지역은 통풍이 잘되고 햇빛을 차단하는 건축 방식을 채택하였다. 이제 와서 기존의 건축

물에다 난방장치를 증설하려면 많은 비용이 소모된다. 난방을 공급한다 해도 열효율성이 떨어진다. 신축 건물에 한하여 중앙 공급식 난방장치를 설치하기 시작하였다. 과연 언제가 되어야 실내에서 반소매 티셔츠와 반바지를 즐겨 입을 수 있을까. 하루라도 빨리 방 안에서 아이스크림을 마음껏 먹을 수 있었으면 좋겠다.

한국의 서비스 문화가 최고야

전 세계 어디를 가든 그 나라의 독특한 생활문화가 있다. 오랜 세월 살아오면서 형성된 삶의 방식이다. 우리는 함부로 이것을 '좋다, 나쁘다'라는 등의 단정적인 단어를 사용하여 평가를 내릴 수가 없다. 오히려 자국의 전통문화와 비교하여 그 나라의 문화가 생성된 원인을 찾아내고 장단점을 분석하는 것은 바람직하다.

한국의 어느 지방자치 단체에서 파견 나온 공무원 한 분이,

"중국이 어떻게 사회주의 국가냐?"

"여느 자본주의보다 훨씬 더 지독한 자본주의 국가이다!"

라고 표현하였다. 물론 그의 말속에 악의가 들어있지 않았다. 한국에서와는 서로 다른 일상생활 속의 문화를 몸소 경험했기 때문이었다.

한국의 여느 식당들은 손님이 들어오면 우선적으로 목을 축일 수 있는 식수를 가져다준다. 테이블 위에 냅킨이나 이쑤시개 등의 소모품이 양껏 놓여 있다. 그런데 중국 현지 대부분의 식당엔 이러한 서비스가 없었

다. 물이 마시고 싶으면 개인적으로 가지고 다녀야 했다. 돈을 지불하고 생수를 구입해야 할 경우가 많았다. 대학교 내의 학생 식당에서도 마찬가지였다. 식수대는 설치되어 있었지만 무료가 아니었다. 학생증을 결제 시스템에다 댄 후 그 금액만큼의 식수를 개인 소유 용기(물병)에다 담아가는 형식이었다.

나는 항상 500리터짜리 생수 한 병과 작은 양의 티슈를 지니고 다녔다. 한국의 지방 자치 단체에서 파견 나온 그 공무원도 마찬가지였다. 늘 이렇게 생활하다 보니 '중국이 과연 사회주의 국가인가!'라는 말을 우스갯소리로 그렇게 내뱉은 것이었다. 하지만 어쩌랴! 거기는 한국이 아니라 중국인 것을…. 그 나라 사람들의 삶의 방식이 그러하니 적응하면서 살아갈 수밖에….

중국 현지 식당에선, 손님에게 제공하는 진공포장[75]된 앞접시와 젓가락 세트와 소량의 냅킨에도 금액이 매겨져 있었다. 광저우에는 딤섬 전문점이 많았다. 뜨거운 물에 우려내어 마시는 찻잎도 돈을 지불하고 구입해야 했다. 손님들은 통상적으로 식사 테이블에 앉는 인원의 숫자만큼 찻잎을 주문한다. 돈을 지불했으니 남는 것은 챙겨도 상관없다. 한국의 젊은 유학생들은 알뜰해서 남은 찻잎과 소량의 냅킨마저 소홀히 여기지 않았다. 자신의 숙소로 가지고 갔다.

예부터 한국인은 한 공기의 밥과 찌개, 혹은 국 종류와 김치 등의 몇 가

---

75) 중국의 여느 식당에서 손님에게 내주는 앞접시와 용기는 소독을 해서 진공으로 포장한 것이다. 여기에 대한 추가 비용을 받는 것이라고 한다.

지 반찬을 곁들여 한 끼의 식사를 해결하는 민족이었다. 우리의 어머니는 늘 생김에다 참기름이나 들기름을 발랐다. 맛소금을 살살 뿌려 살짝 구워 내었다. 적당한 크기로 잘라 커다란 반찬통에 넣어 보관하였다. 시시때때로 가족의 밑반찬으로 사용하기 위해서였다. 더러는 자식이 입맛이 없어 하거나 등교 시간에 쫓길 때, 김 위에다 한 숟가락의 밥을 올려 돌돌 말았다. 그리고는 입 안으로 밀어 넣어 주었다.

한국의 식당들은 이른 아침부터 밑반찬을 넉넉하게 준비한다. 손님이 밥을 먹다 반찬이 부족하다 싶으면 추가 비용을 받지도 않고 얼마든지 가져다준다. 요즘엔 자율적으로 가져다 먹는 시스템을 갖춘 곳이 많다. 소비자로서는 흡족할 만한 일이다.

중국은 요리 위주의 음식문화가 발달하였다. 메인 요리를 거의 다 먹어갈 즈음에 밥이나 면 종류가 올라온다. 혼자 밥을 먹을 때도 요리 한 접시에 밥 한 공기, 혹은 덮밥 하나를 주문한다. 밑반찬이라는 개념이 없다. 음식이 나오기만을 기다리는 동안 입과 손이 심심할 때도 있다. 한국인들에겐 뭔가가 부족하고 허전한 한 끼의 식사이다. 업주로서는 음식물 낭비가 적어 마냥 좋기만 하다.

장춘의 동북사범대학교 강의실과 기숙사의 냉난방 시설은 아주 훌륭하였다. 자율적으로 리모컨을 조절해서 사용하는 시스템이었다. 더워도 더운 것을 모르고 추워도 추운 것을 몰랐다. 그러나 학생 식당과도 같은 공공의 공간 안에 에어컨 시설이 없었다. 그 흔한 선풍기조차 구비되어 있지 않았다. 학교 밖의 영리를 목적으로 운영하는 일반 식당도 마찬가지였다. 선풍기 한두 대로 손님을 맞이하는 곳이 많았다. 백화점 내의 전문 식당은 에어컨 온도를 너무 높게 책정하여 전혀 시원하지 않았다. 만약 한국이었다면 어땠을까?

손님들이 덥다고 난리를 쳤을 듯싶다. 애초 그런 식당으로 밥을 먹으러 갈 생각도 하지 않을 것이다. 겉옷을 걸치더라도 에어컨 바람이 시원한 식당을 선호하지 않겠는가! 어느 해의 한여름이었다. 인천 차이나타운으로 점심을 먹으러 간 적이 있었다. 그날 그 식당에 손님이 많았다. 앉을 만한 적당한 좌석이 없었다. 어쩔 수 없이 에어컨 바람과 정면으로 부딪히는 구석진 자리에 앉았다. 한겨울의 시베리아 벌판에서 벌거벗고 서 있는 것처럼 몹시 추웠다.

나는 가끔씩 중국인들에게 질문을 던졌다.

"왜 이렇게 에어컨 가동률이 저조하느냐?"라고….

"너네는 덥지 않느냐?"라고….

그들은 항상 그럴듯한 답을 내놓았다.

"차가운 것이 인체에 해롭다."

"우리는 한여름에도 미지근한 물을 마신다."라는 등등의….

그들은 북방 지방의 여름철 기간이 짧고 그다지 덥지 않아 에어컨을 가동할 필요가 없다고 입버릇처럼 말한다. 그렇다면 광저우처럼 여름철이 지루하게 길고 무더운 지역에서의 에어컨 가동률은 어떠할까?

기업 형태를 갖춘 대형 마켓과 호화로운 백화점, 외국인 손님이 많은 호텔, 대학교의 강의실과 기숙사 등과도 같은 공공건물의 에어컨 가동률은 높고 만족스러웠다. 개인이 운영하는 소규모 형태의 식당은 온도를 높게 책정하여 시원하지 않았다. 따뜻한 국물 위주의 면 요리를 먹기에 적합하지 않았다. 남방인들 또한 '차가운 것이 인체에 해롭다'고 자주 언급하였다. 비용을 절감하기 위해 전기료라도 아껴야 한다는 말을 하지 않았다.

나는 장춘과 광저우에서 체류하는 동안, 학교 근처의 맥도널드 체인점을 도서관처럼 공부방으로 이용하였다. 주말이나 방학 기간에도 하루 종일 살다시피 했었다. 그러다 보니 그곳에서 일하는 직원들과 친해졌다. 한국의 맥도널드와 KFC와도 같은 패스트푸드 전문점은 20대의 젊은 청년들이 아르바이트 형식으로 근무한다. 중국에는 50세 이상의 장년층이 적지 않았다. 그들은 주로 주방에서 조리를 했다. 홀을 돌아다니면서 음식물을 치우고 테이블과 바닥을 닦았다.

하루는 나와 연배가 비슷해 보이는 직원에게,

"한국은 서비스 문화가 발달했다."

"자기가 먹은 자리는 스스로 치우고 간다."

"손님들이 할 일을 당신이 하니까 귀찮고 번거롭지 않느냐?"

라고 넌지시 물어보았다.

그녀는 놀라운 답변을 내놓았다.

"손님들이 다 치우고 가면 나 같은 사람이 어디 가서 무슨 일을 하겠느냐?"라고…

그녀의 말(言)에 일리가 있었다. 그동안 나는 중국인들의 셀프서비스 정신이 부족하다는 것만을 탓했다. 일자리가 창출된다는 생각을 해 본

적이 없었다. 서민들의 경제에 보탬이 된다는 것을 몰랐다.

　중국에 "꽁 슈어 꽁 여우 리(公说公有理, gōng shuō gōng yǒu lǐ), 퍼 슈어 퍼 여우 리(婆说婆有理, pó shuō pó yǒu lǐ)"라는 속어가 있다. 안방에 가면 시어머니의 말이 옳고, 부엌에 가면 며느리의 말이 옳다는 것이다. 양편의 말이 모두 일리가 있어서 시비를 가리기가 어렵다는 뜻이 담겨 있다. 사람은 저마다의 살아온 환경과 조건이 다르다. 사물과 대상을 바라보는 각기 다른 관점을 갖고 있다. 나는 한국에서 출생하여 여태 껏 살아왔다. 한국의 생활문화에 익숙해졌다. 한국인의 서비스 정신과 생활문화가 최고라 여겨진다!

요리하는 중국인 남자

"너 그렇게 아침 일찍 일어나서 뭐 하는 거야?"

"밥 해!"

"…네 부인은 뭐 하고?"

"잠 자!"

내가 장춘에서 알게 된 중국인 남성 'A' 씨와 주고받은 대화 내용이다. 사실 그의 말투에 약간의 불만이 섞여 있었다. 하지만 당연하다는 듯이 짧은 단어를 툭툭 내뱉었다. 그는 1971년 출생으로 나와 동갑이다. 하얼빈 소재의 대학교를 졸업하였다. 중국 현지의 어느 국책은행에서 중견 간부로 근무한다.

중국인 남성이 밥과 요리를 한다는 것은 한국인들 사이에 널리 알려진 사실이다. 나는 그들이 퇴근 후의 여유로운 시간에 저녁밥을 준비하는 것이라 여겼다. 그런데 출근 준비하느라 바쁜 아침 시간에 밥상을 차린다 하여 놀라웠다. 내가 중국에서 대인 관계를 맺은 중년 이상의 직장인 주

부가 많았다. 그녀들에게 남성 'A' 씨의 이야기를 들려주면,

"그 사람 성품이 좋은 것이다."

"나의 남편은 절대 안 한다!"

라면서 칭찬을 아끼지 않았다. 보아하니 모든 남성이 집에서 요리와 밥을 하는 것이 아닌 것 같았다. 주어진 환경과 조건에 따라 서로 다른 습관이 형성되어 있는 것처럼 보였다.

내가 1995년 심양에서 체류하던 시절이었다. 그때 나는 중국인 남성 'B' 씨와 교류가 잦았다. 그 역시 어느 국책은행의 지점에서 근무하는 은행원이었다. 그는 퇴근하면 자주 나를 찾아왔다. 우리는 기숙사 건물 1층의 부속 식당에서 저녁밥을 같이 먹었다. 언제부터인가 나는 그에게 한국적인 정서가 깃든 음식을 대접하고 싶다는 생각이 들었다. 그래서 어느 날은 김밥을, 어느 날은 떡볶이를, 어느 날은 순대볶음을 만들어서 나눠 먹었다. 내가 주방에서 야채를 다듬거나 무언가를 할 때면,

"나도 요리 잘하니까 도와주겠다!"

라며 팔소매를 걷었다. 나는 극구 사양했다. 당시의 한국인들은 '일단 결혼을 하면 남자는 밖에서 돈을 벌고, 여자는 집 안에서 밥과 빨래를 한다'는 시대적인 관념에 젖어 있었다. 나의 큰언니 또한 그러한 시절에 한국인 남성과 혼인을 맺었다. 그녀 역시 오랜 세월 살림살이에만 전념하면서 자녀를 양육하였다. 그 아이가 성장하고 고등학교에 입학해서야 직장을 가졌다.

몇 년 전 심양을 방문했다가 남성 'B' 씨와 동석하게 되었다. 나는 미혼

이었고, 그는 비교적 늦은 나이에 결혼하여 가정을 이루었다. 그의 늦둥이 아들이 그제야 초등학교 4학년이었다. 우리는 옛 추억에 젖어 지난날을 회상하는 시간을 가졌다. 나는 무심코,

"너도 집에서 요리하니?"

라고 물었다.

"음, 애 먹이느라 하는 거야…."

라면서 당연하다는 듯이 대답하였다. 그날은 나를 만나러 나오느라 장모님께 저녁 준비를 맡겼다고 했다.

그 두 명의 중국인 남성은 공통점을 지녔다. 모두가 대졸이다. 누구에게나 선망 받는 안정된 직장에서 근무한다. 배우자(부인)가 공무원이다. 그들은 남들로부터 부러움을 받으면서 풍요로운 삶을 누릴 충분한 조건을 갖췄다. 그런데 부부 중의 한 사람이 직장을 포기하면 수입이 절반으로 줄어든다. 이러한 이유 때문에 어느 누구도 사회생활을 포기할 의사가 없다. '상대방의 원활한 사회적·경제적 활동을 위해 가사를 분담하는 것이 아닐까!'라는 생각이 들었다.

그들 두 사람은 50대 초반이라서 나와 연령이 비슷하다. 부모가 과거 혹독한 사회주의 체제를 경험하였다. 그들의 부모님은 그러한 시대적 배경과 환경 속에서 학령기를 보냈고, 직장을 다녔다. 가정을 이루었고, 자녀를 출산하였다. 여자가 결혼하더라도 집 밖에서 일을 하던 시절이었다. 누구나 알다시피 직장인에게 있어서 아침 시간은 매우 분주하다. 여자가 갓난아기에게 모유를 먹이면서 아침 밥상을 준비할 수가 없다. 당시

의 중국인 남성들은 아내가 어린 자녀를 챙기는 동안 아침밥을 준비하였다. 이러한 일상생활이 습관이 되어 자녀가 성장해서도 쉽게 바뀌지 않는 것이다.

마오쩌둥(毛泽东, 모택동)은 1949년 신중국 성립 이후 여성의 우월성을 강조하였다. 여자도 남자처럼 생산과 노동에 참여해야 한다는 의식을 심어 주었다. 더불어 여성의 육아와 가사 노동을 감소시켜 주기 위한 대안이 필요하였다. 중국 당국은 직장과 마을 단위로 공동 식당과 탁아소를 설치하여 운영한 적이 있다.

장이머우(张艺谋, 장예모) 감독이, 1995년도에 '인생'이라는 영화를 출시하였다. 중국의 근·현대 시기를 살아간, 한 가정의 삶을 시간적 순서대로 나열한 작품이다. 이 영화 속에 대약진 운동 기간의 모습이 담겨 있다. 마을 사람들이 공동 식당에서 다 같이 모여 밥을 먹는 장면이 묘사되어 있다.

'C' 양은 내가 장춘에서 공부할 때, 나의 중국어 담당 과외 선생님이었다. 그녀의 부친도 늘 집에서 밥과 요리를 했었다고 한다. 모친의 직장이 생산 공정이라 교대 근무가 잦았다. 그녀의 어머니는 음식이 짜다는 둥, 싱겁다는 둥, 맛이 없다는 등의 불평불만으로 남편을 타박하는 경우가 많았다. 그녀 역시 결혼을 하면 남편과 협의하여, 가사와 육아를 분담하겠다는 확고한 신념을 갖고 있었다.

남성 'A' 씨에게 아주 오랫동안 알고 지내온 한국인 친구가 있었다. 그는 한국인 여성과 결혼하여 가정을 이루었다. 일 때문에 한국과 중국을 오가면서 살았다. 하루는 남자가 아내를 도와주기 위해 주방에서 음식을 만들고 있었다. 때마침 시어머니가 그들의 집을 찾아왔다. 그날 그 부부가 크게 꾸지람을 들었다고 한다. 그런데 그가 나에게 그 이야기를 들려주면서도 한국인의 생활방식을 부러워하는 기색이 전혀 없었다. "너희는 그러하다며?", "우리는 이러하다!"라는 식이었다.

'안재형安宰亨과 자오즈민焦志敏'은 핑퐁사랑으로 유명한 한중 커플이다. 1992년 한국과 중국의 수교가 정식으로 이루어지기 전에 부부가 되었다. 당시 자오즈민의 부모가 한국 남성은 가사 일을 돕지 않고 여자를 함부로 대한다면서 달가워하지 않았다. 자오즈민 역시 남편이 가사와 육아를 도와주지 않아 너무 힘들었다고 토로한 적이 있다. 그녀의 어머니가 한국을 방문하여 그들 부부 집에 머무를 때였다. 자오즈민이 집 안을 청소하는 동안, 안재형은 그냥 소파에 앉아 텔레비전만을 보았다고 한다. 그녀의 어머니가 그 모습을 보고 마음이 몹시 아팠다고 전해진다.

오랜만에 중국인 남성 'A' 씨와 'B' 씨랑 위챗을 통해 대화를 나누었다. 'A' 씨는 오늘도 늦잠을 자는 아내를 대신하여 손수 아침 밥상을 준비했다고 한다. 'B' 씨는 갓 중학교에 입학한 아들에게 저녁을 먹이기 위해 고기를 굽고 볶음밥을 만들었다고 한다. 그는 본인의 요리 솜씨를 자랑하듯 동영상을 촬영하여 나에게 보내왔다. 집안일을 돕지 않고 거드름을 피우는 남성을 혐오한다는 발언을 서슴지 않았다. 나는 그에게,

"네가 저녁밥 준비하는 동안 너의 부인은 뭐 하니?"

라고 물었다. 아내가 퇴근하면서 학교에 들러 아이를 데려온다고 했다. 가족이 다 같이 저녁을 먹은 후에 아내가 밤늦게까지 아이의 숙제와 공부를 돕는다고 한다. 그는 그때가 되어서야 비로소 텔레비전과 신문을 보면서 본인의 시간을 갖는다는 말을 덧붙였다.

오늘날의 중국 사회는 자본주의적인 색채가 짙게 깔려 있다. 하지만 중국인들이 오랜 세월 동안 사회주의 체제를 경험하면서 형성된 생활 방식과 습관은 쉽게 바뀌지 않는다. 부모로부터 전수받은 의식 또한 여전하다. 이유야 어쨌든 중국인 남자들도 여느 나라에서와 마찬가지로 아내를 사랑하고 가정의 평화를 소중하게 여기는 것만큼은 확실하다. 그러한 마음이 그들로 하여금 요리와 가사와 육아를 분담하게끔 하는 것이 아닐까!

당신도 다문화 가정의 후손일 수 있다

전 세계 어느 나라든 완벽한 하나의 민족은 없었다. 다양한 인종이 어울려 살다 보니 공통의 문화와 풍습과 정서가 형성되었다. 과거한 때 순혈주의 혈통을 강조한 것도, 단일 민족이라 외친 것도 아무런 의미가 없었다. 오늘날의 다문화 가정의 가족 구성원이라도 상관없다. 몇 세대가 지나고 나면 한韓민족의 혈통을 지닌 순수한 후손이 되는 것이다.

1980년대의 나의 학창 시절에도 소수의 다문화 가정의 자녀가 얼마든지 있었다. 그들의 성씨姓氏와 이름으로 보아서는 분명 한국인이었다. 하지만 얼굴 생김새와 풍기는 외모가 어딘가 모르게 남과 달랐다. 나의 초등학교 동창 중에, 어느 유명 여가수처럼 곱슬곱슬한 머리카락과 거무스름한 피부를 가진 여학생이 있었다. 나의 중학교 시절엔, 범슬라브족과 비슷한 용모를 지닌 1년 선배가 있었다. 그녀의 얼굴은 인형같이 작고 예뻤다. 하얀 피부에 움푹 패인 눈과 황금빛의 금발을 지니고 있었다. 오죽하면 학교 앞의 문구점 주인아주머니께서,

"한국 사람같이 안 생겼다."

라는 말씀을 서슴없이 하셨을까!

본인은 아니라 했고 정말 아닐 수도 있다. 하지만 그 윗세대로 거슬러 올라가면 이민족의 피가 섞였음이 분명하다.

1922년 러시아 적백내전 시기에 백군파 소속의 수천 명이 조선 반도의 원산항으로 망명한 이야기가 전해진다. 훗날 그들 대부분이 하얼빈, 상하이, 홍콩, 요코하마, 샌프란시스코 등지로 삶의 터전을 옮겼다고 한다. 마지막까지 남은 사람들은 한국 전쟁을 계기로 미국이나 유럽 등지로 떠났다고 한다. 그들 중에 한국인으로 동화된 소수의 러시아인이 있지 않을까 싶다. 소리 소문 없이 후손을 남겼을 가능성도 배제할 수 없다. 공식적인 통계상의 자료가 남아 있지 않으니 지금에 와서 어찌 알 수 있겠는가!

나는 초등학교 시절 어르신들로부터,

"너 참 특이하게 생겼다!"

"아주 잘 생겼네!"

"이국적으로 생겼다!"

라는 등등의 유사한 말을 자주 들었다. 그때는 나이가 어려서 욕인지 칭찬인지 정확한 의미를 파악하지 못하였다.

전 세계에는 다양한 인종과 민족이 존재한다. 그들은 서로 다른 신체적인 특징과 얼굴 생김새에서 풍기는 공통점을 지녔다. 중국의 한족은 키가 크다. 신체의 하반신이 길다. 이목구비가 뚜렷하다. 큰 눈과 쌍꺼풀의 유전 형질이 우성 인자로 작용한다. 그 사람들은 나를 통해 그것을 발견한 것이었다.

내가 1995년도에 중국 심양에서 체류하는 동안, 한국의 대기업체에서 파견 나온 직원들의 부인과 접할 기회가 많았다. 그녀들은 이구동성으로,

"어디 가서 입 꼭 다물고 있으면 중국 사람으로 착각한다."

라는 화두로 뭇사람들의 시선을 집중시켰다. 어느 한국인 중년 남성은 중국인들의 이러한 발언이 싫었는지,

"눈 크고 쌍꺼풀 있으면 다 중국 사람인가!"

라며 다소 언짢은 언사를 내뱉었다.

그녀들은 양친과 양가의 조부모가 한국인이라고 했다. 그렇지만 그들이 생존하지 않았던 역사적인 과거의 시기에 무슨 사건이 발생했는지 알수가 없다. 이민족의 피가 섞였을 수도 있는 것이다.

인류는 생존을 위한 이주 과정을 통해 연속적인 삶을 영위해 왔다. 역사적인 왕조 교체기엔, 지식인들의 분열과 갈등 때문에 다른 나라로 이주하였다. 전쟁이나 기근이 들었을 때는, 수많은 민초가 평화와 안녕과 굶주림 때문에 새로운 세계를 찾아 길을 떠났다.

명·청 교체기 때, 진린(陳璘, 1543년~1607년)[76] 장군의 손자 진영소陳泳溸[77]가 조선으로 이주해 왔다는 이야기가 널리 알려져 있다. 그의 직계

---

76) 명나라 수군의 도독으로 중국 광동성 출신이다. 정유재란 때 조선으로 파견되어 이순신 장군과 함께 싸운 인물로 유명하다.

후손도 이주 초창기에는 현지인과의 혼인을 통한 다문화 가정을 이루었다. 세대를 거듭함에 따라 순수한 한국인의 혈통이 된 것이다. 이제 와서 그들 스스로가 중국인이라고 말하지 않는다. 한국인들도 그들의 후손을 중국인이라 여기지 않는다. 1992년 한중외교 수립 이후, 국제문화 교류 차원에서 양국兩國의 진린 장군 후예後裔 단체가 정기적으로 왕래할 뿐이다.

1990년대 이후 한국 경제가 급속하게 발전하였다. 경제가 발전함에 따라 산업 인구가 필요해졌다. 외국인의 유입이 기하급수적으로 증가하여 현지인과의 혼인율이 높아졌다. 서로 다른 문화와 언어적 배경을 가진 가정이 늘어났다. 유관 부처에서 다문화 가정의 다양한 정책과 여러 가지 지원 사업을 지속적으로 펼치고 있다. 하지만 아직은 그들을 향한 뭇사람들의 시선이 곱지만은 않다.

경기도 안산의 다문화 강사와
함께한 필자(가운데)(2023년)

---

77) 진린의 아들 진구경(陳九經)은 청나라 군사와 싸우다 전사했다. 명나라가 멸망하게 되자 진구경의 아들 진영소(陳泳溸)가 식솔을 데리고 조선으로 귀화하였다. 그 후 광동을 본관으로 정하였고, 진린을 시조로 모시는 광동 진씨가 한반도에 뿌리를 내렸다. 전라남도 해남에 정착한 진씨의 집성촌을 '황조리'라 부른다. 그곳에 진린을 모시는 '황조별묘(黃朝別廟)'라는 사당이 남아 있다. 2013년 3월에 한국의 후손이 중국 광동성으로 건너가서 중국의 후손과 함께 제례를 올리는 행사를 가졌다.

1945년 해방 이후부터 1992년 한중외교 수립 전까지 재한화교가 대한민국에서 가장 큰 외국인 집단이었다. 그들은 당국에서 제정한 온갖 차별 정책 때문에 자유롭지 못하였다. 당시에 형성된 적대감이 한국인들의 머릿속에 지금껏 남아 있는 것처럼 보인다. 여기에서 파생된 무의식적인 편견이 오늘날까지 이어져 쉽게 바뀌지 않는다. 게다가 다문화 가정이라는 그 이유 하나 때문에 경제적으로 여유가 없을 것이라고 생각한다.

'양덕의(楊德義, 1968년 제주 출생)' 제주도 화교협회장은 대만 당국의 국적을 유지하고 있다. 그의 아들은 오래전에 한국 국적을 취득하였다. 한국의 공립학교에서 초·중·고등학교의 12년 과정을 마쳤다. 그는 학창 시절 내내 부친이 재화화교라는 사실을 알리지 않았다고 한다. 한국인들은 중국이나 동남아 등지의 다문화 가정을 달가워하지 않는다. 미주 지역이나 유럽 등지의 배우자와 혼인으로 이루어진 다문화 가정을 높이 평가한다.

전 세계 어느 나라든 동서고금을 막론하고 다문화는 존재하였다. 지금도 끊임없이 지속되고 있다. 어느 누구든 남의 나라에서 오래 살다 보면 그 나라의 국민으로 동화될 수밖에 없다. 우선은 다문화 가정을 바라보는 우리들의 부정적인 시각부터 바로 잡아야 한다. 그들을 대하는 잘못된 의식부터 개선해야 옳다. 우리 모두가 다문화 가정의 후손일 수도 있다는 것을 잊지 말아야 할 것이다.

후회하지 않는 삶

– 가족의 관심과 사랑은 커다란 힘이다

"위메이링于梅玲, 정말 아깝다!"

"교수가 되고도 남았을 텐데…."

오늘도 함금자 교수님은 나의 이름을 중국어로 부르시면서 이런 말씀을 하신다.

본시 그분은 중국의 조선족 동포 출신이다. 나와 교수님과의 인연은 지금으로부터 28년 전쯤으로 거슬러 올라간다. 당시 나는 심양의 동북대학교에서 중국어를 배우고 있었다. 원래 그분은 그 학교에서 물리학을 가르치는 부교수였다. 그녀는 한국어와 중국어를 자유자재로 구사할 수 있어서 동시통역이 가능하였다.[78] 그러한 이유로 한국인 유학생들의 편의를

---

78) 황장엽 주체 사상 창시자가 북한을 탈출하여 한국으로 망명하기 바로 직전에 동북대학교에 출장차 다니러 왔었다. 그때 함금자 교수님이 통역을 담당하셨다. 1995년 필자가 심양에 체류할 때, 북한에서 온 국비유학생들의 행정 업무를 맡았고, 학교 관계자가 북한으로 출장 갈 때는 통역을 맡아 동행하곤 하였다.

위해 중국어 강사를 겸직하고 있었다.

그 무렵 동북대학교엔, 한국의 여러 대학교와 기관에서 찾아오는 그룹 형태의 연수생이 많았다. 그들은 4~8주 정도 체류하면서 중국어를 배웠고 중국문화를 익혔다. 그 교수님은 그 분야의 최고 책임자이자 통솔자로 활동하고 있었다. 그런 그녀가 무슨 행사가 있을 때마다 나를 찾아왔다.

1995년 그 당시, 중국의 여자 가수 쑨위에孫悅[79]가 부르는 쭈니핑안祝你平安이라는 대중가요가 대륙 전체를 뜨겁게 달구고 있었다. 그 교수님은 나에게 그 노래의 가사를 한국어로 번역하라는 지시를 내렸다. 그리고는,

"내가 뒤에 앉아 있을 테니까 네가 가르쳐 봐라!"

라고 말씀하셨다.

단기 언어 연수생들에게 그 노랫말의 내용을 음미시켜 주라는 임무를 맡겼던 것이었다. 그들이 외출을 나갈 때면 길 안내를 맡아 달라는 부탁도 하였다. 어디 그뿐이랴! 나의 고질병인 '만성 기관지 염증'이 재발하자 병원 진찰을 받을 수 있도록 온갖 지원을 아끼지 않았다. 돌이켜 보면 그 교수님은 나에게 특별한 호감과 관심을 갖고 있었다.

나는 그 학교의 학부 과정에 진학하고 싶었다. 교수님도 내심 바라고 계셨다. 그러나 스스로 벌어 놓은 돈이 없었다. 그나마 있는 돈마저 언어 연수 비용으로 전부 소진하여 빈털터리였다. 하지만 그때의 중국 물가는 지금과 비교되지 않을 정도로 저렴했다.

---

[79] 1972년 흑룡강성 하얼빈시에서 출생한 중국 본토 출신의 여자 가수이자 배우이다. KBS 열린 음악회의 한중 가요제에 출연한 적이 있다.

때마침 작은 언니가 대만 현지에서 학부 과정을 마쳤다. 당국의 국적기 항공사의 승무원으로 활동하고 있었다. 우리 집안의 경제적 상황으로 봤을 때, 나는 얼마든지 중국에서 유학 생활을 영위할 수 있었다. 그러나 찬밥 덩이마냥 가족들로부터 철저하게 외면을 당하고 말았다.

당시 나의 어머니는 근거가 애매한 꿈과 희망에 젖어 있었다. 작은 언니의 게으른 성품이 나의 고모님과 닮았다고 늘 말씀하셨다. 그녀가 나의 고모님처럼 큰 부잣집의 사모님이 될 것이라 굳게 믿으셨다. 그리되려면 온갖 정성을 들여야 한다고 항상 강조하셨다. 작은 언니가 원하는 것은 무엇이든 해 주고 싶어 하셨다. 그녀 또한 바라는 것이 많았다. 우리 가족이 살았던 지방의 소도시에서 서울의 일류 백화점을 돌아다니는 수고스러움과 번거로움을 마다하지 않고 고가의 물건을 사러 다녔다. 정작 당신은 단 한 번도 용돈을 받아 사용해 본 적도 없고, 맛있는 것을 얻어먹어 본 적도 없었다. 되레 은행에 예금된 얼마 안 되는 우리 집안의 쌈짓돈이 달러로 환전되었다. 곧바로 작은 언니의 손아귀로 넘어갔다.

1990년대 초반 무렵 '아들과 딸'이라는 주말드라마가 MBC방송국을 통해 64부작으로 방영되었다. 나의 어머니는 그 드라마에 등장하는 작중 어머니와 비슷한 행동을 마다하지 않으셨다. 나는 집안의 재물이 자꾸만 빠져나가니까 속상하였다. 조금 자제하시라고 말씀드리면,

"내 돈 내 맘대로 쓰겠다는데…!"

"왜 네가 참견해!"

라는 핀잔만 되돌아왔다.

나만 인정머리 없는 사람으로 취급당할 뿐이었다. 어머니의 허황된 굿판에 뛰어든 신들린 춤은 멈추지 않았다.

그 무렵, 나는 가끔씩 1995년 그해의 심양에서 같이 공부했던 한국인 유학생들과 만남을 가졌다. 그들은 항상 입을 모아,

"너는 중국에 남았더라면 '함' 교수님의 인맥으로 교사가 되었을 거야…!"

"중국은행에 다니는 사람이랑 결혼도 하고…!"

라면서 자기네들은 차마 가질 수 없는 것을 너무나도 쉽게 얻을 수 있는 기회를 놓친 나를 향해 안타까움을 쏟아냈다. 하지만 어쩌랴! 지나간 시간은 되돌아오지 않고 자꾸만 생각하면 가슴만 아픈 것을…. 나는 겸손하게 처신하느라 일언—글의 대꾸도 하지 않았다. 하지만 내가 생각해 봐도 맞는 말이었다.

인생을 살아가면서 부모 형제, 혹은 배우자와 자녀들의 관심과 사랑만큼 소중한 것은 없다. 가족은 내가 어렵고 힘이 들 때 든든한 기둥이 되어 준다. 몸과 마음이 지쳐 있을 때 따뜻한 아랫목과도 같은 포근함을 가져다준다. 예부터 선조들은 자녀가 혼기에 차면 적당한 배우자를 찾아 가정을 이룰 수 있도록 물심양면으로 심혈을 기울였다. 어른들은 인생을 살아오면서 터득한 생활 속의 풍부한 경험과 지혜를 지녔기 때문이었다.

어느 대중 가수는 무대에서 노래 부르는 것이 너무나 힘들었다고 한다. 여러 번 포기하고 싶었지만 "가족의 힘이 있어서 극복할 수 있었다."라

고 솔직한 심정을 털어놓았다. 가족들의 물질적인 도움과 원조가 아니라도 상관없다. 따뜻한 격려와 위로가 섞인 한마디의 말이 소중한 것이다.

훗날 사회생활을 하면서 만나게 되는 지식인들조차도,

"왜 기회를 잡지 못했냐?"

라며 의아해했다. 하지만 나는 단 한 차례도 우리 집안의 답답한 사정과 가슴 아픈 개인적인 상황과 심정을 발설하지 않았다. 우리 어머니는 10년이 넘는 세월 동안 작은 언니에게 온갖 정성을 들였다. 그녀는 시집은커녕 항공사 계약직 기장에게 거액을 사기당하고 말았다. 그 사실이 알려졌을 때 우리 어머니는 후회의 눈물을 뚝뚝 흘리시면서 대성통곡하셨다. 그날 나는 또 하나의 충격적인 사실을 알았다. 우리 가족이 거주하는 집의 규모를 줄여가면서 작은 언니의 유학비용을 대주었다는….

하루는 어머니께서 나의 거처로 찾아오셔서는,

"중국에서 공부하게끔 밀어줬어야 했는데…."

"그랬다면 지금쯤 잘 되었겠지…."

라고 말씀하시며 너무나도 애통해하던 그 모습이 눈에 선하여 지금도 잊을 수가 없다. 우리 어머니도 나의 뒷바라지를 해 주어야 한다는 것을 익히 알고 있었다. 하지만 내가 학위를 마치고 사회생활을 시작하려면 많은 시간이 필요했다. 여기에 부담을 느끼셨던 것 같다.

작은 언니는 나와는 전혀 다른 성격을 지녔다. 그녀는 잘 놀고 잘 먹고 화려하게 사는 것을 좋아했다. 해마다 여러 명의 항공사 승무원들과 한국 여행을 다니러 왔었다. 그들은 줄곧 우리 집을 숙소로 사용하였다. 우리 어머니에게 그 많은 제주도 여행 경비를 떠넘긴 적도 있었다. 아울러 그들은 인삼과도 같은 고가의 한국 특산품을 좋아하였다. 그것을 늘 우리 어머니의 돈으로 구입했고, 고맙다는 말 한마디 없이 한국을 방문한 기념 선물로 가져갔다. "지나친 것은 모자라는 것만 못하다."라는 옛말이 있다. 나의 어머니는 활활 타오르는 용광로에다 기름을 쏟아부은 것이나 마찬가지였다.

대만 당국은 1992년 한중외교 수립 전까지 해외화교들에게 특별우대 정책을 시행하였다. 대만 현지의 대학교에 입학하는 해외화교 출신 학생들에게 당국의 호적과 신분증을 취득할 기회를 부여했다.[80] 현지에서 학업이나 경제 활동을 하지 않아도 동반 가족으로 등재할 수 있었다. 학부 과정을 마친 후 공직이나 교직, 혹은 항공사와 은행과도 같은 대형 기관에 지원할 시時에는 가점加點을 주었다. 당시만 해도 외국어를 자유자재로 구사할 수 있는 젊은이가 드물었다. 한국화교는 기본적으로 두 개 언어가 가능하여 호텔, 여행사, 항공사에 취업하기가 수월했다. 작은 언니의 외모는 그저 그랬지만 이 제도 덕분에 대만 당국 국적기의 승무원이 될 수 있었다.[81]

본시 나의 고모님은 뛰어난 미모의 소유자였다. 부지런하고 똑똑하며 손재주가 뛰어난 재원이었다. '아편 중독'으로 죽음에 임박해지자 신체의

---

80) 중국 대륙을 견제할 목적으로 시행한 하나의 제도였다.
81) 용모가 받쳐주는 재한화교 출신자는 대한항공과 아시아나 항공으로 채용되었다. 나의 작은 언니는 생김새 때문에 콤플렉스가 심했는지 성형 수술을 여러 차례 받았다.

움직임이 둔해졌을 뿐이었다. 당시 나의 어머니는 자세한 내막을 헤아리지 못하였다. 당신의 시선에만 나의 고모님이 게을러 보였던 것이었다. 설령 게으르다 하더라도 고모님의 인생과 작은 언니의 인생은 완전한 별개의 문제이다. 차라리 나로 하여금 학업을 지속할 수 있도록 배려해 주었어야 옳았다. 그랬다면 뭇사람들의 말처럼 교직으로 진출하지 않았을까 싶다. 차라리 작은 언니가 나의 후광을 받아 '번듯한 집안으로 출가하지 않았을까!'라는 아쉬움이 남는다.

나는 이제 와서 어느 누구도 원망하지 않는다. 나름 새로운 삶을 개척하면서 살아왔기에 후회도 하지 않는다. 만약 내가 중국에 남아 학업을 이어갔다면 어찌 되었을까?

그 당시 이미 나는 조건만 갖춰지면 언제든지 재발이 가능한 '만성 호흡기 질환'을 심하게 앓고 있었다. 공부에 열중하다 체력이 소모되면 자꾸만 발병할 가능성이 높았다. 이러한 상황이 반복되다 보면 다시는 정상적인 생활을 영위할 수 없는 시한폭탄을 안고 있었다. 설령 결혼을 했다손 치더라도 약물 과다 복용으로 임신과 출산에 문제가 많았을 것이다.

오늘도 함금자 교수님과 안부를 주고받았다. '위메이링, 정말 아깝다!'라는 말씀을 또 남기셨다. 정작 나는 아무렇지도 않다. 오랜 세월 알고 지내온 지인들이 안타까움을 표시해서 내가 더 안타깝게 느껴진다. 어쨌든 그 사람이 제아무리 똑똑해도 가족 구성원의 관심과 사랑 없이는 발전할 가능성이 적다는 것만큼은 확실하다. 우리들은 모든 일을 대할 때 과유불급過猶不及을 명심해야 할 것이다.

그 나라의 공교육이 그들에게는
가장 훌륭한 교육 방식이다

2020년 12월, 나는 석사 학위 논문을 쓰기 위해 설문 조사를 실시하였다. 경기도 소재 어느 화교소학교의 전체 학부모가 설문지의 주요 대상이었다. 나는 모두 20개의 질문 사항을 만들었다. 그중의 19개 문항은 네 개의 항목 중에서 가장 알맞은 것을 선택하는 사지선다四枝選多 형식이었다. 마지막 1개 문항은 '학교에 바라는 것이 있으면 간단하게 적어 주세요'라는 서술식의 문형이었다.

그런데 대부분의 학부모가 아이들의 숙제를 줄여 달라는 의견을 제시하였다. 강제로 외우게 하는 주입식 교육 방식을 개선해 달라고 부탁하였다. 창의력과 사고력 중심의 교육 방식을 채택해 달라는 요구사항이 가장 많은 비중을 차지하였다.

몇 해 전, 어느 예비 학부형이 나를 찾아왔던 기억이 떠올랐다. 그녀는 주입식 위주의 공교육이 마음에 들지 않는다고 토로하였다. 자녀를 화교소학교에 보내고 싶어 하는 눈치였다. 나는 그녀에게 나의 개인적인 생각을 말해 주었다.

"아이가 한국인이니까 한국 교육부에서 제정한 공교육을 받아야 합니다!"

"우리가 일평생 배워야 할 모든 기본적인 지식은 학교 교육과 교사들의 가르침을 통해 습득하고 배워나가는 것입니다!"라는….

그녀는 중국어 때문에 그렇다고 은근히 속내를 드러냈다. 일설에 따르면 경제적으로 넉넉한 가정의 자녀는 사립형 초등학교에 입학하는 경우가 많다고 한다. 일부의 가정은 그들의 자녀를 외국인학교, 혹은 국제학교로 보낸다고 한다. 어떤 가정은 일찌감치 어린 자녀를 글로벌 인재로 양성하기 위한 목적으로 조기 유학을 선택한다고 한다.

사전적 의미의 주입식 교육은 학생의 흥미와 이해 등을 고려하지 않는 교육 방법이다. 암기와 기억을 위주로 하는 교과서 중심의 수업 방식을 의미한다. 그런데 우리가 달달달 외웠던 구구단, 이차 방정식 등과 관련된 수학 공식, 영어단어와 문법, 국어 시간에 자주 언급하던 팔품사와 육하원칙六何原則도 암기를 반복하면서 머릿속에 영원히 저장된 것이었다. 수학 문제도 암기한 공식을 이용하여 풀었다. 평상시 우리가 물건을 구입할 때 구구단 외운 것과 덧셈·뺄셈을 활용한다. 돈을 지불하고 거스름돈을 돌려받는다. 그러므로 어떤 과목이든 암기하면 나의 것이 된다. 나의 것이 되면 응용할 수 있는 능력이 생기는 것이다.

우리는 한글을 자유자재로 읽고 표기한다. 임의대로 문장을 만들 수 있는 능력을 지녔다. 이 또한 주입식 교육의 결과물이다. 'ㄱ, ㄴ, ㄷ, ㄹ…'

의 자음과, 'ㅏ, ㅑ, ㅓ, ㅕ…'의 모음을 조합하여 하나의 글자를 만드는 과정을 익혔다. 최소 자립 형태의 단어를 암기하였다. 1978년 내가 초등학교 1학년 시절, 국어 수업 시간에 받아쓰기 테스트를 무던히도 했었다. 초등학교 3·4학년 때는 국어 교과서 속의 새로운 단어를 찾아 뜻풀이를 해 오라는 과제물이 주어졌다. 담임 선생님께서 우리들의 어휘력과 이해력을 증진시켜 주기 위해 지속적으로 훈련을 시킨 것이었다. 돌이켜 보니 문장을 읽고 정확하게 이해할 수 있는 능력을 배양하기 위한 일련의 기초 과정이었다.

나와 비슷한 연령대는 사극 드라마를 보면서 성장하였다. 텔레비전 속의 양반집 자제가 천자문을 외우는 장면과 자주 접할 수 있었다. 그들은 어려서부터 어려운 한자를 한 글자씩 배웠다. 소리 내어 읽는 과정을 반복하면서 문장 전체를 암송하였다. 그러한 과정을 되풀이하면서 그 속에 담긴 정확한 뜻을 이해하고 스스로 터득하였다. 우리의 부모 형제도 암기와 기억 위주로 공부하는 과정을 거쳤다. 그럼에도 주입식 교육의 진정한 의미를 파악하지 못하는 것처럼 보인다. 자꾸만 공교육의 단점만을 들추어내려 한다.

내가 중국에서 언어 연수에 참가할 때도, 매일 같이 새로운 단어가 책 속에서 쏟아져 나왔다. 그 단어들을 연속적으로 쉬지 않고 줄기차게 외웠다. 우리는 하루도 거르지 않고 받아쓰기 시험을 치렀다. 오늘 100점을 받았다 해도 며칠 지나면 잊어버리기 일쑤였다. 또다시 외우는 과정을 몇 차례에 걸쳐 반복하였다. 그러다 보니 완전한 내 것이 되었다. 그 후로 5, 6

년이 흘렀는데도 읽고 쓰는 데 큰 지장을 느끼지 못한다. 중국인과 대화를 나눌 때 적절한 단어를 스스럼없이 사용한다.

중국에서 석사 과정을 공부하면서 공교육의 중요성을 깨달았다. 전 세계 어느 나라든 학문의 기본적인 원리는 똑같다. 유학 생활에 적응을 잘하려면 중·고등학교 교육 과정을 정상적으로 이수해야 한다. 고등학교 수업 내용과 교과 과정이 가장 중요하다. 이를 위해서는 중학교 과정과 초등학교 고학년 수준의 학습 내용이 선행되어야 한다. 어려서부터 다양한 방면에 지속적으로 관심을 가져야 한다는 것이다.

지금은 초등학교에서 월말고사와 기말고사를 시행하지 않는다. 그렇다고 공부를 하지 말라는 뜻이 아니다. 교사와 학부모의 관심과 지도를 받으면서 구체적인 목표와 꿈을 가져야 한다. 자율적인 학습을 통해 스스로의 관심과 흥미를 찾아내야 한다. 나이가 어려서는 시간이 더디게 지나가고 하루가 길게 느껴진다. 초등학교 시절의 이러한 시기를 최대한 활용해야 할 필요성이 있다.

그 예비 학부형은 자녀를 데리고 태국의 치앙마이로 출국하였다. 그녀의 아이는 국제학교에서 초등교육을 받고 있다. 그녀는 거기에만 가면 아이가 공부의 압박에서 벗어날 수 있을 것이라 여겼다. 그런데 그곳에서 처음 받은 학교 교육은 '주어진 텍스트를 전부 외우는 것'이라고 한다. 우리의 초등학교 1학년 때처럼 매일 같이 받아쓰기가 이루어진다고 한다. 자녀가 그 나라의 언어에 아직은 익숙하지 않아 혼자 공부하기에 너무나 버겁다고 호소한다. 딸아이의 학습 지도 때문에 극심한 스트레스에 시달리고 있었다. 그녀는 주입식 위주의 공교육이 싫어서 학령기 자녀를 외국으로 보냈다. 정작 더 혹독한 주입식 교육에 매달리고 있는 사례라 하지 않을 수 없다.

나이 어린 자녀들은 학교를 선택할 권리가 없다. 부모의 의지에 따라 수업료가 비싼 사립형 학교로 보내진다. 화교학교와 비슷한 형태의 외국인학교, 혹은 국제학교에 입학한다. 요즘에는 부모를 따라 중국에서 거주하다가 중도 입국하는 학생이 늘어나는 추세이다. 교육부에서 학생들의 적응력을 고려하여 외국인학교나 국제학교로 입학할 수 있는 제도를 만들었다. 그러나 아쉽게도 자녀의 적응력은 뒷전이다. 대부분의 학부모는, 자녀가 일반 공립학교에서 공부하면 외국어 실력이 저하된다고 생각한다. 비싼 수업료를 지불해서라도 외국인학교나 국제학교로 편입시키려 한다.

사실 외국어 한 과목이 전체 학업 성적에 특별한 영향을 부여하지 않는다. 우선은 한국어로 표기된 각종 정보와 지식을 받아들이고 소화시켜야 한다. 최종적으로 자신의 생각과 배경 지식을 분석하고 새로운 생각으로 종합해야 한다. 그런 다음 말과 글로 표현할 수 있는 능력을 배양해야 한다. 전·현직 교사들에 따르면, 국어 성적이 우수한 학생일수록 다른 과목의 성적이 뛰어나다고 한다. 자국의 언어를 올바르게 이해할 수 있는 능력과 자질이 기둥처럼 받쳐 주어야 한다는 뜻이다.

전 세계 어느 나라든 그 나라 정부에선 자신들의 사회에 알맞은 인재를 양성하기 위해 부단히 노력한다. 막대한 자금을 투입하여 가장 훌륭한 방식의 공교육을 끊임없이 연구하고 개발한다. 어떤 종류의 공부나 학문이든 암기와 기억 위주의 기본적인 토대를 먼저 완성해야 한다. 그런 다음 그 배경 지식을 응용하고 적용시켜야 창의성과 사고 능력이 형성되는 것이다. 내가 설문 조사를 실시한 그 화교소학교에서 많은 숙제를 내주었던 것도, 강제로 외우게 하는 수업 방법을 선택한 것도, 그러한 이유에서였다.

다문화 가정의 자녀가
많이 다니는 학교를 외면하지 마라

　　나는 한국인 어머니와 중국인 아버지 사이에서 출생하였다. 오늘날 흔히 말하는 다문화 가정의 자녀이다. 지금의 다문화 가정의 대부분은 모친이 결혼 이주여성이고 부친이 한국인이다. 부계 혈통주의 관점으로 바라본다면 전형적인 한국인 가정이다. 그런데 적지 않은 학부모가 다문화 가정의 자녀가 많은 학교를 선호하지 않는 것 같다.

　　1953년 한국 전쟁 휴전 전후까지 한국 영토로 이주한 선대 재한화교 어르신들은 전국 각지에다 화교학교를 세웠다. 자녀들에게 장거리 통학의 불편함을 덜어 주고자 학교 안에다 기숙사 시설을 갖추었다. 학령기 아동 숫자가 적은 시골 읍내에도 소규모의 소학교를 합반 형태로 운영할 정도였다. 그렇게 해서라도 중국인의 민족 정체성을 유지하고 싶어 했다.
　　오늘날의 재한화교 가정의 부모, 일반 다문화 가정의 부모, 외국에서 이주한 중도 입국 가정의 부모가 공립학교를 선호한다. 한국의 공교육은 국제 사회의 변화와 시대적인 역량에 뒤떨어지지 않는다. 학비를 납부할 필요가 없고, 집과 근거리라서 등하교가 편리하다. 교육 환경과 학교 시설이 우수하고 교사들의 인품과 자질이 훌륭하다.

사전적 의미의 다문화 가정은 세 가지 유형으로 구분할 수 있다. 외국인 배우자와 혼인으로 이루어진 가정과 그들의 자녀. 혼인이든 아니든 외국에서 입국한 1인 이상의 근로자로 형성된 가정과 그들의 자녀. 북한 이탈 주민으로 구성된 새터민 가정과 그들의 자녀이다. 가족 구성원 중에 한 사람이라도 상기의 조건을 갖추었다면 다문화 가정에 속한다.

오늘날의 지구촌은 세계가 하나의 마을처럼 가까워졌다. 세종대왕은 모든 백성이 문맹에서 벗어날 수 있도록 훈민정음을 창제하였다. 우리는 한국어로 말을 하고 한글로 표기하면서 각자의 생각을 전달하고 서로의 의견을 주고받는다. 그렇지만 한국어는 세계 공용 언어가 아니다. 언어의 장벽을 해소하기 위해 다른 나라의 말과 글을 익히기도 한다.

지금은 유치원이나 초등학교 때부터 영어와 중국어를 배우기 시작한다. 학령기의 청소년들이 외국에서 사업을 하거나 주재원으로 파견 나가는 부모를 따라 출국하는 사례가 빈번하다. 그들은 해외에서 생활하면서 현지의 언어를 배우고 문화를 익힌다. 그렇다고 대한민국의 모든 학생이 이러한 혜택을 누리는 것은 아니다. 우리들의 주변에 다문화 배경을 지닌 이웃이나 친구가 있다고 가정하자. 물질적인 자원과 시간을 적게 들이면서 그 나라의 언어와 문화를 접할 수 있는 기회가 주어진다.

박승준 인천대학교 교수는 1993년도에 『중국이 재미있다』라는 저서를 발간하였다. 그 시절의 나는 그 책을 통해 중국의 상황을 들여다보았다. 그는 학창 시절 때부터 세계지도 속의 광활한 중국 영토에 호기심을 갖고 있었다. 서울대학교에서 중어중문학을 전공했고, 졸업 직후 조선일보에 취재 기자로 입사했다. 1992년 한중외교 수립 전부터 홍콩과 북경에 특파원으로 파견되었다. 젊어서 늘 꿈꾸어 오던 그 넓디넓은 땅을 몸소 누볐다. 변화하는 중국의 곳곳을 다니면서 취재할 기회를 가졌다.

이정희 인천대학교 교수는 출장차 중국을 방문했다가 나와 만났다. 그는 학부와 대학원에서 경제학을 전공하였다. 졸업 후 지방 신문사의 기자로 입사한 후 재한화교와 관련된 취재를 맡았다. 전 세계 화교에 대한 호기심 때문에 일본 유학을 결심했고, 장학금으로 공부하면서 박사 학위를 취득했다. 지금은 대한민국에서 몇 안 되는 화교문제 연구 방면의 권위자로 활동한다.

어느 40대의 한국인 남성은, 현재 중국 산동성 '청도青島시'에서 거주한다. 그는 시간이 나면 동영상을 제작하여 유튜브 채널에 올린다. 그의 어린 시절, 부친의 지인 중에 재한한화교가 있었다고 한다. 선친을 따라 그 화교가 운영하는 중화요리 전문점에 자주 다녔다. 짜장면과 탕수육을 먹으면서 귀동냥으로 중국어를 익혔다. 그 또한 대학교에서 중어중문학을 전공했고, 졸업 후에 중국 관련 업체에 취직이 되어 주재원으로 파견되었다. 현지에서 중국인 여성과 결혼하여 단란한 가정을 이루었다.

우리 학급에 다문화 배경을 지닌 학우가 있을 수 있다. 그 친구는 내가 알지 못하는 세상에 대한 이해도가 높다. 설령 그의 문화적 배경이 동남아 지역의 어느 구석진 곳이라도 상관없다. 1992년 한중외교 수립 이전에는 중국어가 큰 관심을 받지 못하였다. 적지 않은 그 시절의 학생들이 학력고사 점수에 맞추어 중어중문학과를 선택하던 시절이었다. 훗날 그들에게 중국으로 파견되는 기회가 주어졌다. 교육학을 이수한 전공자가 다른 업종에 종사하다가 국·공립 교육기관의 중국어 교사로 임용되기도 하였다.

어느 여대생은 어려서 부모를 따라 중국의 조그마한 도시에서 유년 시절을 보냈다. 그녀는 기본적인 언어와 글자를 터득하지 못한 채 한족 초등학교에 입학하였다. 극심한 언어 장애로 중국인 친구들과 어울리지 못했고, 교사의 수업 내용을 알아들을 수조차 없었다. 학교라는 울타리에 흥미를 느끼지 못하여 결석하는 날이 많았다. 간신히 초등학교 6년 동안의 교육 과정을 마쳤다.

그녀는 한국에서 중·고등학교에 다니는 동안 중국에서의 추억이 문득문득 떠올랐다. 틈만 나면 중국인들을 찾아다니면서 대화를 나누었다. 관련된 서적을 탐독하면서 시사 프로그램에 눈을 돌렸다. 지금은 중국인으로 착각할 정도의 우수한 한어 실력을 갖추었다. 그녀는 동시 통역사가 장래 희망이라는 포부를 밝혔다. 그녀의 초등학교 시절은 고통의 연속이었다. 하지만 그러한 고통을 참고 이겨 냈기에, 고통을 기회로 여겼기에, 오늘날의 그녀가 있는 것이다.

교사들에 따르면, 다문화 가정의 자녀가 많은 학교에서 근무하는 것이 녹록지 않다고 한다. 과도한 업무량, 문화의 차이에서 발생하는 오해와 분쟁, 학생들 사이의 장벽과 왕따, 중도 입국한 대부분의 학생은 한국어 실력이 많이 부족하다. 교사와 학생 사이의 의사소통이 원활하게 이루어지지 않는다. 언어가 충족된다 해도 학업 수행 능력이 떨어진다. 부모의 한국어가 서툴고 경제적으로 넉넉지 않으면 자녀를 제대로 돌봐 주지 못한다.

어느 20대 후반의 여교사가 다문화 중점 초등학교로 발령을 받았다. 그녀는 같은 반 친구들끼리의 화합과 이해가 가장 중요하다고 생각하였다. 여러 가지를 고민하다가 좋은 방법을 찾아냈다. 먼 훗날 우리 학교 학생들이 전 세계 곳곳으로 진출할 가능성이 높다는 생각이 들었다. 그녀는 신학기가 시작되면 모든 학생에게 사인을 하나씩 받아둔다. 이다음에 훌륭한 사람이 되면 선생님을 기억해 달라는 당부의 말도 잊지 않는다. 교사의 이러한 사소한 행동이 나이 어린 학생들에게 꿈과 희망과 자부심을 심어 주는 것이다. 참으로 훌륭한 인품을 갖춘 교육자라 하지 않을 수 없다.

오늘날을 살아가는 우리는 다문화 가정의 자녀와 이웃에게 호기심과 관심을 가져야 한다. 그들에 대한 인식 개선은 학교 교육에서 뿐만이 아니다. 일반 가정에서도 필수 항목이 되어야 한다. 그렇게 된다면 먼 훗날 보다 더 좋은 기회를 제공 받는 기회가 만들어질 것이다.

아주 큰 사랑

그동안 'J' 군은 나의 고모부님을 미워하면서 살아왔다.

"어떻게 어린 자식을 홀로 남겨두고 중국의 고향 집으로 되돌아갈 수 있었느냐?"라고 들먹이면서….

성인이 되어서도 호적상의 아버지를 원망하였다. 친모가 진실을 밝히지 않고 이 세상을 떠나가서 더욱 그러하다. 하지만 어느 누구든 정확한 내막을 알고 나면 'J' 군은 큰 은혜를 입은 것이라 생각한다. 나의 고모부님은 이 세상에서 아주 큰 사랑을 베풀고 인생을 마감하신 분이라 여기지 않을 수 없다.

나의 고모부님의 유일한 혈육은 올해 81세이다. 그의 이름은 왕쩐쟝王镇江이다. 동네 할아버지처럼 후덕한 인상을 지녔다. 현재 산동성 연태烟台시에서 아내와 함께 106세 된 노모를 모시면서 노년을 보내고 있다. 그는 나보다 연배가 훨씬 높다. 그래서 나는 그를 '왕꺼(王哥, wánggē)'[82]라 부른다. 왕꺼 또한 자칫 재한화교가 될 뻔한 사연을 갖고 있다.

중국 연태에서 왕꺼(王哥)와 함께(2014년)

　나의 고모부님의 존함은 왕타이허(王泰和)이다. 젊어서부터 한국과 중국을 오가면서 비단 장사를 하셨다. 왕꺼가 어렸을 때, 이미 전북 정읍에서 가장 큰 규모의 비단 가게(永信商会, 영신상회)를 운영하고 있었다. 경제적으로 넉넉했던 고모부님은 중국에 남아 있는 아내와 아들(당시 8세)을 한국으로 데려오고 싶어 했다. 1949년 9월의 어느 날, 그는 그 꿈을 이루기 위해 중국의 고향 집을 방문한다.[83] 그런데 당국의 '출입국 관리 사무소'[84]에서 '신규 신청자(아내와 아들)'에게 '중화민국中华民国' 여권을 발

---

82) 왕(王)씨 성을 가진 오빠 또는 형이라는 뜻이다.
83) 이와 관련된 자세한 이야기는 2016년도에 발간된 나의 수필집『아버지와 탕후루』의 4장 '왕(王)서방 연서(戀書)'에 실려 있다. 도서출판 범우사에서 발행했고, 2016년 세종도서 문학나눔으로 선정되었다.
84) 하이관(海关,hǎiguān])이라 지칭한다. 당시의 출입국 담당 기관은 지금의 연태(烟台,Yāntái)시 모평(牟平,mùpíng)구에 있었다고 한다.

급해주지 않았다. 어쩔 수 없이 고모부님 혼자만이 혈혈단신孑孑單身 한국으로 재입국하게 된다.

1950년에 한국 전쟁이 터졌고, 1953년에 휴전 협정으로 막을 내렸다. 수많은 재한화교가 중국의 고향 집으로 되돌아가지 못하였다. 한국에 홀로 남겨진 남성들은 새로운 배우자를 만나 가정을 이루었다. 나의 고모부님은 훗날 나의 고모님을 두 번째 부인으로 맞이했다. 그 지역 화교자치구(華僑自治區, 오늘날의 화교협회)의 구장(區長, 오늘날의 화교협회장) 직책도 맡았다. 한동안 행복하고 풍요로운 삶을 누리면서 인근의 재한화교들에게 큰 존경을 받았다. 그렇지만 1968년도에 나의 고모님이 돌아가신 이후부터의 삶은 순조롭지 않았다.

당시엔 '외국인의 부동산 취득과 경제 활동'에 억제 정책이 있었다. 설상가상으로 1970년대에 들어서면서부터 포목점이 하향길을 걸었다. 새로운 아이디어를 창출하거나 다른 업종으로 교체해야 할 필요성이 있었다. 빠르게 변화하는 한국 사회에 적절한 대응을 해야만 했다. 그러나 나의 고모부님은 배우자의 사망 이후 믿고 의지할 곳이 없었다. 백일 때 입양한 수양딸이 있었지만 그녀의 나이가 너무 어렸다. 생계와 관련된 사항을 의논할 수 없었다. 더군다나 나의 고모부님은 평소 재한화교들과 어울렸고 친분이 두터웠다. 그러한 탓에 한국어가 서툴렀고, 그에 대한 정확한 이해도가 많이 부족하였다. 누군가의 구체적인 설명 없이는 행정적인 업무를 처리하기 힘든 상황이었다. 때마침 주변의 소개로 24세 연하의 한국인 여성을 소개받아 새로운 배우자로 맞이했다. 몇 년 후 모든 재산과 점포를 정리하고 세 번째 부인의 친가와 가까운 군산으로 이사하였다. 그

때부터 그녀의 명의로 모든 부동산과 생계와 관련된 법적인 사항을 등록하고 처리하게 된다.

그녀는 집안 살림과 장사에 도통 관심이 없었다. 술과 담배에 찌들어 살았고, 외박이 잦았다. 방탕한 생활이 이어지면서 고모부님의 돈과 재물이 자꾸만 빠져나갔다. 본시 그녀는 아이를 출산하지 못한다는 이유로 첫 결혼에 실패한 상처가 있었다. 그런데 나이 마흔 살에 'J' 군을 출산하고야 말았다. 나의 고모부님은 친자가 아니라는 것을 알았지만 이것을 운명이라 여겼는지 본인의 호적에 올려 주었다. 월세방을 전전하면서도 그 아이를 유치원에 보내 주었고, 수업료가 비싼 화교소학교에 진학시켰다.

나는 20년 전에 최초로 산동성 연태시의 왕꺼 집을 방문한 적이 있다. 그는 선친이 한국에서 가져왔다는 앨범을 나에게 보여 주면서,

"이 다음에 'J' 군이 찾아오거든 '너의 부모가 이렇게 살았다'라고 보여 주거라!"라는 유언을 남겼다고 한다.

왕꺼는 그때까지 그 앨범을 무슨 소중한 보물마냥 고이 간직하고 있었다. 때마침 내가 그 집을 방문하기 바로 직전에 'J' 군이 다녀갔다. 그는 어린 시절의 추억이 가득 담긴 사진을 한 장 한 장 촬영하여 한국으로 가져갔다고 한다.

1983년 나의 고모부님이 중국의 고향 집으로 되돌아갈 무렵, 이미 70을 바라보는 고령이었다. 어느 날 갑자기 병상에 눕기라도 하면 돌봐 줄 사람이 없었다. 미국으로 생활 터전을 옮긴 수양딸이 송금해 주는 돈으

로 근근이 먹고사는 정도라서 몸과 마음이 편하지 않았다. 어차피 죽을 것이라면 고향 집으로 되돌아가서 인생의 여정을 마무리하고 싶었던 것은 아니었을까.

나의 고모부님이 영구 귀국한 이후 'J' 군은 한국 국적을 취득했다. 친모에게 양자로 입양되는 것처럼 서류를 만들었다. 그는 모친의 성을 따서 '강' 씨가 되었고, 나의 고모부님의 호적에서 영원히 지워졌다. 모든 것이 제자리를 찾아갔지만, 나의 고모부님을 향한 미움과 원망은 변하지 않았다. 고모부님의 수양딸이 고민을 거듭하다가 "그분은 너의 친아버지가 아니다!"라고 모든 사실을 털어놓았다. 훗날 나 역시 숨겨진 진실을 왕꺼에게 알려 주었다.

나의 고모부님은 한국에서 풍요로운 삶을 영위하면서도, 경제적으로 어렵고 정신적으로 불행한 생활 속에서도, 중국의 고향 집에 남겨진 혈육을 잊지 못하였다. 일평생 친자식에 대한 미안함과 죄책감 속에서 살았다. 아버지의 부재로 큰 상처를 안고 살아왔을 왕꺼의 마음을 잘 헤아렸다. 'J' 군에게 똑같은 아픔과 상처를 대물림하고 싶어 하지 않았다. 내가 남의 자식에게 잘해야 남도 나의 자식에게 잘한다는 커다란 믿음이 있었다.

중국에 '뤄 예 꾸이 끈(落叶归根, luò yè guī gēn)'이라는 사자성어가 있다. 나뭇잎이 떨어지면 뿌리로 돌아간다는 뜻이다. 사물은 반드시 돌아갈 곳이 있다는 깊은 의미가 담겨 있다. 인간은 결국엔 자기가 태어났거나 성장한 곳으로 되돌아간다고 한다. 나의 고모부님 또한 한국에서 우여곡절을 거듭하다가 자신이 왔던 원래의 자리로 되돌아갔다. 고향 집에서 유일한 혈육과 대면한 이후 그곳에서 인생을 마감하였다.

나의 고모부님은 죽는 날까지 본인의 친자에게조차 'J' 군의 출생에 대한 비밀을 알리지 않았다. 왕꺼의 선친은 마음씨 좋고 훌륭한 인품을 지닌 분임에 틀림없다. 왕꺼 또한 부친의 외모와 마음 씀씀이를 쏙 빼닮았다. 그는 언제든 'J' 군이 찾아오면 친형제 이상으로 따뜻하게 맞이할 것이다. 나의 고모부님이 이 세상에서 아주 큰 사랑을 베풀고 떠나간 것처럼…

짐이 아무리 무거워도 우리는 짊어져야 한다

서울의 명동 상업지구를 거닐었다. '탄탄면(担担面, dàndànmiàn)'
이라는 중국의 면 종류 음식 이름이 시야에 들어왔다. 탄탄의 정확한 중
국어 발음은 '딴딴(担担, dàndàn)'이다. 한국인은 그 간체자의 본체자
를 '담擔'이라 읽는다. '면面'이란 밀가루를 사용하여 만든 음식으로 국수
를 가리킨다. 그런데 중국어 발음으로 표기하지 않고 한자의 독음을 그
대로 사용하였다. 중국 현지의 음식 이름을 한국어와 혼용하여 지어낸
것이다.

이 음식은 청조 말기 무렵, 사천성四川省의 어느 행상인으로부터 유래
되었다. 그는 긴 나무 막대기의 양 끝에다 식자재와 재료를 매달아 한쪽
어깨에다 멜대처럼 메고 다녔다. 이것을 메고 거리 곳곳과 골목을 누비면
서 생계를 위해 국수를 팔았다. 훗날 그 국수에 '딴딴미엔'이라는 이름이
붙었다. '딴딴(担担, dāndàn)'은 '짐을 짊어지다'라는 뜻이다. 이 글자에
는 중국인들의 고단한 삶이 녹아 있다.

나는 1995년 그해의 심양에서 딴딴미엔을 최초로 맛보았다. 그녀는 딴즈를 메고 점심시간이 되면 우리 학교 주변을 돌아다녔다. 내가 다가가서 '딴딴미엔 주세요!'라고 말하면, 어깨에 짊어진 짐을 얼른 내려놓았다. 짐통 윗부분을 덮은 조그마한 솜이불을 걷었다. 그 안에는 오동통하게 잘 익은 면발로 가득하였다. 그녀는 대나무 젓가락을 사용하여 일회용 용기 안에다 먹음직스러워 보이는 면발을 담았다. 그 위에다 두세 숟가락의 쯔마장(芝麻酱, zhīmajiàng)[85]을 올렸고, 하얀색의 설탕을 살짝 뿌렸다. 가느다랗고 길쭉하게 채썬 오이 몇 가닥을 올려 주는 것도 잊지 않았다.

중국인들은 인생의 고단함을 '젠쌍 더 딴즈 헌 쭝(肩上的担子很重, jiānshàng de dānzi hěn zhòng)!이라고 표현한다. '어깨의 짐이 무겁다!'라는 뜻이다. '딴즈(担子, dàn·zi)'는 '짐'을 가리킨다. 비유하자면 저마다의 '책임과 의무'이다. 부모는 자녀를 양육하는 데 있어서 경제적인 어려움에 처한다. '딴즈 헌 쭝(担子很重, 짐이 무겁다)'이라는 현실적인 문제와 부딪힌다. 굳이 돈 때문이 아니더라도 인간이라면 누구나가 인생의 무거운 짐을 저마다 짊어지고 살아간다. 그래서 우리들의 중학교 1학년 윤리 교과서의 첫 장에 '인생은 고난의 연속'이라는 글귀가 실렸는지

---

85) 참깨를 주성분으로 하여 만든 양념장이다. 한국인이 음식을 만들 때 참기름을 첨가하는 것처럼, 중국인도 이 양념을 자주 사용한다. 훠궈를 찍어 먹을 때도 그렇고, 마라탕에도 이 양념이 들어간다. 그런데 한국인은 이 '참깨 양념장'을 '땅콩장'으로 착각한다. 필자가 1995년도에 1년간 심양에서 체류할 때, 동북대학교 북문 큰 대로(三好街, 싼하오졔)변에 현지 조선족 동포가 운영하는 불고기 전문점이 즐비하였다. 숯불에 구운 고기를, '참깨 양념장'에다 간장과 식초, 다진 향차이와 파를 넣어 섞어서 찍어 먹었는데, 지금도 그 맛이 잊혀지지 않는다. **재한화교가 경영하는 중화요리 전문점에서 판매하는 냉면엔 땅콩소스가 첨가된다.

도 모른다.

중국 광저우의 우리 학교 기숙사에서 사감으로 근무하던 두 분의 여성이 있었다. 한 분은 나와 연배가 비슷했고, 한 분은 나보다 연배가 높았다. 나 또한 다른 유학생들과 비교하면 나이가 많았다. 해서인지는 모르겠지만 그녀들은 나와 대화 나누는 것을 좋아했다. 'A' 씨의 아버지는 당대의 지식인이었다. 그의 일가는 1970년대의 문화대혁명 시기에 홍위병의 탄압을 피해 남쪽으로 내려왔다. 그 이후 가족 모두가 북경으로 되돌아가지 못하고 광저우에 정착하게 되었다고 한다. 그녀도 지식인 집안의 아들과 혼인을 맺었다. 그러나 남편이 일평생 경제 활동에 종사하지 않았다. 본인의 적은 수입원과 시아버지의 퇴직연금으로 살아간다면서 삶의 고달픔을 호소하였다.

또 다른 여성 'B' 씨는 베트남 화교 출신이다. 그녀는 1970년대 후반 '중월전쟁(中越戰爭)'[86]이 발발하기 바로 직전에 가족을 따라 중국으로 입국하였다. 당국에서 배정받은 광동성의 어느 차(茶) 재배 농장에서 유년 시절을 보냈다.[87] 훗날 그녀의 오빠가 홍콩을 경유하여 미국으로 건너갔다고 한다. 그때 친정집 가족 구성원 모두가 이민을 떠났다. 하필이면 그때, 그녀의 남편이 병석에 눕게 되어 그녀의 가족만이 덩그마니 중국에 남

---

86) 중월전쟁을 두 개의 개념으로 나눌 수 있다. 광의적인 개념으로는 1979년부터 1989년까지의 근 10년 동안 중국-베트남 국경 지대에서 발생한 군사적인 충돌이다. 협의적인 개념으로는 1979년 2월 17일부터 그해 3월 16일까지의 1개월 동안 중국과 베트남 양국의 국경 지대에서 발발한 전쟁을 가리킨다.

았다. 2021년 1월 신종 코로나바이러스가 전 세계적으로 확산되기 전에, 그녀의 가족이 뒤늦은 이민 길에 올랐다. 얼마 전 그녀와 위챗을 통해 대화를 나누었다. 우리는 서로에게 '런 더 이성 헌 쿠(人的一生很苦, 인간의 일생은 고달프다)!'라는 의미심장한 말을 남겼다.

임기종 어르신은 설악산의 마지막 지게꾼이다. 그가 어렸을 때 부모님이 모두 돌아가셨다. 한동안 남의 집에 얹혀 머슴같이 살았다. 성년이 되자 무거운 짐을 짊어지고 운반하는 지게꾼 일을 선택했다. 그는 장애를 가진 여성과 결혼하였고, 그의 아들 또한 지적 장애자로 태어났다. TV 프로그램에 출연하여 아들 때문에 기부와 봉사를 시작했노라고 진솔하게 고백하였다. 지금은 산장이 많이 폐쇄되어 일감 또한 줄어서 경제적으로 어렵다고 한다. 하지만 언제나 긍정적인 마인드를 잃지 않는, 너그러운 인성의 소유자라는 생각이 들었다.

'지게'는 한국인에게 있어서 전통적인 농기구 중의 하나이다. 곡물을 비롯한 나무, 거름 등등의 물건을 옮길 때 사용하던 도구였다. 손수레가 다니기 어려운 좁다란 농로와 굴곡이 심한 울퉁불퉁한 산길에서 손쉽게 활용되던 기구였다. 사람의 힘으로 물건을 옮겨야 할 시에 널리 이용되었다.

---

87) 1978년 중국 정부가 약 30만 명에 달하는 베트남 난민을 받아들였다. 그들은 대부분이 광서성, 광동성, 해남도 및 운남성 등지의 집단 수용 시설로 보내졌고, 생계를 위한 노동에 참여했다. 학령기의 자녀들은 인근 학교에서 학업을 이어갔다. 그녀의 회고에 의하면, 가족들과 함께 차를 재배하는 농장에서 거주하던 시절에 한국어를 아주 유창하게 구사하는 베트남 난민 신분의 젊은 여성이 있었다고 한다. 흔히 우리가 알고 있는 보트피플은 중월전쟁 시기를 전후로 발생한 난민이다. 물론 시기적 구분에 따라 조금씩 다르겠지만, 일반적으로 베트남에 거주하던 화교가 적지 않은 비중을 차지했다.

한국 전쟁 휴전 이후의 경제 발전기에 서울의 남대문과 동대문 등지의 상업 지구에서 유용하게 사용되기도 하였다. 지게꾼이라는 직업이 대도시에서 왕성한 활동을 하던 시절이었다.

왕메이훙汪美红 여사는 황산산맥 자락의 치윈산荞云山에서 여성 짐꾼으로 활동한 경력을 지녔다. 남편이 일찍 사망하여 어린 세 자녀를 부양하기 위해 이 직업을 선택했다고 한다. 그녀는 무거운 짐이 달린 멜대를 어깨에 메고 20년 동안 그 험한 산길을 오르락내리락하였다. 무거운 짐은 어린 자식들을 위한 책임과 의무였다. 그녀에게 주어진 인생의 고단함이었다. 그녀는 쌍둥이 자녀[88]가 대학교에 진학하면서부터 지역 사회의 주목을 받았다. 지금은 그 산의 중턱에서 작은 찻집을 운영하면서 관광객을 맞이한다. 기자와의 인터뷰를 통해,

"행복은 스스로 노력해서 창조하는 것이다."

"그리고 아주 조금씩 천천히 한 발자국씩 다가온다!"

라는 교훈적인 말을 남겼다.

이 세상 어느 누구의 삶을 들춰 봐도 순조로운 인생의 길은 존재하지 않는다. 고난은 우리를 지치게 만들고 의지력을 저하시킨다. 인생을 포기

[88) 쌍둥이 딸은 안휘성의 의과대학에 진학했고, 쌍둥이 아들은 안휘성의 이공대학에 진학했다. 이를 계기로 그녀의 삶이 지역사회에 알려졌고, 각계각층의 도움을 받아 찻집을 경영하게 되었다고 한다. 지금은 세 자녀가 모두 학업을 마치고 직장에 다닌다. 세 자녀가 좋은 사람을 만나 가정을 이루고, 본인 또한 손주를 안아보는 것이 소망이라고 말한다.

하고 싶다는 생각이 들게끔 한다. 만약 인생의 짐이 존재하지 않는다면 우리의 삶은 어떠하겠는가! 마냥 무미건조하여 아무런 의미가 없을 것만 같다. 나의 짐이 너무 무거우면 잠시 내려놓고 쉬어가도 상관없다. 그러나 버리거나 포기하지 말고 끝까지 짊어져야 한다.

지게는 '작대기'와 짝을 이룬다. 설악산의 마지막 지게꾼 임기종 어르신도 그것을 들고 다녔다. 치원산의 여성 짐꾼 왕메이훙 여사에게도 필수품이었다. 작대기는 무거운 짐을 짊어지고 일어설 때, 그 짐을 메고 한 발짝씩 걸음을 옮길 때, 어깨를 짓눌러오는 무게를 이겨 낼 때, 지팡이처럼 의지하는 작은 도구이다. 중국의 어느 짐꾼은 30년 동안 화산华山[89]에서 짐을 운반하는 직업에 종사하였다. 그는 이 작대기를 멜대의 중심축에다 받쳐 놓고 잠깐 동안의 휴식을 갖는다. 이 일을 갓 시작했을 때는 너무나 힘이 들어 세상을 원망했다고 한다. 그러나 이 직업이 있었기에 아내를 얻었고 집을 지을 수 있었다. 두 자녀를 모두 출가시키고 손주를 안아 본다면서 지금은 마냥 행복해 한다.

나는 명동의 그 음식점 안으로 발걸음을 옮겼다. 탄탄면 한 그릇을 주문하였다. 길거리 음식이 상업화된 탓인지 내가 1995년에 먹었던 것과는 사뭇 달랐다. 면발이 적당한 육수에 담겨 있고 잘게 다져진 고기 고명이 올려 있었다. 나는 오늘 그 음식을 먹으면서 '인생의 짐이 아무리 무거워도 우리는 짊어져야 한다'라는 글귀를 다시 한번 음미해 보았다.

---

89) 중국 역사상의 오대 명산 중의 하나이다. 섬서성(陝西省)의 동부지역인 위남(渭南)시에 위치한다.

중국의 아침 시장

한국의 재래시장은 출근이나 통학으로 교통이 혼잡한 시간대가 지나야 개장한다. 모두가 퇴근한 이후 밤 8~9시 정도에 폐장한다. 중국에는 이른 아침 시간대에 영업이 활발하게 이루어지는 시장이 있다. 영세 상인이 밀집된 거리를 중심으로 펼쳐진다. 출근이나 통학으로 거리가 복잡해지기 전에 서둘러 문을 닫는다. 중국인들은 그 시장을 '자오쓰(早市, zǎoshì)'라 부른다.

나는 시장 구경을 좋아한다. 어딜 가든 그 지역에서 비교적 오래되고 규모가 제법 큰 재래시장을 둘러본다. 딱히 무엇을 구입하려는 특별한 계획은 없다. 그냥 눈으로 보는 것만으로도 즐겁다. 시장을 거닐다 보면 그 지역 사람들의 소박한 삶을 엿볼 수 있다. 일상생활 속의 소소한 이야기와 접할 기회를 갖는다. 가격이 저렴한 소문난 맛집은 한쪽 구석에 숨어 있기 마련이다. 발품을 팔아서라도 그 넓디넓은 공간을 둘러보는 것도 하나의 재미이다.

나는 1995년 그해, 중국 심양의 동북대학교 동문 근처에 있었던 재래시장을 잊을 수 없다. 유동 인구가 많은 거리를 중심으로 자연스럽게 형성된 좌판 형태였다. 조선 시대의 난전亂廛마냥 허가 없이 장사하는 사람들이 많았다. 당시의 중국 경제는 가야 할 길이 멀었다. 물건을 담아주는 비닐 봉투마저 자칫 무게를 이겨 내지 못하고 터졌다. 그래서 나는 장을 볼 때면 자전거를 끌고 길을 나섰다. 자전거 앞부분에 달린 바구니를 장바구니로 활용하기 위해서….

나는 항상 조선족 아주머니가 판매하는 '양배추김치'를 구입하였다. 그녀는 동북 지방의 혹한 추위와 거센 바람 탓에 붉그스름한 양쪽 볼을 심벌마크처럼 지니고 있었다. 그 옆의 한족 아주머니가,

"이(1)콰이(一块, yíkuài), 이(1)콰이 러(一块了, yíkuài le)!"[90]라고 큰 소리로 떠들어대면서 계란을 팔았다. 그녀는 키가 크고 빼빼 마른 체형이었다. 나는 계란을 구입할 때마다 비닐 봉투 한 장만 더 달라고 요구하기 일쑤였다. 그녀는 어김없이,

"계란값도 안 나온다!"

라면서 핀잔을 주었다.

내가 찬거리를 다 마련한 후 자전거 방향을 돌리고 나면, 어김없이 북한 유학생 서너 명의 모습이 시야에 들어왔다. 그들은 저만치서 좌판 이곳

---

90) 한국어로는 "1원, 1원이다!"라고 직역한다. 간단하게 부연 설명을 한다면 '이 물건이 혹은 100원, 혹은 500원, 혹은 1,000원이다'라는 뜻이다. 즉 1,000짜리 백화점마냥 저렴하게 판매하고 있다는 것을 이렇게 표현했다. 지금의 환율로 계산한다면 중국 돈 이(1)콰이가 한국 돈 180~190원 정도이다.

저곳을 기웃거리고 있었다. 나는 가장 가까운 거리에서,

"워 셴 회이취 라(我先回去啦, wǒ xiān huíqù la, 나 먼저 간다)!"

라는 인사말을 남기고 많은 인파로 북적거리는 시장통을 빠져나왔다.

그 당시 불법으로 개설된 그 동문시장이 없었다면, 우리는 어떻게 하루 세 끼를 해결할 수 있었을까? 자전거를 타고 30분 이상을 달려서, 혹은 버스비를 지불하고 먼 곳을 찾아가서 먹거리를 장만하지 않았을까 싶다.

내가 4년 후(1999년) 심양을 다시 찾았을 때, 이미 그 동문시장은 사라지고 없었다. 그 자리에는 현대적 개발의 결과물인 조그마한 상가가 들어서 있었다. 합법적으로 영업을 하던 일부의 소규모 영세 상인만이 그 안에다 조그마한 터를 잡았을 것이라 짐작된다. 그때부터 중국 대도시의 재래시장은 칸막이가 없는 점포 형태로 변하기 시작하였다. 이젠 그 시절의 오래된 재래시장의 풍경이 마냥 그립기만 하다.

만약 한국에서 전통적인 재래시장을 체험하고자 한다면 지방의 5일장으로 발걸음을 옮겨야 할 것이다. 그곳에는 그 지역의 특산물로 가득하다. 평소에는 구경조차 할 수 없는 토속음식을 맛볼 수 있다. 머릿속으로 상상만 해도 입과 마음이 즐거워진다. 중국에서 이러한 호사를 누리고 싶다면 아침 시장으로 달려가야 한다. 북경이나 상해와도 같은 국가급 대도시의 중심가에서는 찾아보기 어렵다. 성省[91]급 내의 주요 도시와 변두리 곳곳에선 지금도 성행한다.

---

91) 한국의 '도(道)'급에 해당하는 행정 명칭이다.

장춘에도 비교적 큰 규모의 아침 시장이 정기적으로 개장되었다. 나는 주말이면 도보로 20분을 걸어서 그곳에 갔었다. 다양한 종류의 과일과 채소가 싱싱하고 저렴하였다. 망고만 하더라도 골드망고, 애플망고, 무지개망고 등등…. 산지에서 직송한 식재료를 구입하려는 소비자들로 인산인해를 이루었다. 어떤 사람은 간단하게 아침 식사를 해결하기 위해 그곳을 찾았다. 아침 식사를 포장하여 집으로 가져가는 사람도 많았다. 얼핏 어수선하고 복잡해 보일 수도 있다. 하지만 나름의 질서와 규칙이 공존하는 장소였다.

중국의 아침 시장은 기분전환이 가능한 곳이다. 발품을 팔아 돌아다니다 보면 몸과 마음이 즐거워진다. 시끌벅적한 공간 속을 거닐다 보면 삶의 활력이 느껴진다. 싱싱하고 저렴한 과일과 채소를 장바구니에 가득 담아 집으로 가져가고 싶어진다. 그 식재료로 다양한 요리를 만들고 싶다는 충동이 마구 일어난다. 인간의 가장 기본적인 욕구 중의 하나인 식욕을 해결하고픈 욕망이 솟구친다.

아침 시장에는 간단하고 저렴하게 먹을 수 있는 군것질거리가 많다. 음식을 만드는 과정이 생방송처럼 펼쳐진다. 눈이 호사를 누리지 않을 수 없다. 적은 돈으로 여러 가지 음식을 골고루 맛볼 수 있다. 합리적이고 매력적이다. 여우탸오(油条, yóutiáo)[92]는 팔팔 끓는 기름에 갓 튀겨 내어 고소하다. 빠오즈(包子, bāozi)[93]는 즉석에서 빚어낸 밀가루 반죽 피에

---

92) 한국의 꽈배기와 비슷한 음식이다. 중국인들은 떠우장(豆浆)이라 불리우는 콩국물과 곁들여 먹는다.
93) 한국의 왕만두와 엇비슷한 음식이다. 중국에서는 안에 넣는 소에 따라 종류와 크기가 다양하다.

고기소를 채워 넣는다. 뜨거운 열기에 갓 쪄내어 정말로 담백하다. 니우러우미엔(牛肉面, niúròumiàn, 우육면)과 훈둔(混沌, hùndùn, 만둣국)이 따뜻한 국물에 수북하게 담겨 나온다. 한 사발 먹고 나면 배腹 속이 든든하여 발걸음마저 가벼워진다.

중국의 아침 시장은 넉넉한 인심을 베풀 수 있는 기회를 제공한다. 이왕 도착한 곳에서 나의 눈과 입만 호사를 누린다면 너무나 아쉽고 섭섭하다. 나는 빈손으로 돌아가고 싶지 않았다. 평소 알고 지내 온 지인들에게 감사함과 우정을 표시하고 싶었다. 중국인들이 식재료로 자주 사용하는 토마토와 오이를 한 보따리씩 구입하였다. 기숙사로 되돌아가는 길에 마사지 숍[94]의 주인장에게 나의 작은 성의라면서 건네 준 적도 많았다.

중국의 아침 시장은 강의실에서 배운 중국어를 실전에서 써먹을 수 있는 최적의 장소이다. 읽고 쓰는 과정은 개인의 노력 여하에 따라 짧은 시간 안에 우수한 성과를 거둘 수 있다. 단어를 많이 알면 알수록 듣기 능력이 향상된다. 말하기는 일상생활 속에서 이루어져야 한다. 책상 앞에 앉아 공부를 많이 한다고 해서 급속한 성과가 나오는 것이 아니다. 나는 중국어를 배우려는 사람들에게 아침 시장을 실습장으로 추천한다. 물건을 구입하는 척하면서 값을 흥정해 볼 수 있다. 중국어로 표현하는 방법을 시도해 볼 수 있다. 길거리에서 음식을 먹어가면서 현지인들과 부딪혀 볼

---

94) 나는 장춘 동북사범대학교의 기숙사 1층 로비에서 넘어진 적이 있다. 당시 왼쪽 어깨의 회전근에 비교적 큰 손상을 입었다. 적당한 치료 시기를 놓친 탓에 근육이 굳어가고 있었다. 방학 때마다 한국에서 재활 치료를 받았고, 학기 중에는 학교 부근의 마사지 숍에서 지속적으로 안마를 받았다. 그렇게 꾸준하게 치료를 받다 보니 어느 순간 정상적인 범위로 되돌아왔다.

수 있다. 정규 학습과정처럼 수업료를 지불할 필요가 없다. 어느 순간 마냥 어렵게만 느껴지던 중국어와 친숙해지고 자신감이 붙을 것이다.

광저우의 우리 학교 부근에는 아침 시장이 개설되지 않았다. 그저 일상 용품을 취급하는 아파트 부근의 마트가 전부였다. '하룻밤 지난 것은 판매하지 않는다!'라는 문구를 써 붙인 식재료 전문점이 많았다. 오로지 과일만을 판매하는 전문 매장이 도시의 장식품마냥 거리 곳곳에 들어서 있었다. 아침 식사마저 고정된 좌석에 앉아 먹어야 하는 시스템을 갖추었다. 장춘의 아침 시장처럼 풋풋하고 소박한 정취가 물씬 풍겨 나는 곳이 없었다. 허전하고 아쉬웠다.

광저우에 길거리 상인이 아예 없는 것은 아니었다. 이른 아침 시간대와 해 질 무렵의 길거리 모퉁이와 도로를 횡단하는 육교 위에서 간단하고 단순한 상행위가 이루어졌다. 그들은 콩나물과 숙주나물, 망고스틴과 백향과[95] 등의 채소와 열대과일을 저렴하게 판매하였다. 우리 학교 앞에 과일만을 전문으로 판매하는 행상인이 있었다. 그녀는 손수레를 끌고 단속반을 피해 다니면서 장사를 하였다. 어눌한 표준어를 구사했고, 몹시 촌티가 풍기는 옷차림새였다. 어느 농촌 마을에서 돈벌이를 위해 상경한 것 같았다. 이러한 풋풋한 정경이라도 가슴 한 켠에 남아 있으니 얼마나 다행이란 말인가! 시간과 조건이 허락한다면 다시 한번 그 길을 거닐어 보고 싶다.

---

[95] 한국에선 '패션 후루츠'라는 이름으로 알려져 있다. 중국인들은 바이향궈(百香果,bǎixiāngguǒ)라고 부른다.

중국의 아침 시장은 정겨운 정취와 삶의 향기가 넘쳐나는 장소이다. 호화로운 백화점과 기업형 대형 마트와는 달리 푸짐한 먹거리와 다양한 볼거리가 풍부하다. 이른 아침 시간대에 영세 상인이 밀집된 거리를 거닐다 보면 몸과 마음이 즐거워진다. 그런 의미에서 중국인의 아침 시장은 마냥 고맙고 재미있는 공간이다.

오늘날의 짜장면炸醬面은 어떤 맛味일까

　　서울 명동의 어느 중화요리 전문점의 짜장면이 맛있다 하여 지인을 따라 여러 번 다녀왔다. 상대방이 음식을 대접해 주는 것이라서, 나는 맛에 대한 느낌을 드러내지 않았다. 그냥 속으로만 평소에 먹던 짜장면과는 달리 짭짤한 맛이 강하다는 생각을 하였다. 자주 다니다 보니 홀에서 서빙하는 직원들과 친숙해졌다. 하루는 내가,

"주방에서 음식 만드시는 분이 재한화교인가요?"

라는 질문을 던졌다.

"라오반(老板, lǎobǎn, 사장)만 구화교입니다."

"종업원은 전부 중국에서 건너온 신화교입니다."

라고 대답하였다.

　　같은 레시피로 음식을 만들어도 요리사의 컨디션에 따라 그날의 음식 맛이 달라진다는 말이 있다. 사실 누가 요리를 했느냐에 따라 맛이 달라지기도 한다. 그러나 우리에게 요리사가 중국인이든 한국인이든 재한화

교이든 그러한 것은 중요하지 않다. 그냥 그 음식점 고유의 맛이 좋으면 그만이다.

나는 중국의 북방 지역과 남방 지역에서 두루두루 생활한 경험이 있다. 그 덕분에 양쪽 지방의 음식을 모두 맛보았다. 단지 나의 미각의 정확도를 확인하고 싶어서 던진 질문이었다.

제1세대 짜장면의 역사는 1882년 임오군란을 기준으로 시작되었다고 보아야 한다. 한국과 중국 사이에 정기 여객선이 개통되면서 중국인 노동자가 많이 유입되었다. 본시 짜장면은 부둣가 등지의 노동 현장에서 저렴하고 간편하게 먹었던 '청나라 음식'[96] 중의 하나였다. 그 후 달콤한 맛이 첨가되어 한반도 전역으로 퍼졌다. 한국의 경제 발전기를 거치면서 어렵고 힘든 시절을 살아온 사람들에게 추억의 음식으로 남아 있다.[97]

당시 대부분의 한국인은 1992년 한중외교 수립 이전까지 '중국[98]'엔 짜장면이 없다'라는 주장을 정설처럼 믿었다. 심지어 TV 프로그램에서마저도 그렇게 방송을 했었다. 대만 지역을 자주 왕래하던 재한화교[99]가,

"중국(당시에는 대만을 중국이라 불렀다)에도 짜장면이 있다!"

라고 주장하더라도 어느 누구든 그 말을 믿으려 하지 않았을 것이다.[100]

---

96) 1980년대 초반까지만 하더라도 한국인들은 "청요리 먹으로 가자!"라는 표현을 많이 사용하였다.
97) 짜장면에 얽힌 재미있는 에피소드가 나의 수필집 『아버지와 탕후루』에 실려 있다.
98) 1992년 한중외교 수립 이전까지의 한국인들은 '중화민국 대만성'을 '중국'이라 여겼고 그렇게 불렀다. 이 문장에서는 중국 본토와 대만 지역의 양안 모두를 의미한다.

서울 명동 중화요리 전문점이 밀집한 거리(2023년)

중국의 짜장면은 콩 생산이 풍부한 동북 지역에서 만주족이 즐겨 먹었던 음식이라고 한다. 오늘날의 '라오베이징(老北京, lǎoběijīng) 짜장면'의 기원은 청나라 조정이 북경으로 옮기면서 시작되었다. 그 이후 북경을 비롯한 천진, 산동, 하북, 요녕, 길림 등지의 북방지역에서 크게 유행하였

99) 재한화교의 조직은 원래 대부분이 중국 산동성이다. 하지만 이데올로기가 팽팽하던 시절, 한국 정부와 국민당 정부에서 그들에게 '중화민국' 국적을 부여해 주었다. 그 이후 한국 영토에서 출생하여 성장한 후손들에게도 한국의 '부계 혈통주의'의 국적법에 따라 중화민국 국적이 주어졌다. 그리하여 재한화교들은 '대만 당국'을 모국이라 여기면서 살아왔다. 한국인 학교에서 학창 시절을 보낸 필자(나)의 초·중·고 생활기록부의 본적란에도 '중화민국'이라 표기되어 있다. 오늘날의 한국 법무부 출입국관리사무소에서는 국부천대(國府遷臺) 이전의 중화민국(대만) 국적의 한국화교와 국부천대 이후의 중화민국 본토에서 건너온 인구 숫자를 별도로 구분하지 않고 합산한 통계 자료만을 제공한다. 재한화교의 정확한 인구 숫자를 파악하고자 한다면, 서울 중구 명동의 '한성화교협회'를 통해서 자문을 구해야 한다. ***국부천대(國府遷臺)란, 1949년 12월 7일 국공내전에서 모택동의 중국 공산당에게 패배한 장개석의 중국 국민당이 중화민국 정부를 타이완섬으로 옮긴 사건을 말한다.
100) 1989년 해외여행이 자유화되기 이전에는 일반인이 해외에 나가려면 기업의 출장, 학생의 유학, 해외 취업 등의 특별한 목적이 있어야 했다.

다고 전해진다. 그 이외에도 몇 가지 기원설이 더 있지만 그 정확성의 여부가 검증되지 않았다.

한국의 짜장면은 인천의 '공화춘共和春'에서 최초로 출시되었다는 설이 있다. 하지만 나는 그렇게 생각하지 않는다. 설립 초창기의 공화춘은 고급 요리점이었다. 유곽의 여성들과 술을 마시고 마작 놀이를 즐기던 장소였다. 돈 많은 무역업자들이 한국과 중국을 오가면서 상업상의 거래를 논하던 공간이었다. 그 이후 대중음식점으로 변모하면서 짜장면을 본격적으로 판매하기 시작했을 것이다. 보급 초창기엔 북방 지역의 짜장면처럼 짭짤한 맛이 강하지 않았을까 싶다.

본시 중국에서는 밥과 국과 김치를 기본 식단으로 하지 않았다. 오늘날에도 잘 익힌 면발 위에다, 기름에 달달달 볶은 고기와 야채를 올려 비벼 먹는 식습관이 있다. 중국인들은 어떤 식재료를 사용하고 조리 방법을 선택하느냐에 따라 음식 이름을 달리 부른다. 토마토와 계란 볶은 것을 면 위에 올리면, '시홍쓰 지딴 빤 미엔(西红柿鸡蛋拌面, xīhóngshì jīdàn bàn miàn)'이라는 국수 종류가 탄생한다. 만약 이 재료를 밥 위에 올리면, '시홍쓰 지딴 미판(西红柿鸡蛋米饭, xīhóngshì jīdàn mǐfàn)'이라는 덮밥이 완성된다.

옛적의 중국인들은 집에서 콩을 발효시켜 '장醬'을 만들었다. 수많은 쿨리(苦力,kǔlì, 육체노동자)가 이 장을 들고 한국 땅을 밟았다. 그 장에다 고기와 야채를 첨가하지 않고 그냥 기름에 볶아도 맛이 좋았다.[101] 잘 익은 면발 위에다 볶음장을 올리면 한 그릇의 짜장면이 만들어진다. 노동 현장에서 작업을 마치면 으레 출출해지기 마련이다. 집으로 돌아와 가장 간단한 방법으로 짜장면을 만들어 먹었을 것이다. 중국인의 유동 인구가 많은 곳 어디에서든 짜장면을 판매하는 소규모 형태의 점포가 개설되지 않았을까 싶다.

제2세대 짜장면은 1992년 한중외교 수립 이후 중국의 북방 지역에서 건너왔다. 나는 1995년 그해의 심양에서 그 지역의 짜장면을 최초로 먹어 보았다. 하얀 면발이 밥공기처럼 작은 그릇에 수북하게 담겨 나왔다. 그 위에 한 숟가락의 소스가 올려져 있었다. 그 소스는 된장 비슷한 장에다 계란을 풀어 넣어 함께 볶아 낸 듯한 인상을 풍겼다. 그런데 그 장이 너무 되직하고 면발이 건조했다. 용기 또한 작아서 잘 비벼지지 않았다. 나는 대강대강 비벼서 몇 젓가락 떠먹었다. 지나치게 짭짤하여 나의 입맛과 맞지 않았다.

몇 년 전, 북경에 다니러 갔다가 '라오베이징(老北京, lǎoběijīng) 짜장면'을 맛보았다. 그날 나는 스차하이(什刹海, shíchàhǎi)를 둘러본 후 관광특구에 밀집된 어느 점포로 들어갔다. 의외로 손님이 많았다. 얼른 자리를 잡고 앉아,

---

101) 나의 어린 시절, 어머니께서는 고추장을 기름에 볶아서 가족들의 밥상 위에 올려놓으셨다.

"라이 이거 쟈장미엔(来一个炸酱面, lái yígè zhájiàngmiàn)!"

이라면서 짜장면 한 그릇을 주문하였다.

잠시 후에 종업원이 커다란 쟁반을 나의 테이블 위에 올려놓았다. 도톰하고 쫄깃해 보이는 하얀 면발이 크고 오목한 그릇에 담겨 나왔다. 여러 개의 작은 접시에 길쭉하고 가느다랗게 썰은 오이와 속이 빨간 무우, 적당하게 익힌 숙주나물과 황색 콩, 조그맣게 토막 낸 샐러리와 다진 대파, 기름으로 범벅된 진갈색 빛깔의 소스가 종류별로 나뉘어 있었다. 나는 접시 안의 야채를 면발 위에다 몽땅 쏟아부었다. 그런데 면을 비비는 소스가 지나치게 짭짤해 보였다. 혹시나 하여 조금씩 넣어가면서 간을 맞췄다.

요즘의 한국인들은 신화교가 경영하는 음식점을 일부러 찾아다닌다. 더러는 짭쪼름한 맛이 담긴 "북방 지역의 짜장면이 맛있다!"라면서 주문을 한다. 시대의 조류와 길들여진 입맛에 따라 맛을 느끼는 정도가 달라진 것이다.

내가 지인을 따라 다녀왔던 그 중화요리 전문점의 짜장면은 언뜻 보아 제1세대의 전형적인 형태이다. 하지만 나의 시각과 입맛으로는 제2세대의 맛과 조리 방법이 혼합된 음식이라 하지 않을 수 없다. 소스만 하더라도 거무스름한 빛깔의 춘장이 주된 재료가 아닌 듯싶다. 중국인들이 짜장 소스로 즐겨 사용하는 떠우반장(豆瓣酱, dòubànjiàng)이 첨가되었는지 짭짤한 맛이 강하다. 제조 원가를 낮추려는 의도인지 소스 안의 식재료가 너무 빈약하다. 잘게 다진 고기가 지극히 소량이라 적당히 기름지고 고소한 식감이 떨어진다.

서울 회현동의 주택가에 내가 가끔씩 들르는 중화요리 전문점이 있다. 재한화교가 운영하는 소규모 식당이다. 종업원을 채용하지 않고 가족 구성원끼리 운영한다. 짜장면 가격이 조금 높아도 '간짜장'[102] 형태라 그야말로 일품이다. 소스 안의 재료가 푸짐하다. 적당한 크기의 돼지고기가 입 안에서 씹히는 고소한 식감으로 감칠맛이 난다. 한 젓가락 가득 집은 면발 위에다 짜장 소스를 듬뿍 얹어 먹어도 전혀 짭짤하지 않다. 먹다 남은 짜장 소스에 두세 숟가락의 밥을 넣어 비벼 먹으면 더욱 환상적이다.

내가 광저우에 체류하던 2~3년 전쯤으로 기억한다. 중국인 친구에게 한국 음식을 소개시켜 주고 싶었다. 나는 그녀와 그녀의 아들을 한국인이 경영하는 식당으로 초대했다. 삼겹살과 비빔밥을 주문하면서 일부러 짜장면 한 그릇을 더 추가하였다. '한국에도 짜장면이 있다'는 것을 알려 주고 싶었다. 잠시 후 그 짜장면이 테이블 위로 올라왔다. 그녀의 11세 된 아들이 대뜸 큰소리로,

"난칸(难看, nánkàn, 모양새가 좋지 않다)!"

이라면서 한 젓가락도 입에 대지 않았다. 거무스름한 빛깔의 짜장면 소

---

102) 간짜장의 '간'은, 마르다 건(乾)의 한자를 중국어로 발음한 '깐(干, gān)'을 가리킨다. 우리가 흔히 먹는 짜장면과는 달리 소스를 대량으로 미리 준비하지 않고 주문이 들어올 때마다 즉석에서 만들어 면과 소스를 각기 다른 용기에 담아 손님 테이블에 올리는 짜장면의 한 종류이다. 볶는 과정에서 수분과 전분을 넣지 않고 기름으로 농도를 조절하여 빼빼하다. 일반 짜장면보다 더 기름질 수도 있다. 하지만 즉석에서 볶은 관계로 소스 안에 들어간 식재료의 아삭함이 느껴진다.

스가 그들의 정서와 맞지 않았던 것이었다.

어느 60대 초반의 중국인은 한국에서 20년 동안 거주하였다. 그는 사석에서,

"한국에도 산동성 화교가 들여온 짜장면이 있다."

"국수의 정중앙 위쪽에 고기와 양파가 들어간 한 줌의 소스를 얹는다."

"그 위에 또다시 계란프라이를 올린다."

"마치 손으로 빚은 공예품마냥 아주 정교하다."

라고 표현하였다.

1992년 한중외교 수립 이후 유학과 사업, 혹은 주재원으로 체류한 경험이 풍부한 한국인이 많아졌다. 요즘의 한국인들은 한국 현지에서 중국인이 직접 경영하면서 음식을 조리하는 식당을 자주 출입한다. 중국 본토에서 이주해 온 신화교가, 한국인이나 재한화교가 운영하는 음식점에서 종업원으로 근무하는 경우가 많다. 그러한 연유로 한국인의 입맛에 변화의 바람이 불어왔다. '짜장면이 맛있다'라고 소문난 그 중화요리 전문점의 주방장과 홀에서 서빙하는 종원업 모두가 중국 본토에서 건너온 신화교이다. 중국에서 음식 맛이 가장 짜다고 평가받는 북방 지역 출신이다. 어쩐지 요즘의 중화요리 전문점에서 짜장면을 먹으면 과거와는 달리 짭짤한 맛이 두드러진다.

오늘날에는 세 가지 종류의 짜장면이 우리들의 입맛을 자극한다. 중국 청조의 전통적인 음식 중의 하나로 시작된 달콤한 맛을 지닌 짜장면과 1992년 한중외교 수립 이후의 짭짤한 맛이 두드러지는 짜장면, 그리고

새로운 노동력의 유입으로 기존의 맛에 또다시 새로운 맛이 첨가된 짜장면이다. 세월이 흘러흘러 짜장면의 형태가 어떻게 변화할지 생각해 보는 것도 참으로 흥미롭다.

우리는 인연으로 만난 것이다

　　나는 인생을 살아오면서 수많은 사람과 만나고 헤어졌다. 서로 간의 감정을 상하게 만들어 단절된 만남도 있다. 보고 싶고 그립지만 다시금 이루어지지 않는 만남도 있다. 나이를 먹어가면서 '우리네 삶은 만남과 헤어짐의 연속이다'라는 생각이 점점 더 깊어진다. 오죽하면 만나는 사람에 따라 인생의 방향이 달라진다는 말이 생겼을까.

　　중국인은 만남을 소중하게 생각한다. 늘 인연이라는 두 글자와 결부시킨다. 얼핏 한국인이 봤을 때, '혹시 저 사람이 권모술수權謀術數를 사용하는 것이 아닐까? 저러다가 사기를 당하는 것이 아닐까?' 하는 생각이 들어갈 정도로…. 중국의 동북인들은 처음 만나거나, 전혀 알지도 못하는 사람들에게 지나칠 정도로 친절하고 따뜻한 관심을 표시한다. 그들의 성격과 기질을 제대로 헤아리지 못한다면 더욱더 이상한 생각을 가질 수밖에 없다.

　　중국의 동북인은 지인들과 모여 밥을 먹고, 술을 마시고, 노래 부르는 것을 좋아한다. 내가 평상시 알고 지내 온 사람들은 술을 거나하게 마셔서 사리 분별을 못하거나 실수를 범하지 않았다. 적어도 나와 함께 할 때는 비용을 별도로 지불하고 여성 도우미를 불러내어 유흥을 즐기지도 않았다. 그저 그 식당의 독립된 방 한 칸을 빌렸고, 그 안에 설치된 노래방 기구를 사용하여 노래를 불렀다. 서로에게 장단을 맞추어 주면서 간단한 동작으로 춤을 추었다.

그들은 내가 재한화교 출신이라 더욱더 나에게 호감을 가졌을 수도 있다. 위챗을 통해 친구 관계를 맺은 지 얼마 안 되었는데도 밥을 사겠다면서 만나자는 제안을 해 왔다. 그들은 늘 그 옛적의 중국적인 느낌이 물씬 풍기고, 나름의 테마를 갖춘 식당으로 나를 초대하였다. 그리고 누구나 할 것 없이 이구동성으로 "우리는 인연이 있어서 만난 것이다!"라는 말을 서슴없이 남겼다.

나는 지금도 30대 초반의 보험회사 남성 직원과의 만남을 잊을 수 없다. 내가 맥도널드에서 공부를 하다가 우연히 알게 된 건실한 청년이다. "나는 한국에서 온 화교이고, 아버지가 원래 산동성 사람이다."라고 소개를 하였더니, 본시 자신도 산동인이라 하였다. 아울러 그는,

"선조가 산해관을 넘어 동북 지방에 정착하게 되었다."

"이젠 몇 세대가 흘렀기에 지금에 와서 산동인이라 말하지 않는다."

"그냥 동북인이라 소개한다."

라고 상세하게 알려 주었다.

그는 어려서부터 조부모에게 전해 들은 당시의 역경과 고난이 얽힌 이

야기를 많이 알고 있었다. 더불어 압록강과 두만강을 건너온 조선인 중에 큰 부를 이루어 장춘 중심가에 아주 큰 건물을 짓기도 했었다고 알려 주었다. 지금도 그 건물이 남아 있다면서 언젠가 시간이 되면 같이 가보자는 제안을 하였다.

한국인은 인연이라는 단어를 결혼 문제와 연관 짓는 것을 좋아한다. 나는 어려서부터,

"결혼할 인연은 따로 있다!"

"그 커플은 인연이 없어서 깨졌다!"

"결혼이 보통 인연으로 성사되는 것이 아니다!"

라는 등등의 어르신들의 말씀을 들으면서 성장하였다. 그런데 중국인들은 일상생활 속에서의 사소한 만남을 인연과 연관지었다. 주로 요녕성, 길림성, 흑룡강성의 동북삼성 지방의 사람들이 더욱 그러하였다.

내가 장춘에서의 생활을 정리하고 광저우로 향하는 날이었다. 비행기의 내 옆 좌석에 나와 나이가 비슷해 보이는 여성이 앉았다. 그녀의 어투로 보아하니 동북인이 분명하였다. 광저우에 자주 다니러 온다면서 본인의 딸이 광저우의 어느 대학교에 재학 중이라 했다. 나는 그날 3시간 30분 동안 비행하면서 그녀와 이런저런 대화를 나누었다. 비행기가 광저우 공항에 도착한 후 위탁 수하물을 찾으려 할 때 그녀가 살며시 다가와,

"우리는 인연이 있어서 만났으니 위챗으로 친구 관계를 맺자!"

라고 제안하였다.

중국의 동북 지방은 중원지방의 민초가 산해관을 넘어가서 개척한 지대이다. 당시 그 사람들은 생존을 위하여, 그냥 고향 집에 앉아 굶주리느

니 차라리 '추앙관동'을 감행한 것이었다. 그 옛적 뚜렷한 교통수단이 없었을 때, 육로로 가다가 수많은 사람과 만나고 헤어지기를 반복하였다. 그들은 고단하고 힘든 여정 속에서의 만남을 소중하게 여겼다. 처지가 비슷했기에 인연이라는 단어를 사용하여 더욱더 그러한 감정을 가졌다. 추앙관동이라는 이주 역사는 막을 내렸지만, 부모는 자식에게, 그 자식은 또다시 그들의 자식에게 입버릇처럼 만남과 인연의 상관관계를 전수시켜서 오늘날까지 이어지고 있는 것이다.

그러고 보니 나와 신용철申龍澈[103] 교수님과의 인연도 예사롭지 않아 보인다. 나의 단편 수필 '장미의 향'이 아주 오래전 '문예비전'에 실린 적이 있었다. 교수님은 그 작품 속에 등장하는 청나라 수사제독 '오장경(吳長慶, 1833~1884)'과, 그의 사당 이야기에 흥미와 관심을 가지셨다. 그분 또한 중국 역사를 전공하셨고, 대학교에서 역사를 강의하시면서 수많은 제자를 양성하였다. 하지만 '오무장공사(吳武壯公祠)'가 서울시 연희동 한성화교중고등학교 뒷산에 버젓하게 있을 것이라고는 전혀 생각지 못하셨다.

나는 그 작품을 계기로 신용철 교수님과 지속적인 만남을 가졌다. 그분의 개인 연구실로 찾아뵈었고, 교수님을 모시고 연희동의 오무장공사를

---

103) 1937년 경기도 포천 출생. 독일 하이델베르크 대학교에서 석사와 박사 학위 취득. 경희대학교 문과대학 사학과 교수 역임. 경기도 문화재위원, 국사편찬위원, 경희대학교 교무처장, 중앙박물관장 역임. (현)경희대 명예교수, (현)경기도민회『경기인』집필인.『공자의 중국의 뒤 흔든 자유인 이탁오』,『동양의 역사와 문화』,『하이델베르크의 추억』외 다수 집필.

방문하여 구석구석 둘러보았다. 그리고 얼마 후 교수님께서는, 경희대학교에서 교수로 재직하고 있는 제자 교수에게 오무장공사 내의 비석의 비문을 탁본하라는 지시를 내렸다.[104] 나는 그날 목전에서 비문의 내용이 한 장의 커다란 한지에 옮겨지는 과정을 보았다. 재한화교들도 감히 행하지 않는 작업을 해 주셨으니 얼마나 감사한 일인가! 나에게 있어서 그 과정과 작품은 너무나 소중하지 않을 수 없다. 그래서 그 탁본을 표구로 제작하여 지금껏 고이 간직하고 있다.

신용철 교수님은 나의 첫 번째 수필집 『아버지와 탕후루』의 서평을 써 주셨다. 나의 출판기념회 때 친히 수원까지 내려오셔서 축사를 맡아 주셨다. 팔십을 바라보는 고령이었는데도 음성이 어찌나 쩌러쩌렁하시던지…. 그날은 마치 내가 20대 초반의 학부 시절로 되돌아간 것 같았다. 그분은 학위를 갓 마치고 막 부임한 교수처럼 젊고 패기에 차 있었다. 나이는 숫자에 불가하다는 것을 실감하게 만들어 주었다.

인연은 사람과 사람 사이의 관계, 혹은 사람과 사물 사이에 발생할 수 있는 어떠한 형태의 가능성이다. 불가에서는 타생지연他生之緣이라 하여 옷깃만 스쳐도 인연이라는 말을 자주 사용한다. 아무리 우리네 삶이 만남과 헤어짐의 연속일지라도 전생에 무슨 인연이 있어서 이러한 행위가 가능하다는 것이다. 사람 사이의 관계는 사소한 것이라도 소홀하게 여겨

---

104) 경희대학교 정지호 교수님께서 여러 제자를 데리고 그 사당으로 직접 오셔서 탁본 작업을 진행하셨다. 더불어 그분의 사모님께서 김밥 도시락을 정성스럽게 만들어 주셔서 우리 모두 맛있게 잘 먹었다.

서는 안 된다는 깊은 뜻이 내포되어 있다.

　내가 그 수많은 중국의 도시 중에서 동북 지방을 선택한 것도, 그곳에서 산동인의 후손을 만난 것도, 그리고 추앙관동이라는 이주 역사를 알게 된 것도, 우연의 일치는 아닌 듯싶다. 어찌 보면 우연한 만남이 빚어낸 사소한 인연 때문에 가능한 것이었다. 오늘날의 재한화교들도 잘 알지 못하는 그들만의 역사를 알게 되었으니 너무나 고마운 인연이 아니겠는가!

우리는 시대의 손님이고 주인이다

중국은 유구한 역사와 광활한 영토를 지녔다. 자고이래로 이민족의 침입을 많이 받았고, 자연재해가 끊이지 않았다. 그럴 때마다 민초들이 살기 힘들어서 새로운 세계를 찾아 길을 떠났다. 더러는 씨족 단위의 마을 공동체를 중심으로 옮겨 다니기도 하였다. 그들은 다른 지역에 정착해서도 자신들만의 고유한 풍습과 생활 습관을 잃지 않았다. 중국 역사에서 그러한 이주민 집단을 객가客家라 한다.

'객가'는 중국의 서진(西晉, 265~317) 왕조 말기 무렵 '영가의 난(永嘉之乱)'의 극심한 영향으로 중원지방[105]의 일부가 전란과 기근을 피해 여러 조대와 왕조를 거치면서 '난링南嶺산맥'[106]을 넘어 강서성, 복건성, 광

---

105) 산서성(山西省), 하남성(河南省), 산동성(山東省), 섬서성(陝西省) 등지의 황하 유역의 중원지방을 가리킨다.
106) 중국 본토 남부의 강서성, 호남성, 광동성, 광서성의 경계 지역에 분포한다. 그 산맥의 동서 길이는 1,000km가 조금 넘고, 산지와 산지 사이에는 해발 200~400m 높이의 고개들이 형성되어 있다.

동성 등지의 남부 지방으로 이주한 한족이다. 당시 외지에서 온 사람들을 관리하기 위한 목적으로 호구 조사를 실시하면서 '객적(客籍, kèjí)'이라는 신분 제도가 생겼다. 이 호적에 등록된 사람들과 그들의 후손이 오늘날의 객가인이다.

나의 석사 학위 선후배 중에도 객가인이 여러 명 있었다. 학교 기숙사 1층 프런트에서 학생들의 출입을 관리하고 통제하는 사감도 객가 출신이었다. 학교 근처에서 조그마한 점포를 운영하는 주인장도 자신을 객가인이라 소개하였다. 그들은 집에서 '객가 음식(客家菜, kèjiācài)'을 자주 만들어 먹는다고 했다. 해서인지 광저우의 번화가를 거닐다 보면 '객가 음식 전문점'이 자주 눈에 띄었다.

청나라 말기는 제1, 2차 아편 전쟁의 패배로 서구 열강의 침략이 본격화되던 시기이다. 이 틈을 이용하여 남방 지역의 민초들이 바닷길을 통해 해외로 진출할 기회를 잡았다. 외국인 상인이나 중국인 매판 업자가 그들로부터 돈을 받고 해외로 취업 나갈 수 있게끔 연결시켜 주었다. 1992년 한중외교 수립 직후 한국으로의 입국을 알선해 주는 브로커가 왕성한 활동을 하던 것과 비슷하다.

우리에게 친숙한 리콴유(李光耀, 1923~2015)가 객가 출신이다. 그는 싱가포르 제1대 총리를 지냈다. 중국의 근·현대사를 흔들어 놓은 '송宋'씨 세 자매의 아버지 '송가수(宋嘉樹, 1863~1918)'도 본시 가난한 객가인 가정에서 태어났다. 그는 일가친척의 주선으로 11세 때 인도네시아 자카르타로 '샤난양(下南洋, xià nányáng)'[107]한 이력을 갖고 있다. 훗날 미국으로 건너가서 인고의 세월을 보내다가 신학을 공부하였다. 그 후 선교 활동을 목적으로 중국으로 되돌아왔고, 출판업에 뛰어들었다가 큰돈을 벌었다. 신해혁명을 이끈 손중산(孙文)도, 개혁 개방을 진두지휘한 덩샤오핑(邓小平)도 객가인의 후손이다.

객가는 '외지에서 온 사람'을 가리킨다. 그 시대의 주인이 아니라 손님이라는 뜻이다. 그들은 유랑 생활을 거듭하면서 토착 세력과의 갈등과 충돌을 피해야 했고, 외부의 침략에 대비해야 했다. 끊임없이 주변을 경계하기 위해 산속 깊은 곳에다 방어 능력을 갖춘 거대한 토루(土楼, tǔ lóu)를 만들었다. 이 공간 안에서 같은 성씨를 가진 일가친척들끼리 공동체 생활을 이루면서 살았다. 서로 돕고 의지하면서 고단한 삶과 인고의 세월을 보냈다.

객가는 그들만의 고유한 언어를 간직하고 있다. 중국인은 그 언어를 '커위(客语, kè yǔ)' 혹은 '커쟈화(客家话, kèjiāhuà)'라 부른다. '객가어'는 당대當代 언어학 연구에 있어서 고대古代 한어를 연구하는 가장 중요한 방언이다. 그 언어 속에 당송唐宋 시대의 서면어書面語와 상용어常用語가 많이 포함되어 있다고 한다. 그 시절의 음운이 남아 있어 오늘날의 객가어를 사용하여 당시唐詩와 송시宋詩의 평측平仄과 압운押韻 등을 읽을 수 있다.

---

107) 광동성과 복건성 등지의 중국인들이 생존을 위해 새로운 세계를 찾아 배를 타고 동남아시아 지역으로 진출한 이주 역사를 가리킨다. 오늘날 흔히 말하는 인도네시아, 말레이시아, 싱가포르 등지의 화예가 그들의 후손이다. 추앙관동(闯关东, chuǎngGuāndōng), 저우시커우(走西口, zǒuxīkǒu)와 더불어 중국 근현대 시기의 3대 이주 역사 중의 하나이다.** 다음에 출간할 도서에서 '샤난양'과 관련된 자세한 내용을 서술하고자 한다.

2022년 10월 14일에 진행된 '산동 동향회'의 주최자는 신화교였다. 우리는 구화교(재한화교)의 고향을 산동성으로 알고 있다. 조선족 동포를 포함한 신화교는 거의 다가 중국의 동북 지방에서 건너왔다. 그런데 왜 하필 신화교가 그 행사를 주관하게 되었을까?

이 행사의 참석자는 산동성과 인연이 깊은 사람들이었다. 오늘날의 재한화교(구화교)는 중국의 고향 마을을 떠나 한국 영토로 이주하여 정착한 산동인의 후손이다. 구화교가 한국에서 외국인 신분으로 살아오는 동안, 신화교는 중국의 동북 지방에서 터를 잡고 삶을 일구어 낸 산동인의 후손이다. 그들의 공통된 역사적인 배경은 추앙관동이다. 혼란한 시절과 격동의 세월을 함께 보낸 선조의 후손들이 한국 영토에서 다시 만난 것이다.

그들의 선대 어르신은 생존을 위해 동북 지방에 발을 들여놓았다. 그 시절의 이주민은 남의 집에 무작정 찾아온 손님이었다. 먼저 와서 정착한 선주민이 주인 행세를 하면서 텃새를 부렸다. 이주민은 반갑지 않은 손님이라 집주인의 따가운 눈치를 봐야 했다. 그 손님은 또 다른 이웃집을 기웃거렸지만 그 집의 주인도 마찬가지였다. 의탁할 곳이 없는 이방인은 단동에서 압록강을 건너 신의주로 넘어갔다. 북녘땅을 두루 경험한 산동인이 남쪽 방향으로 내려왔다가 한국의 구화교(재한화교)가 되었다.

그날 신화교 단체의 주요 인사가, 삼십여 명의 구화교 대표를 따뜻하게 맞이하였다. 주최 측에서 행사를 진행하기에 앞서 구화교만을 위한 별도의 '차담회(茶談會)'를 베풀어 주었다. 구화교의 연회 좌석을 행사장의 앞부분에 배치해 주었고, 대부분의 신화교가 뒷좌석에 앉았다. 구화교 대표

서울 한성화교중고등학교 재학생들과 함께(2023년).
필자(좌1),담소영 학교 이사장(좌2),우식성 교장(우2)

의 소속과 이름을 일일이 호명하면서 모든 참석자에게 소개시켜 주었다. 한국에서 부를 이룬 신화교 기업가 몇몇을 구화교 테이블에 합석하도록 배치하였다. 우리는 이 테이블 저 테이블 옮겨 다니면서 술잔을 주고받았고, 명함을 교환하면서 환담을 나누었다.

행사가 무르익어 갈 즈음 30대 초반의 젊은 여성이 나에게 다가왔다. 그녀는 유학생 신분으로 한국에 왔다가 졸업과 동시에 한국인 남성과 결혼한 한족 출신이었다. 이미 오래전에 한국 국적을 취득했다면서 한국에서 거주하려면 한국 국적이 편리하다는 말을 덧붙였다. 오늘 행사에 참석한 20~30대 젊은이들 거의 다가 본인의 서울대학교 선후배 관계라 하였다. 남편은 중국에서 한국 기업체의 주재원으로, 그녀는 서울에서 한국인 기업가가 운영하는 화장품 회사의 책임 연구원으로 근무한다고 했다.

다음 날, 나는 어느 중국인 남성의 전화를 받았다. 그는 30대 중반의 한족으로 현대 자동차의 해외 영업팀 책임자였다. 한국에서 학부와 대학원 과정을 마친 후에 취업이 되어 한국을 떠날 수 없었다고 한다. 그의 중국인 아내가 중국에서 조그마한 사업체를 운영하고, 두 명의 딸도 현지에서 초등학교를 다닌다고 했다. 가족이 다 같이 모여 사는 것이 가장 큰 소망이라는 의사를 밝혔다.

객가는 중국의 소수민족이 아니라 한족이다. 그들의 선조는 피치 못할 사정으로 황하 유역의 중원지방을 떠나왔다. 타지에서 잠깐 머물다가 고향 마을로 되돌아가려 마음먹었지만 사정이 여의치 않았다. 중국의 불안한 경제와 첨예한 사회적 갈등 속에서 끊임없이 이곳저곳을 떠돌아다녔다. 설령 금의환향의 꿈을 이루었다 해도 새로 지은 집과 번창한 자손과 인적 네트워크가 발목을 잡았다.

우리 모두는 그 시대의 손님이자 주인이지 싶다. 이주민은 인고의 세월을 꾹꾹 참아 가면서 스스로 적응하는 방법을 깨닫는다. 오랜 세월을 통해 선주민과 화합하고 그 지역에 융화되면서 그 땅의 새로운 주인으로 탄생한다. 중국 역사 속의 객가인이 그러하였고, 한국의 구화교가 그러한 삶을 살아왔다. 오늘날의 중국 현지에선 객가인과 토착민과의 경계가 불분명하다. 한반도에 정착한 그 많던 숫자의 재한화교가 소리 소문 없이 한국인으로 동화되지 않았던가.

현재 한국의 유관 부처에선, 학부 과정을 마친 외국인 유학생에게 차

후 6개월간 한국에서 체류할 수 있는 비자를, 석사 학위 이상의 취득자에게 1년간의 체류 비자를 발급해 주고 있다. 대학교에서 외국인 유학생을 관리하는 담당자에 따르면, 유학생의 절반 정도가 졸업과 동시에 본국으로 되돌아간다고 한다. 그 나머지는 한국에서 취업이 되어, 혹은 일자리를 찾기 위해 한국을 떠나지 않는다고 한다.

길 잃은 작은 새는 어디로 갔나
연약한 날개는 애처로운데
지난밤 나그네는 어디로 갔나
바람도 거세게 이 들판에

사랑으로 맞아주렴
우리는 모두가 외로우니까
따뜻하게 반겨주렴
언제라도 반가운 손님처럼

갑자기 누구라도 올 듯하여
설레임 속에서 기다리는데
스치는 바람결에 들려오는
외로운 나그네의 노랫소리

나는 오늘 대중가수 '정태춘'이 부른 '손님'이라는 가요 속의 노랫말을 음미해 보았다. 중국의 신화교는 시대를 찾아온 손님 아닌 손님이라는 생각이 들었다. 한국을 선택한 외국인 모두가 영원토록 한국 영토에 정착한다고 장담할 수는 없다. 하지만 오랜 세월 살다 보면 적지 않은 숫자가 한국인으로 동화된다. 그렇게 몇 세대가 흘러가면 그들의 후손은 이 땅의 새로운 주인으로 탄생하는 것이다.

뤄샤오잉罗晓英 지도 교수님께 올리는 편지

어느덧 늦가을의 막바지에 들어섰습니다. 한국은 봄, 여름, 가을, 겨울이 뚜렷합니다. 이맘때가 되면 가정주부들은 겨울 내내 먹을 김치를 담그느라 분주합니다. 언젠가 교수님을 모시고 광저우의 정통식 한국 식당에서 삼겹살과 맛깔스러운 김치를 먹어 보고 싶었습니다. 그러나 갑작스럽게 발생한 신종 코로나바이러스 확산 때문에 학교로 되돌아가지 못하였습니다. 한국에서 졸업을 맞이하게 되어 정말로 아쉽습니다.

우선은 제가 무사히 석사학위를 받을 수 있도록 성심성의껏 지도편달을 해 주셔서 무한한 감사를 드립니다. 원래 저는 해외화교 신분으로 기남대학교 화문학원에 입학했습니다. 그러나 한국에서 출생하여 한국인 학교에서 학창 시절을 보냈습니다. 그동안 부모 형제와 중국어로 의사소통을 전혀 하지 않았습니다. 여느 화교화인 학생들과는 달리 한어 실력이 많이 부족했습니다. 그렇지만 교수님께서는 저의 지도를 기꺼이 맡아 주셨습니다. 이 부분에 대해서는 평생 잊지 못할 것입니다.

기남대학교 화문학원 캠퍼스의 특성상 홍콩, 마카오, 대만 지역과 전 세계의 화교화인들로 구성된 학생이 대다수를 차지합니다. 그런 연유로 첫 학기 수업은 감당하기 버거울 정도로 어려웠습니다. 교수님께서는 이러한 저의 애로사항을 너무나도 잘 알고 계셨습니다. 한국에 유학한 경험이 있는 제자 한 명을 소개시켜 주셨지요. 공부하다 모르는 부분이 있으면 도움을 받으라는 뜻이었습니다. 그 덕분에 제2 외국어를 배우는 데 있어서 제1 언어와의 차이점을 연구·분석한 '푸라커터(普拉克特, pǔlākètè) 이론'을 세부적으로 이해할 수 있었습니다. 저의 제1 언어인 한국어와 제2 언어에 해당하는 중국어를 비교·분석하는 과제물을 처리할 때 결정적인 도움을 받았습니다.

교수님께서는 첫 학기를 마칠 때쯤, 저를 비롯한 몇 명의 지도 학생을 소집하셨습니다. 학위 논문의 방향을 일찌감치 잡아주기 위한 목적이었습니다. 저는 애초에 '한국 화교학교 및 교육'과 관련된 사항을 연구·분석하려는 계획이 있었습니다. 하지만 막상 구체적인 초안을 세우려 하니 막막하고 어려웠습니다. 그러나 교수님은 절대로 포기하시는 분이 아니었습니다. 제가 겨울 방학을 맞아 한국으로 귀국해서도 조언을 아끼지 않으셨습니다. 위챗을 통해,

"논문을 쓸 때가 되면 이미 늦는다."

"이번 방학 기간 동안 무슨 일이 있어도 주제를 설정해야 한다!"

라고 말씀하시면서….

그해의 겨울 방학은 왜 그리도 짧게 느껴졌을까요? 한국에서 과제물을

수행하면서도 화문학원의 캠퍼스가 그리웠습니다. 늦은 나이에 석사 학위에 도전할 수 있게끔 물심양면으로 도와주신 행정실 관계자분들도 생각났습니다. 제가 무엇으로 보답할 수 있을까요? 다른 학생들에게 뒤쳐지지 않도록 열심히 공부하는 것이 최선의 방법이라는 생각이 들었습니다. 아울러 그분들을 위해서라도 좋은 소재를 선택하여 적시적기에 졸업 논문을 완성해야겠다는 각오를 다졌습니다.

2020년 2월 말부터 한국에서 인터넷 수업에 참가하게 되었습니다. 그런데 두 번째 학기가 시작되자마자 영어 수업이 저의 발목을 잡았습니다. 중국 교육부에서, 2019년부터 입학하는 홍콩, 마카오, 대만, 해외 화교 신분의 학생들을 대상으로 영어를 필수 과목으로 지정해 놓았습니다. 학점을 이수하지 못하면 졸업 논문의 소재를 발표할 자격조차 주어지지 않았습니다. 요즘의 젊은이들은 저의 학창 시절과는 달리 영어 실력이 아주 뛰어납니다. 그런 연유로 수업의 난이도가 너무 높아 강의에 참석하는 것마저도 힘에 부쳤습니다. 저는 이대로 학업을 이어나갈 자신이 없었습니다. 그때 교수님께서는,

"이대로 포기하면 그동안 공부한 것이 너무 아깝다."

"일단은 수업이라도 열심히 들어야 한다!"

라고 말씀하시면서 격려를 아끼지 않으셨습니다.

세 번째 학기 때도 학교로 복귀하지 못하였습니다. 인터넷망을 통해 졸업 논문의 소재를 발표하기에 이르렀습니다. 그렇게 한국에서 머무르는 시간이 길어지다 보니 광저우가 더욱 그리워졌습니다. 왜 자꾸만 한여름의 푹푹 찌는 열기가 생각났을까요? 난방 시설이 없어서 외투를 껴입

고 수업을 들어야 했던 그해 겨울이 마냥 그리웠습니다. 흔히 시간을 가리켜 쏘아 올린 화살처럼, 혹은 흐르는 물처럼 빠르다고 표현합니다. 그때는 왜 몰랐을까요? 캠퍼스를 거닐며 공부하던 그 짧디짧은 순간들이 참으로 소중했다는 것을….

교수님처럼 훌륭하신 분이 안 계셨다면, 저는 분명 졸업 논문을 적시 적기에 완성하지 못하였을 것입니다. 논문의 주제와 방향을 설정하고 나니까 쓰고 싶은 내용이 많아졌습니다. 저는 시간이 부족할 것 같아서 휴학을 고려하였습니다. 그때 교수님께서,

"휴학은 절대 안 돼!"

"빨리 졸업하는 것이 최선의 방법이란다."

"너는 꼭 해낼 거야!"

라면서 용기를 북돋아 주셨습니다.

사제지간에는 나이가 필요 없는 것 같습니다. 항상 저를 친동생마냥 따뜻하게 보살펴 주셨으니까요….

교수님 말씀이 맞았습니다. 포기하지 않고 이를 악물고 쓰다 보니 한 편의 논문이 완성되었습니다. 최종 변론 때 논문 심사를 담당해 주신 외부 교수님들로부터 뜨거운 찬사를 받았습니다. 제 논문을 '한국 화교학교 및 교육'의 기초 연구 자료로 사용하겠다고 말씀하셨습니다. 정말로 기뻤습니다. 이 모든 것이 교수님의 은공恩功이 아니고 무엇이겠습니까? 교수님은 제가 어렵고 힘들어할 때 용기를 북돋아 주셨고, 격려를 아끼지 않으셨습니다. 교수님이 안 계셨다면, 제가 어떻게 석사 학위 과정을 마칠 수 있었을까요? 돌이켜 보면 정말이지 꿈만 같습니다.

어느덧 11월의 마지막 한 주를 맞이하였습니다. 머지않아 한국에는 곧 첫눈이 내릴 것입니다. 격리가 해제된다면 하루라도 빨리 광저우를 방문하려 합니다. 그동안 잊고 지낸 화문학원 캠퍼스를 마음껏 거닐어 보고 싶습니다. 제일 먼저 교수님을 찾아뵙는 것도 잊지 않을 것입니다. …그리고는 교수님과 단둘이 정통적인 한국 식당에서 삼겹살과 맛깔스러운 김치를 먹어보려 합니다. 저는 그날이 오기만을 손꼽아 기다립니다.

아울러 교수님의 가정에 행복과 안녕히 함께하기를 기원합니다!

2021년 11월 20일
제자 우매령 올림

단평

재한화교 우매령 작가의 수필은 독특하다. 문학적인 기교는 거의 없지만 독자로 하여금 관심과 흥미와 재미를 불러일으킨다. 아울러 그녀의 작품에는 우리 일상생활 속에서의 소소한 이야기가 들어 있고, 한국에서 외국인 신분으로 살아오면서 겪은 아픔과 고통과 고뇌가 잔잔하게 담겨 있다.

제1장은 10편의 단편 수필로 이루어져 있다. 대부분은 작가 자신의 추억 속의 이야기와 관련이 많다. 그중에서 '그 냇물은 흘러서 어디로 갈까'라는 소제목의 작품은 서정성이 짙다. 그녀는 어머니의 아프고도 아름다운 추억에 감정이입이 되어 있다. 단지 어머니의 추억 여행에 동반자가 되어 길을 나섰을 뿐이다. 하지만 어머니께서 정읍천변을 바라보는 모습에 애틋한 감정을 느낀다. 그리고 그 장면 자체를 소중한 추억으로 간직한다.

나는 그때의 어머니처럼 지나온 세월을 잊고 무심하게 흘러가는 정읍천변을 한없이 바라보고 싶다. 그리고는 어머니가 서 계셨던 그 자리에 서서 그때의 어머니를 회상하려 한다. 정읍교 난간에 의지한 채 고모님 댁의 이불을 빨아 주던 추억을 떠올리시던 당신을… 나에게 또 다른 추억을 회상할 수 있는 기회를 남겨주신 고마운 분이시니까. - 「그 냇물은 흘러서 어디로 갈까」 본문 중에서

제2장은 작가가 재한화교의 입장이 되어 보고 느낀 것을 서술하고 묘사하였다. 그녀는 늦은 나이에 공부를 선택한 만학도답게 중국인의 이주 역사를 예사롭게 여기지 않았다. 집요하게 파고들면서 원인과 결과를 분석하였다. '추앙관동(闯关东)'이라는 소재목의 작품은 정말 놀랍다. 오늘날의 재한화교 후손들도 잘 모르는 그들만의 이주 역사 이야기를 적나라하게 풀어내었다.

'지나친 편견은 삼가야 한다'라는 작품은 영화 '범죄도시 1편과 2편'을 보고 느낀 점을 비유적으로 서술하였다. 결국엔 선주민이든 이주민이든 사람들의 성격과 기질, 삶의 목표는 다 똑같아서 서로가 서로를 탓할 필요가 없다는 것을 강조하였다.

물론 1992년 한중외교 수립 이후, 수많은 동북인이 일자리를 찾아 한국으로 건너왔다. 동시에 한국인들도 장사나 사업 때문에 중국으로 진출하였다. 그들의 목적은 똑같아서 돈이라는 물질적인 자본을 얻기 위함이었다. 단지 조선족 동포는 육체노동을 통해서, 한국인들은 투자라는 그럴듯한 명목으로 경제적인 이득을 얻고 싶었을 뿐이다. ―「지나친 편견은 삼가야 한다」 본문 중에서

'텀블러를 구입하다'라는 작품 또한 뛰어나다. 제목만으로 보아서는 텀

블러의 용도와 필요성을 썼을 것으로 보인다. 그러나 그녀는 커피숍에서 구입한 텀블러를 통해 오늘날의 기후 변화 문제를 거론하였다. 그리고 거기에서 멈추지 않고, 재한화교가 한국 영토로 이주한 역사적인 사실을 지적하였다. 그 배경에는 이상 기후 현상이 있었다는 것이다.

설령 소빙하기가 막을 내렸다 해도 가던 길을 멈추지는 않았다. 때마침 1882년에 임오군란이 발발하였고, 그 이후 청국과 조선 사이에 합법적으로 왕래할 수 있는 루트가 조성되었다. 적은 숫자의 중국인이 생존을 위해 한국으로 건너왔다가 '재한화교' 신분을 얻었다.
- 「텀블러를 구입하다」 본문 중에서

제3장의 '우리는 시대의 손님이고 주인이다'라는 작품은 시사하는 바가 크다. 한국은 이미 다문화 시대에 접어들었다. 그것과 동시에 선주민과 이주민과의 갈등과 대립 또한 만만하지 않다. 우리 모두가 지나친 편견과 선입견을 버리고 관점과 생각을 달리해야 한다고 지적한다.

우리 모두는 그 시대의 손님이자 주인이지 싶다. 이주민은 인고의 세월을 꾹꾹 참아 가면서 스스로 적응하는 방법을 깨닫는다. 오랜 세월을 통해 선주민과 화합하고 그 지역에 융화되면서 그 땅의 새로운 주인으로 탄생한다. 중국 역사 속의 객가인이 그러하였고, 한국의 구화교가 그러한 삶을 살아왔다.

    – 「우리는 시대의 주인이고 손님이다」 본문 중에서

    재한화교 우매령 작가는 특정한 소재와 주제를 설정하여 한 권의 책을 집필하지 않았다. 그저 자신의 추억과 기억 속에 남겨진 이야기를 글로 표현하였다. 중국에서의 유학 시절과 중국의 북방과 남방 도시에서 보고 느낀 것을 관찰하고 분석하면서 써 내려갔다. 다문화를 소홀히 여겨서는 안 된다는 당부의 말도 남겼다. 그녀의 작품은 문학의 한 장르인 수필에 한정되어 있지 않다. 어느 정도 교양서적의 성격을 지녀서 더욱 관심이 가고 흥미롭게 읽을 수 있다.

서울 한성화교중고등학교

이사장 담소영

추앙관동

2023년 7월 20일 제 1판 인쇄 발행

지 은 이 ㅣ 우매령
펴 낸 이 ㅣ 박종래
펴 낸 곳 ㅣ 도서출판 명성서림

등록번호 ㅣ 301-2014-013
주   소 ㅣ 04552 서울시 중구 삼일대로8길 17 3~4층(충무로 2가)
대표전화 ㅣ 02)2277-2800
팩   스 ㅣ 02)2277-8945
이 메 일 ㅣ ms8944@chol.com

값 15,000원
ISBN 979-11-92945-55-2